"我的心脏
是一个我可以主宰的微缩模型。
我把我爱的人藏于放土里面
虽然我知道她已经不想再回来了
可是在这里——"

他指了下胸口

"她是永恒的。"

严雪芥 著

风眼蝴蝶
Butterfly
完结篇

四川文艺出版社

所有人，包括她，总是习惯仰视月亮，
赋予它浪漫、诗意。
月光普照大地，却忘了最开始，
月亮是没有光的。

它偷来太阳的光，从此摇身一变。
而最开始，月亮只有阴暗面。

大概人生就是一个噩梦加一个噩梦的堆叠。
但再次见到你,鼓起勇气和你一起走过的日子,
是我这一生难得的好梦。

既然说好要奔向月亮,
无论是背光的阴暗面还是向阳的光亮面,
无论是将人吞噬的黑洞还是平静庇佑的风眼,
都一起去吧。

找一个雨歇的日子,牵手散步,沿路赏花,
我们再打一个赌,
猜猜花叶下,
会不会藏有一只渴睡的蝴蝶。

她热烈地罔顾一切,朝自己靠近了,
一如当年,那么莽撞,生机勃勃,
坚信自己可以冲破一切。

她就像是一场突如其来、无法被左右的台风,
没有人能对不可抗力说不。

Contents 目录

One
月亮只有阴暗面
001

Two
一生难得的好梦
067

Three
那我就做他的神
143

Extra
看蝴蝶飞过沧海
229

她后知后觉地想，
这好像就是重新认出月亮的过程——

知道他是怎么从黑暗中亮起来的，
知道他原来就是从地面升起的，
知道他是那么孤寂和渺小。

天底下，会有白吃的餐的，
不论是早餐、午餐还是晚餐。
我永远是你二十四小时可以赊账的私房小馆。

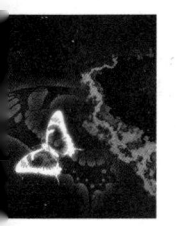

第一篇章 × 月亮只有阴暗面

凤眼蝴蝶——.

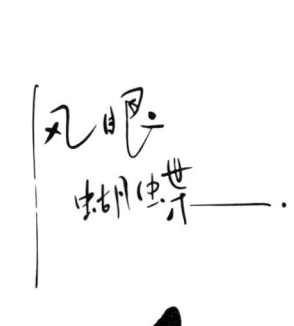

43

卢靖雯在听到"被掐断了"这四个字时，顿觉心惊肉跳。她很难想象，当时亲眼看见这一幕的姜蝶，该是什么样的感觉。她压惊似的饮下啤酒，小心翼翼地咽了下口水："难道是……十一做的吗？"

姜蝶在这个关头又沉默了。

她扭身看向身边的玻璃窗面，店内的灯光下，她的影子投射在上面，竟恍惚照出了那个弱小的、抱着残芽哭泣的小女孩。

她一直活在她的体内，从未远去过。

"不是十一做的。"

是那群曾经和他们有过节的孩子，以小五为首。其实比起她，他们更讨厌十一，但同时，也害怕他。如果她和他之中必须得有一个人离开，他们当然巴不得是十一滚蛋。于是，他们在最后的黎明即将到来，一切都静悄悄时，偷偷来到院中，恶狠狠地掐断了她的芽。姜蝶说完，卢靖雯莫名松了一口气。如果真是十一做的，那对一个孩子来说，未免也太残忍了。

姜蝶喝完全部的扎啤，总结道："至于十一……他只是，在别人掐断我的芽时，选择了袖手旁观。"

早在小五他们溜出门的那一刻，十一就醒了。

那一整晚，他都没有睡着，很清醒地跟着他们来到院中，很清醒地看着他们掐断了她的芽，又很清醒地，不敢面对她。

"所以，最后是他被成功领养了吗？"

姜蝶点了点头，视线飘忽地从玻璃窗上收回。

"他应该……已经去他想去的地方了。哈哈。"

"那你们后来还有见过面吗？"

"后来我也被人收养，离开西川了，那是我们最后一次见面。"

卢靖雯百味杂陈，唾弃道："垃圾，小人，他比那些掐你芽的人更可恨！"

姜蝶没搭腔，醉醺醺地抬起头，干脆直接叫了一大桶扎啤。卢靖雯也很义气地陪着她喝，两人毫无节制。当文飞白走进店里时，迎接他的是两个醉鬼。文飞白身后还跟着一个青年，看见这场面，挑眉道："这俩还挺虎的。"

卢靖雯比姜蝶稍好一些，抬起眼，先是看见了文飞白，她张开手说："飞白，抱抱。"

文飞白咳嗽了一声，弹了下她脑门："喝这么多。"

卢靖雯视线转向他身旁，顿了顿："咦……这不是邵千河吗？！"

"行，还没醉到家。"

卢靖雯"喊"了一声："你俩怎么在一块儿呢？"

"我俩下午一起打球呢，我就叫他一起过来吃晚饭了。"

邵千河的眼神扫到对面还在打酒嗝的姜蝶身上："她还OK吗？"

卢靖雯瞪大眼："我们都很OK，好吗？"

文飞白捂住她的嘴巴，无奈地掏出手机给蒋阎发消息：你媳妇醉了，速来。

此时，蒋阎身在机场。他坐在车里，没有开窗，车内缭绕着的烟白色的雾气始终不散。

指尖夹着未燃尽的烟，他抬头看向天空。几万米处，一架巨大的飞机载着他最避之不及的人离开。

这一刹那，好似身体里的恶性肿瘤被剜去，即便知道它也许还会在未来的某个时间复发、扩散，但至少当下，他会有劫后余生的快感和虚脱感。

他眼睁睁望着飞机消失在夜幕尽头，低头看了眼手机，眉头微蹙。

正要发动引擎，一个去而复返的人赫然出现在车灯前，惨白的光束照出那张粗糙躁戾的脸，那人眼睛直视过来，透着面目全非的熟悉。

蒋阎猛地拉起手刹，这一刹那心脏紧缩，如同走夜路撞上鬼，还是一只会用鬼打墙招数的厉鬼。他深呼吸一口气，降下半面车窗，脸色平静，声音却透露着干涩："怎么没有登机？"

男人却不紧不慢，胳膊肘撑在车窗边沿，耸动鼻子，像一条恶心的老狗，闻着空气里逸出的烟味喷声："当了少爷，抽的烟也是和老子抽的不一样哈。"

蒋阎嘴角微扯："这些天给你的钱，够你买很多根少爷抽的烟。"

"你亏欠老子那么多年，给这些钱你以为就算完了？"

"亏欠……"蒋阎咀嚼着这两个字，嘴唇甚至都没动，非常微小的气音转瞬消逝在空气中，他脸上闪过非常疲倦又好笑的神色，懒得争辩道，"所以，送你出国，安享晚年，还不够？"

"这不是临出国时，知道我儿子居然有马子了。这可稀奇了。那是我儿媳妇，我总不能一眼没看就走吧？"他语气夸张，"我太想看看本人什么样，能让你这个冷血动物动情，还跟着一起去法国。她知道你什么德行吗？"

蒋阎在这一刻，终于收起了懒洋洋的倦怠神色。

他一字一顿道："最后的机会，现在立刻改签，走人，在我周围永远消失。"

"啧，终于不装了啊？崽子。"

男人笑着，笑声浑浊，像喉咙里卡着痰，不上不下。

"你命令老子？行啊。要我听话，你再加这个数。"

他伸手又比了一个数，蒋阎捏着方向盘的手指不动声色地收紧。

"我现在能给你的数，已经是我力所能及的。再多，就会惊动蒋家。"

"你不是蒋明达唯一的好儿子吗？他敢把你怎么样？"

"我是他的儿子……那么我为什么要给一个陌生人这么大笔钱呢？"蒋阎蓦地笑起来，"我拿这笔款做慈善，有些人还真是蹬鼻子上脸。"

"你在拐着弯儿骂我？！"

男人一拳打在车门上，怒气显而易见地顺着脖子的青筋蔓延到脸上。蒋阎依旧还是笑着的神态，语气温和下来。

"我和你开玩笑的。你的要求，我会想办法满足。"他笑得眼角甚至都弯起来了，"但这一回，你最好说到做到。"

男人冷哼："只要钱到位。"

"当然，都会到位的。"

蒋阎摁下按键，车窗升起，吞没他脸的片刻，他的表情像浸入深海，模糊又阴郁——真难相信，一窗之隔的男人和他流着相同的血液。

生门不进，偏要选崖路。

愚蠢，自大，卑劣，残酷得可笑。

或许，他的灵魂底色根本就是如此，只是被粉饰得太过漂亮。

他抚摸着袖扣，抑制住打开的冲动，又点燃了一支烟，一边掏出手机，拨出一串数字，对面传来一个女人的声音。

蒋阎轻描淡写道："方便吗？现在见一面。"

他刚说完，一则微信消息跳了出来，来自文飞白。

看清信息上的内容，他眉头一蹙，话锋一转："改天我再约你吧，突然有重要的事。"

密闭的车厢内，烟被粗暴地掐灭，袅袅白雾散开。

白雾散开，转瞬就被吸进烤肉店的排风管内。

姜蝶酒气扑鼻的脸在烟下露出，指着靠近的两人大舌头地说："你们我都认得呢，文飞白、邵千河……"

邵千河顺势在她身边坐下，挑眉道："还认得出我这个工具人呢？"

"什么工具人？"

姜蝶费解地歪了歪脑袋。

邵千河撑着脸，眼睛在灯光下要笑不笑地微眯着："得，一个醉鬼。请我吃饭那事儿总还记得吧？"

姜蝶哼道："我记着呢。"

"今天这顿可不算。"邵千河也要了一杯扎啤,"等着下回吧。今天咱俩先干一个,庆祝你设计比赛拿冠军。"

文飞白无语:"够了啊,别再灌她喝了吧!"

邵千河故作神秘地摇手指:"这个还真得喝一杯。"

"为啥?"

他懒懒地拖长语调,不正经道:"因为来日方长——"

"干啊,来。"

姜蝶根本没在听他们的对话,听到要喝酒,扬起酒瓶就喝。

"哎哟,姑奶奶,跟你开玩笑的。"

邵千河没想跟她真喝,抬手就把她的酒瓶推到一边,换了瓶矿泉水塞到她手里。

"你啊,就以酒代水吧。"

姜蝶"哐当"就把矿泉水扔到一边,一头栽进胳膊里,半张露出的脸在烤肉的热气里熏得通红,彻底缴械投降。

邵千河咋舌:"我看要不把人先送回去?"

文飞白夹了片烤肉,烫着舌头含混地说:"用不着吧,已经通知了,她男人一会儿就来。"

结果等他们又一轮吃完,蒋阆都没回消息。文飞白语音打过去也没被接通。

"怎么办?在这儿继续等吗?"

一边的卢靖雯也不行了,窝在文飞白怀里人事不知地打盹。

邵千河想了想:"别等了,一起送回你女朋友宿舍吧,我来扶姜蝶。"

"也行。"

文飞白叫了辆车,一边吃力地尝试把卢靖雯背起来,一边翻白眼嘀咕:"整天吃吃吃,都快背不动了。"

邵千河笑着调侃:"一个好的男朋友不该建议女朋友不吃。"

文飞白撇嘴:"你是站着说话不腰疼。"

他耸肩:"我倒是想要腰疼。"

"你想腰疼还不简单?"文飞白挤眉弄眼,被邵千河扔过去一个眼刀:"闭嘴。"

"你之前不是都没啥空窗期吗,最近怎么一直单着,没有世俗的欲望了?"

"哪有那心思。"邵千河说着把姜蝶扶起来,但因为身高差距,姿势非常别扭。

"哦对,你是准备申请学校来着?"

"嗯,烦得要死。要是毕业后出不去,我爸得念叨死我。"

邵千河尝试着走了两步,最终眉头一拧,干脆把姜蝶打横抱起。

只是,已经昏沉的姜蝶突然不老实起来,挣扎着想下去,两只手也扑腾,没有老实地环住他,这导致他感觉自己在和整个地心引力作对。这个姿势比刚才还别扭,但他却仿佛被激起叛逆心理,硬是抱着,磨着牙嘀咕:"祖宗,你给我老实点。"

文飞白看了看他们这架势,眼皮一跳:"你这……"

"怎么?"

"不太好吧……"文飞白眼皮又一跳,"要是被会长看到,可能我们得一块死。"

"他这么吓人?"

"你要知道,你怀中的这个,是那油盐不进的男人交的第一个女朋友,换谁都宝贝啊。"

邵千河沉默了一下:"第一个交往的人……确实会很用力,但不是用力就能够走向完美的。"

"哟,哥们儿,有故事啊?"

"想听多少哥给你编。"

邵千河踹了文飞白一脚,两人笑闹着出了餐厅,文飞白的眼皮突然跳得更厉害了。

什么叫一语成谶——姗姗来迟的蒋阁正将车停下,从车内下来,低着头在打电话。文飞白只感觉到自己裤子口袋里的振动,他还来不及接,蒋阁就在马路对面抬起了头。他的视线穿过稀少的车辆,精准地落在抱着姜蝶的邵千河身上,接着,目光一寸寸下移,缠上环抱着姜蝶腰身的那只手臂。即将进入初夏的暖风夜,文飞白情不自禁地打了个寒战。

44

文飞白见状,赶紧大声解释:"你总算来了!刚你一直没回消息,我们就想着把人送回靖雯宿舍……"

蒋阎收起手机,非常缓慢地踱步过来,仿佛这一路踏的是冰面。而他在这个过程中,将周身的戾气一点一点地消融,停至邵千河面前时,只是微微一笑。

他直盯着邵千河。

"辛苦你帮忙照顾我的女朋友,给你添麻烦了。"

邵千河也笑着说道"不客气",他还没松手,蒋阎就欺身上前,从他怀中接过姜蝶。

他周身的气场还是冷冽的,出手感觉要将人冻伤,但是搂抱着她的姿势柔得像一湾春水,连带着靠近他的邵千河也感觉自己被溅湿了。这短短几十米路上一直在邵千河怀中扭捏的姜蝶落至蒋阎怀里,瞬间就安静下来,垂下的双手也下意识地攀上蒋阎漂亮的天鹅颈,侧过脸在他的胸膛上蹭了两下。

蒋阎轻笑一声,两根手指微弯,拂过她耳边的碎发,顺势轻轻捻了捻她因喝醉而红透的耳垂。姜蝶似乎对这个动作抗议,哼唧了两声。

几个无言的、简单的动作,却生动地诠释了"缱绻万千"四字。

邵千河嘴角轻佻的笑容在这一刻淡去,手插着兜,目送蒋阎抱着姜蝶头也不回地离开。

姜蝶醒来的时候,又是凌晨三点。

她觉得喉咙干,迷迷瞪瞪地睁开眼,一片漆黑里,凭直觉感觉出身下不是她熟悉的床,因为非常大,非常柔软,身边还隐约躺着一个人,身上有很浓重的烟味。

她浑身一震,先是下意识地摸自己——身上的衣服被换掉了,取而代之的是一件尤其宽大的 T 恤衫,长度直盖到大腿,这明显是一件男生的 T 恤衫。姜蝶骤然僵硬,记忆只能追溯到她和卢靖雯在喝酒,然后,又来了两个人,似乎是文飞白,还有……

姜蝶不敢再往下想身边躺着的人会是谁。

她屏住呼吸,脸色煞白地慢慢往床外侧挪动。

然而,她刚挪动,身边的人一个翻身,手臂从她的腰上环过来,轻轻一拢,她就像个卷饼被卷进怀中。靠近他的那一刻,姜蝶大喘了一口气,放松地陷进对方怀里,抬手摸上他的下巴用气声咕哝:"居然抽了那么多烟……"

害她第一时间都不敢认是蒋阎,吓得魂飞魄散,以为自己犯下了"男人都会犯的错误"。

蒋阎居然没睡着,出声又吓了她一跳。

"还不是某只蝴蝶闹的。"

姜蝶隐约还有点记忆,心虚地说:"什么啊?你最近烟瘾大了还赖我,不许抽了听到没?"

"好。"他低下头亲了亲她的鼻子,"那你也不能在我看不到的地方喝得烂醉。"

"是靖雯他们叫你来接我的吗?我妈知不知道啊?"

"嗯,我和她报备过了,明早再给她完璧归赵。"他转而捏她的鼻子,"她很担心,连带着念叨我。"

"我这次是意外啦,意外。"姜蝶被捏得鼻子发皱,"和靖雯分享了小时候的事情,没注意就喝多了。"

"是吗?"

他短促地应了一声,并没有往下追问的意思。

"你都不好奇我的哦……"姜蝶撇了撇嘴,摆弄着他的衣领,"那你呢,你有没有想跟我分享的小时候的事?"

蒋阎淡声道:"好了,你也不看看现在几点。"

"我口渴嘛。"

蒋阎闻言，便窸窸窣窣地起身，打开床头的夜灯，起床去替她倒水。姜蝶在骤然亮起的炫目光线里注视他为自己忙前忙后，内心充盈着巨大的安宁。他从客厅回来，手上端了一杯水，姜蝶的视线定格在杯子上，整个人一怔——是她送的那只酒杯。

"……你还真用它喝水啊？"

"嗯。"

"其他的水杯呢？"

"扔了。"

温温的水流过喉咙，她却噎住了，半晌才无措地嘀咕："我还以为你开玩笑呢。"

他小心地收好她喝光水的酒杯，放在床头，按灭夜灯，一边平淡地说了一句："对你我从不开玩笑。"

姜蝶在暗下去的卧室里，心房怦地骤亮。她抑制不住地用自己的额头贴上蒋阎的额头。他趁机坏心眼地往前轻轻一撞，姜蝶嘶声道："痛。"

他又在夜半昏暗的房间里无声地笑起来。

姜蝶摸着额头，和他面对面，即便看不清他的表情，也知道他一定在取笑，她反手拍了下他的脑门，随即也跟着傻笑。

"刚被你打岔了，你快说说，我要听。"

"说什么？小时候？"

姜蝶头点得像小马达。

"是不是家教特别严格？睡觉都要严格穿着睡衣？"

她上手摸索着他的长袖，蒋阎的反应似乎有些迟钝，在沉默了好几秒后，才像卡带的磁带继续运转下去，"嗯"了一声又说："对。"

"你是不是困了呀？那我们不说了，睡吧。"

姜蝶注意到这一点，小心翼翼地缩回手，放轻声音。

"没事，我没困。"他又反手抓住她的手指，用力攥紧，"你讲过你的名字，那我也讲讲我的吧。"

"你的名字也有故事吗？"

"'阎',并不是一个吉祥的字,对吧。"

"……好像是哦。"

姜蝶这时才后知后觉地想:"阎"作为姓没什么,但是作为名,确实有些古怪,容易叫人联想到阎王、地狱,寓意并不算好。大概是因为他身上的光环太强烈,连带着把这个字本身都美化了,所以没让人觉得奇特。

"我的父母,他们在有我之前,发生过不太好的事情。有钱人很信风水命理,他们就去找大师算。"

凌晨三点,讲到这些东西,姜蝶不自觉地缩了缩脖子。除此之外,她还有种难以言喻的感觉,总觉得蒋阎叙述的视角太过冷静,叫自己的父母"有钱人"?这个指代的称呼非常微妙。

"大师说,你们得有一个孩子,且一定要给他取个很'硬'的名字。他能吸住煞气,不再让家族遭祸害。所以,我得叫蒋阎。"

姜蝶难以置信道:"意思是——让你来承受这份厄运?!"

他的声音微乎其微:"天底下,没有白吃的午餐。"

他的想法,竟和她不谋而合,虽然被用在诠释他和父母的关系上。

姜蝶认为不该是这样的,但她没和亲生父母相处过,无法理直气壮地安慰他,说你这样想不对,反而有一种怔忪的难受。原来,亲生父母和孩子之间,也逃脱不了交换吗?但狠心到能将孩子的人生气运做赌注,是不是残酷过了头?

蒋阎并没有过多透露他真正的生活,但仅仅是这只言片语,就让人不寒而栗。

姜蝶原以为天之骄子的生活就像初次见到的海边别墅一样,有鲜花、泳池,是一座四季如春的温室,但她突然意识到,温室之所以是温室,是因为那就是人造的。

造房子出来的人,可以随时亲手掐断供暖。

那么生活在里面的孩子,该会有多么担惊受怕?

这一瞬间,姜蝶似乎隐约窥见了蒋阎喜欢废墟的原因。

代入自己,如果出生就注定被用来消解灾难,那么再华美的宫殿都会成为摇摇欲坠的危楼,最亲近的人早就准备好逃亡的拐杖,只等着倾塌之际全身而退。而他们的拐杖,斩自他的双腿。那他还能跑去哪儿?只能和危楼一起瓦解为废墟。

她不知道自己的表情在黑暗中变得分外难过,蒋阎遮住她的眼睛,"嘘"了一声说:"怎么还替我委屈上了?这事情说到底,只是个说法罢了,不用在意。"

他倒反过来安慰她。

姜蝶沉默了很久,坚定地说:"天底下,会有白吃的餐的,不论是早餐、午餐还是晚餐。"

他感受着手心底下长长的睫毛忽闪着扫过,犹如蝴蝶扇动了一下翅膀,再度撒下粼粼的翅粉。于是,整个压抑的、沉默的夜晚,都变得亮晶晶的——她的下一句是:"我永远是你二十四小时可以赊账的私房小馆。"

永远,二十四小时,被无限套牢的定语。

不知天高地厚的词语被组合在同一句里,爱意浓厚重叠。她手上举着的火把,什么时候竟然已经烧成了一座火山,足够和冰山抗衡?

可是这样,也会把自己烧着的啊。

傻瓜。

姜蝶感觉覆在眼皮上的手弹动了一下,他无比温柔地用指腹轻轻擦过她的眼皮,到了山根,顺着小巧的鼻梁滑下来,最后是嘴唇。她被他遮着眼,看不到他的神情,只听见他故作轻松的笑:"做什么,那碗白粥吗?"

沉闷的气氛在这句话后被打散,姜蝶气得一把将他的手拨开,蒋阎变本加厉地靠拢,不仅是抵上她的额头,嘴唇也贴得过分紧,擦着她的唇瓣用气声说:"我这回会吃下一整锅的,好不好?"

姜蝶滚动喉咙,失去了言语,大概自己也要跟着被他生吞了吧,她想。

姜蝶第二天起来,才意识到自己把想给蒋阎的"惊喜"弄丢了。

当晚的其余三个人都没记得拿，买好的衣服就这么落在了店里，跑去店里问，店家也说没看见。姜蝶无语凝噎，恨不得把自己喝过的每一口酒都吐出来。那可是上万元的衣服，足够喝顶级香槟了，结果同等的钱只喝到了让嗓子冒烟的扎啤。只要牵扯到十一，就没好事。

姜蝶崩溃地扯着头发，总不能就这样作罢了。尤其是昨晚听蒋阎不痛不痒地解释他的名字，她就更加不能让自己的男人受一丁点委屈，因为自己的疏忽而收不到礼物。这个时候，姜蝶突然意识到自己陷得更深了。

若当一个女人对男人产生的爱里，加了个"怜"字的前缀，那这个女人基本就完了。母性是女人存在的天性，会让她不再用理智，而用不加任何思考的本能去爱人。但是，姜蝶觉得自己还是有救的，她的理智尚存，至少她知道自己不能再花同样的一笔钱去买春尾衣良，除非她真的想在巴黎喝西北风。那么，她就要重新挑一个礼物。不能在价格上取胜，得在心意上设计讨巧——姜蝶又开始抓耳挠腮了，搜遍了各大网站上的送男友小礼物技巧，挑花了眼，最后干脆转而求助卢靖雯。

小福蝶：救命，我到底该送啥表达我的感谢！！！

卢靖雯发来一条链接。

Lulu：我送给过飞白，他表示男人都抗拒不了！

这么神奇？不错！

姜蝶满怀期待地点进去一看，脸色涨成番茄。

救命。姜蝶条件反射似的退出链接，这也太不害臊了！然而，这个念头在接下来的时间里时不时蹿出来：如果真的买了这个……蒋阎会有什么样的反应呢？他也会害羞、会喜欢、会失控吗？这个念头就像伊甸园的禁果，引诱着姜蝶下单。最后，她缩在被子里，红着脸选了一套。

点下购买的按键，姜蝶立刻把手机扔得远远的，把自己裹进被子里"啊啊"乱叫。收到衣服的这天，她把自己锁在房间里，闭紧窗帘，灯也没敢开太大，悄无声息地拆开包装，做贼心虚似的穿上它。

姜蝶坚持了不到十秒钟就火速换下了，心脏"怦怦"跳得跟跑了个体测似的。她把衣服揉成一团，刚想扔进袋子里毁尸灭迹，又犹豫了。

买都买了……做人，就是要走出舒适圈！

她胡乱地在心里呐喊，试探着给蒋阁发了条消息。

小福蝶：今晚有没有空？有个电影新上了，我们去看好不好？

看完电影，再顺理成章地去他家，然后……打住，打住！姜蝶抬眼扫到穿衣镜中自己想入非非的笑，一秒收拢嘴角。结果，她这边刚在心里给自己打完气，却收到蒋阁说不太行的消息。

男朋友：今晚有点事，改天吧。

姜蝶撇撇嘴，距离上次意外见面已经过去好几天，两人最多只在学校一起吃个饭，再也没有私下单独出去过，他好像比前阵子更忙了。

姜蝶倒也没有抱怨，空出来的时间可以用来继续充实自己，正好晚上有卢靖雯的选修课，两人吃过晚饭一起去往阶梯教室。

卢靖雯吐槽道："我都不想来上，你不用赚这门课的学分还跟着来，无语。"

姜蝶耸肩："现在学分也无所谓了，反正奖学金也到不了我头上。"

她看着从前排走进来的饶以蓝，语带所指。

卢靖雯顺着视线看过去："她后来没找你麻烦吧？"

"都已经这么丢面儿了，聪明的公主就该'安静如鸡'。"姜蝶转着笔打了个哈欠，"饶以蓝还没蠢到那分上。"

但这堂课结束，姜蝶就打了自己的脸。

临出教室门时，她被饶以蓝叫住，对方微微一笑，恢复成初见时挑不出任何失态的样子，且带着一种怜悯的神色打量着她。

"你知道吗？A货因为价廉，也许能一时间让人好奇——真的可以穿吗？人抱有这样的想法穿了一下，但也会很快脱下来的。"

姜蝶直接道："你说啥？我可不穿A货。你要是想买A货，请教别人吧。"

饶以蓝脸上的表情一僵，吸了口气，挑白了道："Limatcx，这个会所你去过吗？"

"干什么？"

姜蝶脸上的表情已经透露了答案，甚至连名字她都是第一次听说。

饶以蓝嘲讽地一弯嘴角："这是邀请制的高级会所，一般人可去不了。我前两天刚巧去过，你猜我看见谁了？"

姜蝶隐隐意识到了她要说什么。

"我不关心。"

她扭头想离开，饶以蓝从容地说："原来你对你男朋友的事情这么不上心吗？"

姜蝶定住脚步，也从容地回她："每个人都有自己的生活，就算再亲密的人也得有私人空间吧？做每一件事情都得报备我认为没必要，倒是某些路人咸吃萝卜淡操心盯别人男朋友盯得紧，稀奇。"

饶以蓝胸口上下起伏，末了冷冷地扔下一句："我只是好奇他带去的女人不太像你，来问问罢了。同学之间的关心而已，怎么了呢？"

她甩脸离开，姜蝶的从容在她最后那句话落下后，有些难以维持下去。她不可避免地把这件事同盛子煜之前告诉过自己的那件事联系起来。他又是和石小姐吃饭吗？或者是别的什么姓的小姐？总之，大概都是绝对不会在会所大门被拦下的人。

为了压抑突如其来的心慌，她又像上次那样，若无其事地给蒋阎发了条消息。

只不过这次，他并没有回，一整个晚上都没有。

—45—

夜晚八点的盐南岛，整片海岸都是暗的。

唯独一道山坡上的别墅亮着莹白的灯，花圃里的山茶投在玻璃窗上，映出一抹虚影，似乎随时会摘下漂亮的面具，变成杀人不见血的食人花。隔着落地窗，屋内一片平和，甚至还放着轻柔的钢琴曲。桌上的花瓶里，插着从花圃里刚折下的黑百合，开得很艳。任谁看到这一幕，都会以为他准备就绪，在等待情人的赴约。但如果知道黑百合的花语是"诅咒",就不一样了。

男人从敞开的大门进来时,蒋阎正背对着他,哼着小调,在餐桌边对齐刀叉。

粗哑的嗓音在他身后响起,像投进许愿池的臭垃圾袋,没什么重量,但足够使整片漂亮池水被打碎。

"准备好的钱呢?还要我来这里取?费劲。"

蒋阎头也不回地说:"要不要先坐下来吃个晚饭?"

"用不着。"

男人瞥了一眼西餐盘里带血的牛排,往地上吐了口唾沫。

"赶紧拿钱给我。"

蒋阎置若罔闻地坐下,拿起刀叉切下一片肉,切口十分平整,肉慢条斯理地刚入嘴,就遭到了男人的催促。他大踏步过来,居高临下地站在蒋阎面前:"我问你话!你现在吃什么饭!"

蒋阎坐着,略仰起脖子,洁白天花板下的水晶吊灯晃了一下他的眼睛——多么相似的视角啊。十多年前,阴森灰暗的白炽灯下,他就是用这样的角度仰望男人。没有什么富丽堂皇的别墅、喷香四溢的牛排,只有一张沾满油污的桌、两盆凉掉的菜,角落里横七竖八地堆了一堆东西:洛阳铲、雷管、麻绳、背包……空旷的房间因此显得拥挤起来。

他独自坐在四方桌边,任头顶的灯打下一圈阴影。那阴影好畸形,他被压扁成一条,好似一团任人搓圆揉扁的面团,恰巧刚被压成了这个形状。他也不恼,没脾气地低头嚼硬掉的饭。

里屋里,传来成人世界的声音。

破床板的吱嘎响动声越来越大,某种奇怪的味道透过并未关严的门缝传出来时,他跳下凳子,蹲到门口呕吐起来,但因为没能吃下什么东西,吐出来的只有一摊黄色的稀水。

吐完,他习以为常地用泛黄的衣袖擦掉嘴角污渍,从口袋里掏出一包小浣熊干脆面,将硬邦邦的面条揉碎,撒上料粉,扎紧口袋摇一摇,再松开手,粉香扑鼻。他轻轻抽动鼻子,极小声地打了个喷嚏。

吐过之后,他才敢放心地吃这个他目前最喜欢吃的东西。好东西留到最后,才不会被肮脏的东西辜负,在确认自己不会浪费之前,他不会打开。

屋内的动静渐息,楼宏远出来扫了一眼,看见了桌上没被解决的饭菜。

他的视线落到门口瘦削的小男孩身上,情欲餍足的脸陡然暴躁,抄起地上空了的啤酒瓶,不由分说地对准他头上的门梁砸下去。碎碴儿溅了底下坐着的孩子一身,宛如过年时噼里啪啦掉下的炮仗屑,动静大到吓人。

"你是不是在和老子作对?!之前不是求着老子要饭吃吗?怎么,知道今晚要走活儿故意不给老子吃饱饭?你要是没力气死下面老子才不管你!"

男孩表情平静地站起身,摸了一把眼角,碎片割出了伤口,手心有温热的液体流淌。

世界从凄冷的灰白,变成了浓烈的红色。

而他是一块没办法清洗自己的调色盘。

"我吃饱了,爸爸。"他垂下沾血的眼睫,"我是怕你没吃饱,给你留的。"

楼宏远一愣,闻言把酒瓶一扔,放过了他。

"吃屁,马上要集合了。你快点给我收拾!"

他乖顺地点头,走到角落,把那些散开的工具一一放到和他上半身差不多大的背包里。

"我装好了——"

高声说着的同时,他熟练地往怀里藏了一只很小的鱼眼相机。

楼宏远口中的活儿,就是盗墓。

他们在郊区已经瞄准了一块墓地,带队的人估摸是西汉的墓,声称他们这次下去一定会大赚一笔。盗洞早就已经不声不响打了好几天,终于到了可以下墓的日子。照例,他也得跟着楼宏远一起去。小孩子能在盗墓团队中干吗呢？明明不会定位，不会挖盗洞，不会爆破，楼宏远却想出了绝妙的使用方法——探路。

盗墓这件事，容易暴富，也容易暴毙。

积压在地底下几千年的玩意儿，什么未知的危险都可能有，每次下去，都是把脑门别在裤腰带上的。楼宏远还不知道他的时候，第一次下墓地，就碰到了墓火，吓得半死。幸好团队里的人都没带有明火的玩意儿，没发生爆炸。楼宏远心惊胆战地回来后，琢磨了一下，觉得这样不行，就像猎人打猎时得有狗冲锋在前——巧了，这不正好养了一条吗？

于是，他就被提溜过来。小孩子身材小，最适合查探，确认了安全再出来，帮他们把风，从晚上九十点一直到凌晨三四点。他的童年，就从深夜的墓地开始，一个人，坐在坟地上头。

以至于后来，他被赐予"蒋阎"这个名字——和墓地和死亡关联千丝万缕，真的就像冥冥中注定的那样，让人除了毛骨悚然无话可讲。

这一次，他依旧被安排最先进去，绑上麻绳，从他们挖好的盗洞里爬下。他站在边缘，凝视着黄土地上那一口漆黑的盗洞，从心底抑制不住地恐慌。它就像嵌在大地上的台风眼、海沟的深渊、宇宙的黑洞，总之是一切他能想到的、吃人不吐骨头的旋涡。他深呼吸，紧张地抓住绳子，全身蹭上黄土，洗亮的白鞋再一次变脏。

一群人围在洞口旁，神色不耐地催促着他动作再快一点。

这个架势总是会让他想起明净的实验室里，穿着白大褂的人往笼子里滴进一滴带病菌的液体，然后冷漠地观察和记录白鼠的死亡。即便和这个地方最扯不上边的就是"明净"两个字——肮脏、破落、逼仄、昏暗。越是往下，就越是远离人间，他面前的墓门，就像是通往地狱的门。

他还没爬到盗洞最底下，头顶就传来非常空旷的声音，问道："底下什么情况——？"一边问着，那一张张脸一边挤过来好奇张望，把洞遮满。最底下，是他们用雷管炸开的，谁都不清楚下面会有什么。孩子的脚终于从虚空中落了地，刚想回答这里什么都没有，就觉得脚底软得不像话,他站不住脚,越陷越深。蛰伏的恶魔不声不响地冒出头,拉住他的脚踝不停地向下。

求生欲逼得他即刻摇动绳子,撕心裂肺地喊:"沙子——这里有沙子——"

头顶窸窸窣窣道:"'中奖'了,居然是积沙墓。"
"得重新打盗洞,找准没有流沙层的位置打。"
"这怎么找!"

长长的、露出地面的绳子在他们的七嘴八舌里还在细微地挣扎摇晃。楼宏远瞥了一眼,总算想起来:"喂,等会儿再讨论,人还在下面。"
"来,大家加把劲把他儿子拉上来!"
"赶紧的,下次咱们试探流沙层还得靠他呢。"

众人赶紧从洞口散开,列成拔河的阵势,由楼宏远抓住绳头,齐力把人从洞底往上拽,但是,流沙因为这份由上传来的牵扯力流动得愈发固执。他听到耳边传来隆隆震动——砂锅大的石块擦过后脑勺砸进沙里,就像小行星擦过地球,引发滚烫的擦伤,偏差分毫,侥幸地没有导致爆炸。但下一回的撞击,也许就是玉石俱焚。

恍惚间他听到上头传来模糊的声音,说着"算了吧,他今儿是没救了,这可是流沙墓"。他身上那股拧巴的力道骤然消失,绳子被松开了,整个人往下陷去。沙子绞得太紧,他的下半身逐渐失去知觉,也就感觉不到肉被挤成一团的痛苦。他居然还有闲心想:这条裤子还洗得干净吗?

他没几条可穿的裤子了。

陷落还在继续,粉尘四溢,缺氧的圆洞随着石块掉落噼里啪啦震个不停,如枪声大作的靶场,而他一不小心就会被流弹击伤。果然,第二块、第三块……不知第几块石头兜头砸下来时,他没能幸免。有一块恶狠狠地击中了他的脑袋侧面,世界开始像万花筒般旋转,唯有一样东西是静止的。他粗喘着仰起头,圆形的盗洞口没有了那些人的围堵,露出了高悬于头顶的满月。

他就在地底最深处,仰望月亮,不知道还有没有下一秒。

但如果这是死前的最后一眼，那老天还是仁慈的。

这是他难得见到的漂亮景色。

他颤巍巍地从即将被细沙淹没的怀里，费劲地扒出那只隐蔽的鱼眼相机，把它高举在自己的眼睛前，抖着手，按下快门。

如果能转世投胎，他可以做一轮月亮吗？

——光明的，高傲的，不用像一条狗一样活着的月亮。

旧日的月光，和今日高级的吊顶灯垂下的光重叠。蒋阁慢腾腾地直起身，一下子压过男人，俯视着他。蒋阁的眼神令楼宏远感到害怕又烦躁，犹如在阴湿的草丛里被毒蛇盯上，毒蛇缓缓地吐芯，琢磨着要从哪一个位置下手。

"你问我钱是吗？""毒蛇"微笑着说，"没有。"

楼宏远目眦尽裂："你在玩老子？！"

"玩你？你算什么东西？"蒋阁一改之前的笑脸相迎，面无表情地垂下眼，用盯蝼蚁的眼神盯着他，语气还堪堪地保持温和，却因此听上去更让人不寒而栗，"一条附在尸体上的蛆，我嫌手脏。"

楼宏远来时喝过一点酒，听到这话，酒意直冲上头，青筋暴起地扬手直冲他的面门甩过去。蒋阁轻巧地一偏头，游刃有余地后退两步，嘴上继续不紧不慢地说："有件事情你不知道吧，奶奶不是因为摔跤去世的。

"其实，是她知道你进了局子，气得心脏病发作走的，我才因此进了福利院。"他一字一顿，"而且我告诉她了，是我举报的。

"怎么样，爸爸，是不是很为自己作奸犯科的人生感到自豪？"

杀人诛心。

一把看不见的刀插在楼宏远的心口上，纵然他的心脏小到难以捉摸，但还是有的。他这一生中最在乎的人就是他的老母，她总嫌他没出息，赚不到什么大钱，那么他就要证明给她看看，她儿子能有多牛。为此他不惜铤而走险，但同时，他又贪生怕死。想来想去，便宜儿子就在这时成了一张最好的挡箭牌。

反正,也是哪个不知名的女人生下来、扔在他门口的。如果不是老母劝说他留下,他早就挖个坑把这小不点埋了,养着多麻烦。反正这个死了,他总还可以再生。因此,当那个小不点真的被埋在盗洞下时,他并不感到多遗憾就松了手。

楼宏远不会想到,小不点还能够苟延残喘爬回来,不仅爬回来了,还带来了一拨警察。他手上的鱼眼相机,拍摄了他们每次让他下盗洞时的情况,证据确凿。

而他之所以没有第一次下盗洞后就找警察,是因为他知道,引蛇出洞后,得乱棍打死,只有一棍,是打不死的。

小男孩降临人世,第一次学会看的文字,不是"爸爸妈妈",不是"平安喜乐",不是那些积极美妙的阳光词汇,而是法律书上一行冰冷的文字,大概意思是,若多次盗掘古墓,会承担非常严重的刑事责任。

所以,他以自己的生命为赌注,进行每一次的收集。

等到流沙快将他活埋的这一刻,他知道,好运气到头了。

真的要面临死亡的这一刻,他无声地嘶吼:老天爷,让我活下来!这辈子当条狗也行,至少让我先活下来好不好?

——我还有一包小浣熊干脆面藏在床底,没有吃完。

——我还没有,亲手了结这一切。

人的执念是无比强大的,他不吃不喝,仅凭着一丝洞内的氧气,居然坚持到了有人发现他的那一刻。

他不知道过去了几个小时,或者是几天,在他的意识里,就像是经历了一次跨世纪的轮回,并且留下了后遗症——从那之后身体素质变得很差劲,动不动就生病。但看着男人被警察铐着推入警车的那一刻,他想,这次轮回是值得的,他终于不必堕入畜生道了。

然而,男人在跨进警车前,恶狠狠地扭过头来:"你给老子等着,老子出来,一定、一定弄死你,你别给我抓到。"

蒋阎眯起眼睛,模仿着他的语气,又重新念了一遍这句话。

"我一直等着你弄死我呢。可是出狱的第一面,你怎么没弄死我,反倒巴着我要钱呢?"他嗤笑,"如果我不姓蒋,是不是已经死了?"

"——你以为你姓蒋,我就真的不舍得杀你?你去地下给我妈磕头!"

男人狂怒地随手抄起放在餐桌上的刀叉,新仇旧恨,通通涌上来。他们是血脉相连的父子,只是连通他们的不是血缘,而是刺进对方身体的武器,刺进去,血就喷出来,以这样的方式反哺——不是你死,就是我亡。看着刀叉扎进脖子的那一刻,蒋阎笑了。他没有躲,没有反击,而是往前凑近了一寸。

我再也不会害怕了。

我不要残喘,不要狼狈,不要不体面。那些上辈子的东西,尽管它难以被抹去,但已冻结在冰川的基底,再也不必浮出水面。

黑色的百合沾染上血色的气息,变成了红玫瑰。他得偿所愿地在这一瞬间的疼痛里,再度会见了十多年前的自己——缩在床板底下,面无表情地目送着装载男人的警车"嘀呜嘀呜"离开,一边揉碎了仅剩的那包小浣熊干脆面。

料粉蹿入鼻腔,小男孩把脸埋进袋子里,深吸一口气,然后,尽情地打了个惊天动地的喷嚏。

这一回,再没有人抄着啤酒瓶往他身上砸,粗声勒令他闭嘴。

蒋阎这一失踪,直接音信全无了两个礼拜。其间只发过一条消息,说自己需要闭关一段时间做模型,暂时不见面了。姜蝶怒了,自己憋着不去找他,买的那套新衣服也在收到消息的第一时间被扔进了垃圾桶。

卢靖雯劝慰她别多想,但是前脚有绯闻,后脚又对她这么冷淡,她很难不多想。怨气像雪球越滚越大,却在久违的、见到蒋阎的这一刻雪崩。

当时她刚好下课从学校回来,拾步走上鸳鸯楼的阶梯,在拐角的平台愣住。

只有一盏路灯的夏日夜晚,蒋阎背对着她,手臂搁在带锈的栏杆上,穿着并不合身的宽大衬衫。夜风将他背后的衣服吹得鼓起,这么看去，竟然隐约像一只白色的、随时要在风里起飞的蝴蝶。

蒋阁听到脚步声，转过身来。她下意识地看向他手上抱着的花盆，里头栽种着一株娇艳欲滴的蝴蝶兰。他把花盆递过来，说："来向我的蝴蝶赔罪。"

姜蝶不想接，视若无睹地想擦身过去时，却扫见他脖子上的一圈绷带。因为夜盲，刚才她还恍惚以为这是他的衣领。"这是怎么回事……？！"她紧张地仰起脸，完全忘了上一秒自己还非常生气。

蒋阁放下花盆解释："其实前一段时间，我在养伤，不想你担心就没告诉你实话。"

"伤？！"

"小伤。"他张开双臂，"所以，让我抱一下，抱一下就好了。"

"你能不能认真点？到底怎么回事！小伤怎么可能消失这么久？！"

蒋阁叹了口气，主动上前一步，把眼前快急哭的人拢进怀中。他的嗓音混在夜风里，含糊地说："运气不好，遇见一个正在犯病的精神病，不小心被他攻击了。"

这太离谱了。

姜蝶目瞪口呆："哈……？精神病偷跑出来了吗？！"

"不，在此之前，他都不知道自己有病。"蒋阁仰起脸，看向天上的月亮微笑，"但经过这次发病，就得关回精神病院，不能再出来害人了。"

46

知道蒋阁玩失踪和什么女人根本没关系而是因为受伤之后，姜蝶又愧疚又生气。她严肃教育了蒋阁好一通，警告他如果再对自己隐瞒这类事，她就干脆在他脖子上再来一刀。

蒋阁闷笑："这么辣。"

姜蝶气得不想理他。

至于饶以蓝提到的那件事，她把它压了下去，不再在意。毕竟她下学期就要去巴黎,而距离期末,只有不到两个月的时间。在这段限定的时间,她不想将任何的不愉快加入记忆中。毕竟她和蒋阎在一起的日子那么短暂,如果分开一年,又是在有好几个小时时差的异国,那么她和他构筑起来的几个月的感情经得起消磨吗?

她很早就在思索这个问题了,但她肯定不会放弃出国的机会,那么唯一的办法,就是尽可能在这段时间内,让他们的关系加码到坚不可摧——怀疑、猜忌、争吵……这些伤筋动骨的负累都不要有。

她希望自己带给蒋阎的,是信任、温暖、平和,希望他会认为自己是全世界最可爱的"小福蝶",希望他每想起与她有关的回忆,都能嘴角挂笑。因此,她心机地制订了一个计划,叫"与你一起完成的第一次"。

然而令姜蝶没有想到的是,主动提出要去做这些事的人会是蒋阎。他的伤还没好透,突然就发微信问她要不要晚课结束后去轧马路。接下来的一段时间,他都会时不时地来问她"看海吗"或者"爬山吗"。姜蝶觉得不对劲,一看,这怎么和自己从网上扒下来的"要做的事"高度重合……他不会和自己想到一起去了吧?但是,这怎么看都不太像蒋阎能做得出来的事……

她脑补他埋头在网上一本正经地搜索"情侣要一起去做的一百件事指南",然后逐条对照哪些做过、哪些没做过,忍不住觉得好好笑。因为,她总觉得,该费心加码的那个人肯定是自己,轮不到他来担忧。

原来……在这段感情中,并不是她一个人在未雨绸缪患得患失,只是他隐藏得太好了。

认清楚这一点的姜蝶,心里一直涌动的焦虑终于得到了缓解,她不再刻意地试图去和蒋阎制造什么惊心动魄的回忆,而是顺其自然地随着季节的变化,随着日子平淡往前。

逐渐热起来的时节,他们会去轧马路一直到凌晨三点。从学校后门的那条窄巷开始,穿越人声鼎沸的小吃街,途中蒋阎会给她买草莓上裹着糖浆的糖葫芦,还有里脊肉和炸虾混在一起的炒面,再来一杯温热的芋圆奶茶,直到双手都塞不下。

"我不能再吃了，最近拍视频上镜都胖好多！"

他不甚在意地捏她的脸："如果蝴蝶重到飞不动的话，可以停在我肩上。"

"这都是你们男人的鬼话，别想诓我。"

他摸着她的后脖颈呢喃："我不喜欢你这么说。"

"啊，为啥？"

"总之，不喜欢。"

姜蝶回味过来："没有那些男人，只有你。傻瓜，我是夸张说法！"

她张口乱叫，傻瓜，憨憨，这些和他不相称的昵称却在她眼里无比合适。他就是那么可爱，尤其是在她面前流露出那么一点小性子的时候。

穿过小吃街，就是宽阔的大马路了。他们通常都是没有方向地走，夜晚很吵，总是会有汽车飙过去的声音突然打断他们的聊天。她就会遥遥地对那个车屁股做一个鬼脸，说车标不怎么的，声音倒是牛烘烘。然后，蒋阎会慢一拍，学着她也做一个鬼脸，但街道上只剩下一溜散开的尾气。

姜蝶笑得奶茶都快洒到他身上了。

直到逛到下半夜，车流渐息，让人觉得红绿灯的变换速度都慢了。沿路摊位的卷帘门放下，露出不知是哪个艺术青年随手画上去的奇怪涂鸦，他们研究了半天那是什么形状，她说是一只长着匹诺曹鼻子的恐龙，他说那不是鼻子，而是恐龙的剑。

她不服："恐龙的爪子那么短，怎么拿剑？"

"所以它干脆把剑插在鼻子上，脸是它最突出的部位。"

"你这么说好像也有道理，怪不得恐龙鼻孔那么大，原来是被剑插大的。"

这回轮到蒋阎笑得肩膀耸动，月光被揉碎了一地。他们走到路的尽头，她有点走不动，拉着蒋阎坐上一辆夜行公交。运气很好的是，这辆公交有一段路线环海，有一站是花都码头。姜蝶忍不住想：设计这条公交线路的人是想到半夜会有人突发奇想来看海吗？还是说这个人自己很喜欢半夜看海呢？

无论怎么样，一定是个浪漫的人。

空荡荡的公交车，位置任选，姜蝶挑了一个单独的位置坐下。

"我们一前一后坐吧？"

他不解地问："为什么？"

她眨眼："这样我们俩就都能看到海啦。"

蒋阁似乎想反驳她什么，但最后不想扫她的兴，话锋一转："那你挪到前面一个位置。"

她现在坐的是单独位置的最后一个。

"你想坐我这里哦？"

姜蝶不明所以地起身，把位置让给他，自己坐到了他的前面。

公交车驶进环海公路，靠近码头的渔港没有灯火。

姜蝶凝视着失去光源照耀的大海，突然发现，原来蓝色在某一时刻，和黑色是一样的。

她拉开车窗，试图看得更清晰一些，下半夜的晚风争先恐后地扑进来，带着海盐的湿咸和水汽的暖意，将头发吹成一团。她刚抬手想把头发扎起来，头发就被人抓住了。蒋阁靠近她，手指边抓拢她乱飞的头发边说："发绳。"

姜蝶往后伸出手腕，那里依旧挂着熟悉的黑色发绳，是最初他买给她的那一根。蒋阁显然没想到，她居然还在用这根发绳。微怔后，他小心翼翼地取下，笨拙地帮她把头发扎起来，试了好几次才成功。他不承认是自己手艺不行，无赖道："这绳子弹性不太好了，该换了。"

"干吗换？明明这绳子很耐用的，我每天都戴在手腕上也没见它开裂。"

"有必要每天戴着它吗？"

"这是你送我的啊！"姜蝶理所当然道，"你也不是没看过我的房间，丢三落四的，东西一堆。如果绳子离开我一分钟，它就会永久失踪。"

"那我会送你一根新的。"他一顿，"更漂亮的。"

"这根我最喜欢。"姜蝶摸了摸发绳，"它是你送我的第一个东西。"

蒋阎在后头沉默。

姜蝶正想回头，蒋阎的手指从后方伸来，滑到耳郭。她一激灵，还以为他想做什么，结果他只是单纯地帮她把没扎进去的碎发——撩到耳后。

他收回手说："继续看海吧。"

姜蝶心神不宁地"哦"了一声，大脑皮层还在回味他的指尖轻蹭过耳垂的酥麻感，好像远处的海浪拍到的不是岸，而是她的耳朵。

明明已经是男女朋友，这一瞬间她却不太敢回头光明正大地看他，只好假装揉了揉脖子，做米字操，转到右边时，她飞快地看了他一眼，就这么一眼，却被蒋阎抓包。

因为他根本没在看海。

他看的，一直是她的背影，所以，他才要固执地换到她身后。

等天气完全热起来，六月的花都已进入了梅雨季，一切都开始变得黏稠。

他们也忙了起来，各种期末考试、学生会的事还有她准备出国的各项手续塞满生活。难得有一天放晴，两人才又有机会一起出去，这么好的天气，很适合野餐。

他们想着别跑远，到学校附近的公园一看——即便是工作日的下午，来晒太阳的人也很多，毕竟天气预报说未来十天可能都是阴雨连绵。

草坪上几乎没有位置了，无奈之下，蒋阎干脆开着车带她去了郊外的野湖。

幸好，这里没有蜂拥人潮，自然草地也没有公园里的齐整，横七竖八地野蛮生长，却让姜蝶更加喜欢这里，有一种让人亲近的生命力。

她穿着嫩黄色的碎花连衣裙，像个翩跹的小蝴蝶扬起野餐布，白色的野餐布在阳光下抖了两抖鼓起来，缓缓地降落在草丛上。蒋阎则回车上把装好食物的盒子拿下来，水果和蛋糕，都是姜蝶爱吃的甜食。

"哇——你故意的，我好不容易减下来一点！"姜蝶一边咽口水一边严肃地指责，手却已经没出息地伸向马卡龙。

蒋阎把马卡龙盒子往自己这边一拉:"那这样吧,我们玩个游戏,你得满足我一个要求才能吃。"

"什么要求?"

不会是什么让她吻他一下这种吧?

姜蝶开始想入非非。

他沉吟半响:"唱首歌?"

姜蝶嘴角刚扬起的猥琐笑容卡住。

"啊?!不要……"

她条件反射地摇头——开玩笑,才不要自曝弱点。

蒋阎忍笑说:"其实我之前已经有听到你自己哼歌,挺好听的。"

"我谢谢你,假如你不憋笑我就信了。"

姜蝶翻着白眼在野餐布上躺下来,背对着蒋阎佯装生气。

蒋阎折下一片草叶,俯下身,在她的侧脸流连。

"痒啦!"

姜蝶破功地笑出来。

"唱一首吧,我想听你唱歌。"他的手肘半撑着,整个人罩在她上方,挡住了灼灼的阳光。姜蝶半转回身,平躺着,直直对上蒋阎的眼睛。明明他背着太阳,她却在他的眼睛里看见了流淌的粼粼波光,让人不忍心拒绝。

她被这份炙热蛊惑着,不由自主地张开嘴,结巴地唱起来——

> Lost in stars reaching for who we are
> (迷失在星河中,寻找真正的我们)
> Lost in Mars never going down for a while
> (迷失在火星上,永远不坠落)

她开口唱的,正是那首 *A Rocket To the Moon*。

姜蝶起初很紧张,但在蒋阎温柔的注视下,慢慢地不再心里打鼓,渐入佳境。

到了高潮部分，蒋阁也开口，但声线很低，只是为她和音——

Let's get on a rocketship and ride to the moon
（让我们搭一艘火箭，奔向月亮吧）
There will be my heart waiting for you my baby
（我的心会为你等待）

姜蝶哼着，他的手指缠了上来，一根一根地插进她的指缝间。
姜蝶害羞地唱完副歌，闭嘴了。
"怎么不继续唱了？明明唱得很好。"
"刚刚那是极限了。"姜蝶狂摇头，"我真的是唱什么歌都会走调。"
"但你这首一点都没有走调。"
姜蝶不好意思地从手机里调出听歌的 App，把界面展示给蒋阁看。
她歌曲稀少的曲库里，那首 *A Rocket To The Moon* 的听歌次数，达到了 2447 次，对比其余零星的播放次数，简直一枝独秀。

她皱着鼻子小心地说："因为听了太多太多次了，我再学不会就太笨了。"
蒋阁的目光从屏幕移到她脸上。
"听这首歌的时候，都在想我吗？"
姜蝶凝视着他的眼睛，点下头。
这世上有哪一个人，能忍受她这样毫无保留的真诚视线呢？
蒋阁在心里叹息，放任自己沉溺，闭上眼睛，用鼻尖磨蹭她的鼻尖，无声地呢喃——

My baby...My butterfly.
（我的宝贝……我的蝴蝶。）

这一回，他终于不用再隐晦地写下"The butterfly"，而是正大光明地说出来，My，我的。

时间就在这瞬间停滞，他们亲密无间的鼻尖吻，把整个世界都排除在外。鸟鸣、微风、青草、野湖、花香，都比不上爱人眼睛里藏着的自己的倒影。

47

那一个下午，他们就这么肩并肩地躺在野餐布上，午后的阳光很热烈，但蒋阎一直伸出手帮她挡着光，直到一通电话打进来。蒋阎漫不经心瞥了一眼，忽然就移开手，起身去接电话。他一挪开手，刺目的阳光兜头倾泻，姜蝶眩晕得睁不开眼睛。她在这片浓烈的光晕里眯着眼去瞧蒋阎，他的背脊绷得笔直，这是一种很紧张的姿势。

……他在接谁的电话呢？姜蝶心里疑惑，在他结束通话后状似不经意地问了一嘴。

蒋阎面不改色地回答："哦，你不认识的。"

搁往常，她就点到即止识趣地不再问，但这一次，她略感心慌，带着点撒娇的语气道："那你介绍一下我不就认识了嘛！"

她都这么说了，他却依旧不松口。

"我和对方也不熟。"

不熟还讲了快三分钟的电话？

之前一直故意忽略的疑惑再次见缝插针地浮上来，姜蝶开始抓心挠肝。

梅雨季节结束，真正的夏日才算完全来临。

只是，恼人的雷阵雨和台风也会不经意间光顾，想要晴天也不是一件容易事。

但姜蝶根本无暇关心天气，已经忙得快焦头烂额了。期末考和交换生的各种手续简直让她恨不得把自己劈成两半用，视频的更新速度也大大下降。她的粉丝却并未因此流失，很多老粉虽然离开了，但此消彼长，又多了一批因为那个法国 vlog 被吸引的新粉。

他们看过之前她和盛子煜的视频，再对比法国的这个 vlog，得出了一句非常精辟的见解："这就是工业糖精和自然蔗糖的区别吗？"

除此之外，还有一句评论留言也很好笑。

"老婆，我之前都没忌妒过盛子煜那个臭男人，因为我觉得你们这状态迟早会分手的。呜呜呜但是这次我真的酸了啊，原来你真正爱上一个人是这个样子的，怎么会这么漂亮？希望你能一直漂亮下去。"

这个时候的姜蝶，也以为，自己会一直这么漂亮下去。

——如果她没有手贱去记那个号码。

那天在野湖旁边，她声称要纪念他们的夏日郊游，拿蒋阁的手机拍照时，趁机点开了刚才的通话记录，快速扫了一眼。她知道自己这样做不对，但真的没有办法控制自己。在看到号码的备注是"石"时，她的心重重一沉——很奇怪的是，那是一个座机号。她仓促地记下了这个号码，却没有打过去问一问的勇气。

直到期末的所有考试结束，繁忙的重担全部落潮，想要探究的念头就开始不断地侵袭她的思维。

有些念头像水滴日复一日地往玻璃杯里滴，到了某一时刻，滴答，总有一滴水会溢出。到那时候，覆水难收。

但你知道，有时候，人生就是需要一场山洪的。

因此，她挑了风和日丽的一天，冲动又冷静地打出了这通电话。她无比期待对方不要接通，但又迫切希望接通，整个人被两面拉扯到头疼——没有给她过多挣扎的时间，电话对面传来了一个女人的声音。

"您好，安康医院精神门诊中心。"

姜蝶差点以为自己背错了号码。

她犹豫不决地想挂断，最后还是试探地问道："请问……这里有姓石的医生吗？"

"您说石夏璇医生吗？您是她的患者吗？"

"不是……"姜蝶顿了顿，"但我想预约她。"

在打通这个电话后，姜蝶已经暗自否认了这位传说中神秘的石小姐和蒋阎是豪门联姻的烂俗可能。她在网上查了这位石夏璇的资料——比蒋阎大了快十岁,虽然这在医生里已经算是非常年轻有为了,但要是门当户对的联姻,就显得不太合适。然而姜蝶执意要预约的原因在于她有一个更可怕的担忧浮现,所以,她必须前来搞清楚是怎么一回事。

如果蒋阎真的身陷在泥潭中,那她更不能装作视而不见。

到了问诊的时间,姜蝶深呼吸一口气,敲响了诊室的门。

"请进。"里头传来了一个很温和的声音。姜蝶推门而入,和穿着白大褂的石夏璇打了个照面,她很客气地指了指空着的椅子说:"请坐,姜蝶。"

姜蝶一愣,石夏璇的语气显得她好像不是第一次见到自己。

"我知道你为什么来。"她很快就解答了姜蝶的疑惑,"是因为蒋阎吧?"

"他有向您提过我?"

石夏璇耸肩:"这需要特意提吗?你可是唯一出现在他朋友圈的人。"

"……那么,您是他的主治医生吗?"

"不,我们只是在家族的饭局上认识的,他算是我看着长大的弟弟吧。"她笑道,"虽然我一直建议他正式来一下我的诊室,要知道,有时候人对自己生病这件事很钝感,或者说意识到了也羞于承认。"

姜蝶听闻,刚松的一口气又吊起来。

"您的意思是……他有病吗?还拒绝承认自己有病?"

"这倒不是,他应该很清楚自己的失常。"石夏璇微微摇头,"但他放任自己,或者说,他享受这种痛苦,这才是最难搞的地方。"

姜蝶失神地咀嚼着她的这两句话,一种巨大的无力感蔓延开去。她居然,一点都没感觉到这种异样。作为他身边最亲近的人,她什么都没感觉出来。

石夏璇敏锐地感知到她的彷徨,安慰道:"你感受不出来很正常。"她意味深长地说,"那小子,很会藏。"

姜蝶深吸一口气:"也许您的直觉是错的,他并没有什么不健康的状态。"

"我的担忧不是没有根据的。"石夏璇微微叹息,"直系亲属里如果父母有精神疾病,那么孩子很大概率就会有。"

姜蝶震惊道:"蒋阎的爸爸或者妈妈有精神疾病吗?"

石夏璇沉默半晌,说了一句轻描淡写的话。

"蒋家的人没有。"

"……什么意思?"

"看来蒋阎没有告诉过你他是被领养的这件事了。"石夏璇玩味地转着笔,"你眼中的天之骄子只是一个精神病患者的孩子,或者说,是一个罪犯的孩子。看到最本质的他,你还会喜欢吗?"

姜蝶被巨大的信息量砸得晕头转向。

窗外,夏日的树影摇晃,光斑在她的脸上明暗浮动,整个人呈现出一种割裂的游离感。

"他也是……被领养的?"

"这在我们圈子里,并不是秘密。"石夏璇挑眉,"但是我告诉你的后面一句,却极少人知道。"

姜蝶沉默。

"那你为什么要告诉我?"

"作为他这么亲近的人,你也应该有知情权,不是吗?"石夏璇饶有兴趣,看热闹不嫌事大地说,"我很好奇你会怎么做。"

和石夏璇结束会面后,有好几天,姜蝶都没和蒋阎见面。

她不是故意逃避,而是真的很忙,虽然期末考试告一段落,但交换生的各种手续着实烦琐。等手续终于办妥,她主动给他发了条消息,说想他。

蒋阎二话不说,开着车将她载回了公寓。一进公寓门,姜蝶反手把蒋阎推到门上,仰起脸咬住他的喉结,很重的一下,像小兽露出尖牙撕咬,但并不算疼。他毫无防备地闷哼出声,伸手捏住她的下巴,疑惑又忍耐地问:"怎么了?"

姜蝶一把拨开他的手,下一步瞄准了他的嘴唇,堵住了他继续发问的可能。蒋阎被她撩拨得眉头紧锁,按住她的腰,反客为主地和她调换了位置。姜蝶顿时被抵在门上,整个人被笼下来的薄荷气息包围。她闭着眼睛,漆黑的感觉就好像和他在薄荷味的黑洞里接吻。再多吻一秒,她就注定万劫不复,被黑洞吞噬。借着这股绝望的激情,她的手摩挲着捧上他的脸颊,然后一点一点故作漫不经心地往上,手指即将插入头发、摸到头皮的瞬间,蒋阎的手指扣了上来,将她的手移到嘴边啄吻,非常自然的、丝毫看不出异样的动作。

但姜蝶紧闭着的眼里,有咸湿的泪水已经满溢。

——就在离开石夏璇的诊室前,她报出了一个精神病院的地址。

她说:"蒋阎的生父就在那里,也许你可以去慰问一下。"

第二天,姜蝶克制不住地去了,抱着半信半疑的态度,想亲眼见一见这个所谓的蒋阎的亲生父亲。只是她没想到,这个人吓了她一大跳——他真的就像阴沟里过境的老鼠,浑身上下没有哪一点可以和蒋阎挨得上,但是仔细一看五官,又隐约能看出一些似有若无的相像。

——这就是蒋阎真正的父亲吗?这种感觉……太奇怪了。

他大概真的病得不轻,却偏偏嚷着自己没病、那个女人和那个小畜生是一伙的、诊断书是假的、自己被栽赃、赶紧放他出去之类颠三倒四的话,听得人不得要领。

姜蝶远远地旁观着,打消了和他对话的心思。

准备离开时,她的脚步刚迈出去,就顿在了原地。

背后,男人的痛骂声喋喋不休:"楼洛宁这个小畜生,老子怎么会生出这么个东西?你这辈子不得好死!"

楼洛宁,姜蝶遏制不住地颤抖,她打死都忘不掉,这个属于十一的原名,而这竟然,也是蒋阎的原名。

所有人,包括她,总是习惯仰视月亮,赋予它浪漫、诗意。月光普照大地,却忘了最开始,月亮是没有光的。

它偷来太阳的光,从此摇身一变。

而最开始,月亮只有阴暗面。

48

蒋阎那个若无其事不想让她碰到头皮的动作，瞬间就让姜蝶确信，他就是十一。因为十一的头皮上，存在着可怖的伤疤，即便多年过去，应该依然能摸到痕迹。但在那个时候，她还没有完全死心。

姜蝶突发奇想地去打听了前几年开发盐南岛的地产商，很巧，是一个叫蒋隆的地产集团。其实也并非突发奇想——为什么蒋阎刚好在一个刚开发不久的小破岛有别墅房产？为什么他的专业也恰巧是建筑专业？如果他家里是房地产商的话，似乎就顺理成章了。

她上网查找蒋氏集团的法人——蒋明达，翻了好久才翻出一篇若干年前关于他的采访，其中有一张照片，画质很模糊了。那张脸她其实都不太记得，毕竟只有过两面之缘，但照片里，蒋明达手上那两只雕刻着佛像的大核桃，她印象深刻——蒋明达就是曾经留下菩提种子的蒋先生。

众多事实抽丝剥茧摆在眼前，姜蝶已经无法对自己狡辩，但没有表现出任何异样，甚至，蒋阎问她暑假要不要去盐南岛散心两天，她也答应了下来。

他们本来想就待两天，结果要离开的那天台风又突至，根本无法开船，一切就好像回到了故事开始的那一天。

他们出不去，别人也进不来，但不同的是，偌大的房子里只剩下他们两个人。

趁风雨没有变大，他们一起去便利店买了食材回别墅做饭。

这一次是姜蝶主厨，蒋阎说要培养她的厨艺，"不然你在法国可怎么办？"他把网上常见的家常菜谱打印出来，让她跟着上面的步骤学。姜蝶学得手忙脚乱，蒋阎愣是在一边看着，没有一点上手帮的打算。

如果按照往常，她可能会叽叽喳喳地出声，让他赶紧搭一把手，虽然心里并不是真的想让他来帮忙。毕竟她明白接下来去法国，这将是她的必修课，不过这和闹他不冲突，她就是想看他无可奈何的样子。但这一次,她纵使焦头烂额都没有出声,以至于他反而按捺不住了:"我帮你?"

姜蝶头也不回地说:"不用啊,你去坐着吧。"

"我故意逗你的,刚上手不需要做这么多,慢慢来。"

"故意逗我很开心吗?"

她冷不丁地冒出这一句。

蒋阁一怔:"生气了?"

姜蝶这才回过头,笑了一下:"我也是故意逗你的。"

她能感觉到背后蒋阁正在用一种不安的眼神凝视自己,而她只把注意力全部集中在眼前的菜谱上。最后,这桌饭做得还挺像模像样。蒋阁拿了瓶红酒过来说:"要不要顺便喝点酒?"

"行啊。"

他拿出了她送他的那个酒瓶酒杯,她的兔子酒杯没带,蒋阁取了一个透明的玻璃杯替代。

但"强迫症"的他应该不喜欢看到两个凑不成一对的杯子,姜蝶把玩着杯子道:"没必要非用那个酒杯喝。"

"我答应过你就用它。"

"原来你是个一诺千金的人吗?"

蒋阁倒酒的姿势一顿:"……不然呢?"

姜蝶不置可否:"快尝尝我的番茄炒蛋。"

蒋阁眉间的褶皱更深了,夹了一口说:"嗯,好吃。"

"根本不好吃啊。"姜蝶也尝了下,看着他说,"你很会撒谎呢。"

他放下筷子,终于直言:"姜蝶,你怎么从刚才开始就阴阳怪气的?"

"我提前来大姨妈了,心情不好。"姜蝶忽而委屈地扁嘴,"你干吗凶我?"

蒋阁无可奈何地吐出一口气,道:"对不起,是我敏感了。你肚子痛不痛?"

"不痛,我看着你就舒服了。"姜蝶睁着水灵的眼睛专注地望着他,"想多看看你,把你的样子牢牢记住,这样子无论过五年、十年,或是五十年,我就能一眼认出你了。"

一句听上去万分婉转缱绻的情话。

蒋阎眉间放软,捏了把她的脸:"在担心异地?我会经常抽时间去看你。有什么事随时给我打视频电话,我手机二十四小时都开着。"

"那你总不能二十四小时不睡吧?"

"我睡眠很浅,一打给我我就会知道。"

"那你以前回信息那么慢。"

"那是以前……现在不一样了。"

"是因为以前不想和我走那么近吗?"姜蝶语气骤然一冷,"怕被我看穿你是谁。"

蒋阎咀嚼的动作一顿,语气仍是波澜不惊。

"又在逗我玩?"

姜蝶却不想再装了。

"你知道吗蒋阎,其实第一次在'初恋'见到你的时候,我在想,这世界上怎么会有这么好看的人?好看到,谁都不会把现在的你和从前那个阴沉又瘦小,总是低垂着头没有精气神的小男孩联系起来。那样完全在两个世界的人,怎么能是同一个呢?

"但现在仔细看,你们的眼睛,少了那些眼罩和淤青的障碍……"

姜蝶一瞬不瞬地看着他,他却躲过了她的眼神。

"多么相似。"

落地窗的窗帘被拉开,夜空的密云一圈又一圈,从中倾泻数道雨水。曾经它是滋养花朵的源泉,如今却几乎将花朵淹到窒息。最旺盛的那一朵,被狂风一卷,惨烈地贴上模糊的落地窗。花瓣被残酷地拉开,露出最里头的艳红花蕊,被雨水沾湿,往下蜿蜒出一条湿痕——多么像一个人被绑住四肢,毫无还手之力地被剖开心脏,一地血淋淋。

七零八落的花叶下,栖身于里面的蝴蝶茫然地飞了出来,它对这场即将到来的风暴已经有所察觉,但为时已晚。

蒋阎放下碗筷,站起来说:"我去看一下电箱,免得它再断电。"

他的神色平静到几乎让姜蝶觉得这一切都是一个美妙的巧合,一次荒谬的误会——假如他的身体没有在起身的一刻倾斜。桌上印着酒瓶的酒杯被他碰倒落地，地上那一块儿原本放置的地毯上回被他亲手抽走，还没来得及换上新的，酒杯和瓷砖相撞，清脆的一声响，酒杯被磕出一个缺口。

两个人的视线都定格在残缺的酒杯上。

姜蝶却笑了："你看，一切都有预兆。"

蒋阎抿紧嘴唇，将杯子匆忙地拾起，揣进兜里，转身去伞筐里取黑伞。姜蝶起身跟着他的步伐走到门口，眼睁睁看着蒋阎拉开大门，闪身进入雨幕。她没有跟着出去，张口说了句话，声音混在轰隆隆的雨声里是那么模糊，但他还是一字不落地听到了，比周遭所有的声音都来得滂沱。

"分手吧，蒋阎。"她说，"或者叫你十一，还是楼洛宁？"

"不过你应该最喜欢蒋阎这个名字吧，即便它象征着给你带来厄运。"

"毕竟，这是你好不容易得到的，本不该属于你的名字。"

蒋阎举着黑伞的背影挺立在氤氲的水雾中，而她在明净的廊下，彼此站在两个世界。

半晌，他转过身，一直逃避的视线终于摸索着对上她的眼睛，却只是虚虚地在下眼睑徘徊："对不起。"

他说出这三个字的瞬间，姜蝶一下子就背过身去。蒋阎只能看见她抖动却又狠狠压抑住的双肩，幅度甚至比风刮过花园里草叶的动静还轻，但足以将他摧毁。手中的伞在愣怔中被吹飞，他被兜头而至的大雨冲了满身，于是此刻想要拥抱也不得不忍住，只会将人打湿的拥抱有什么用呢？

毫无用处。

姜蝶转身面向他，脸上只有一道风干的泪痕。她冷眼看着他淋雨后的样子，即便在这样的时刻，他似乎还是优雅的——无关乎他怎么想，这只是这些年的物质一砖一瓦堆出来的气质罢了。

而她这些年过的都是怎样的日子呢？收到昂贵的裙子都没底气穿，真的穿上了，还畏首畏尾怕露怯。这些被置换的时光，永不会再

038　风眼蝴蝶．完结篇

回来。他怎么还有脸再接近她？

"我现在只想知道,你是什么时候认出我的。"

蒋阎动了动嘴唇,没有说话。

"到这个时候了,还想什么都瞒着我,把我当一个彻头彻尾的傻瓜吗?"姜蝶咬着牙,刚冷静下去的眼眶蓦地泛红,"我这辈子从来没这么恶心过一个人,但你做到了。"

他的身影随着这句话轻晃,手很紧地握着口袋里面正藏着的那只破裂的酒杯,掌心按压在裂口上面,割出的血安静地流进了口袋,口袋是黑色的,没有被姜蝶发现。

"上次的台风天,在这里。"蒋阎终于慢慢出声,"你后脖子上的痣,再加上你的名字,还有夜盲。我就知道,除了你,不会是别人。"

"所以,你才会在那个夜晚突然抓住我的手。"姜蝶笑出声,"好可笑啊,真的好可笑。我居然还异想天开地问过你,那时候你是不是对我一见钟情。"

她不该对自己抱有任何交好运的期待。

被天之骄子一见钟情,这种剧本不适合她的三流人生。

她的人生是什么呢?是一碗麻辣烫,吆五喝六地添上红油、味精,看上去色香味俱全,却也廉价,注定少不了滥竽充数的过期食材。那些食材里裹着的,全是她退而求其次的将就,忍耐到麻木的难过,还有打落牙齿往肚里咽的委屈。这些东西放进红油里,一涮,和其他的孩子没有不同。

她看上去依然是生机勃勃的"小福蝶"。

她以为这一次,自己依然能够云淡风轻地面对……但这只是她以为的,她完全高估了自己的承受能力。不仅是因为十一曾带给她的颠覆性伤害,他在十几年后做的这一切,比曾经的有过之而无不及。

"我倒是想问问你,你的这些所作所为,藏着几分对我的真心?

"又有几分自我感动,自我救赎,自以为是的补偿?

"你靠近我,却又害怕靠近我。既然这样,为什么一开始不坚定一点,把我彻底推远,做恶人做到底不好吗?归根结底,你只是一个自私又懦弱的胆小鬼！"

每一句扎进去都迸出汩汩血液，你的，我的，混合在一起。

两个人的脸色都无比苍白。

雨势越来越大了，黑夜沉沉，盛夏灼热的风夹着雨水刮得人脸颊生疼。

她在屋内尚且如此，蒋阎已是被吹得摇摇欲坠。

"我也想控制啊……"他低声，眼睫上盈满雨水，一眨眼，扑簌簌地落下，"可是无法控制去靠近你这件事，就和我无法控制我的出身一样。"

他抬起干净的那只手轻轻拭掉落在脸上的雨水。

如果那是雨水的话。

可姜蝶只是隔着层层雨水做成的珠帘看着他，像在看地上的一朵残花。至少，她对残花还会带有莫大的怜悯，可对他呢，什么都没有，只有茫然的空洞。

蒋阎抚摸着自己的袖扣，受伤的那只手止不住地痉挛。

他深吸一口气，手依旧藏在兜里，挺直背脊。

"在那之后，我曾经回去找过你，我想知道你过得好不好。

"宋老师说你也被领养了，而且是一个不错的家庭。

"我去过那个地址，没找着你，来开门的人告诉我你们搬家了。虽然我没有亲眼见到，但我知道宋老师没有骗我，毕竟那是一栋别墅。"

姜蝶听后心中毫无波动，讽刺的笑意反而加深。

"所以——你就心安理得地继续过你的生活了，对吗？"

他闭上眼睛，摇着头，却无言以对。

姜蝶看着他的神情，只感觉更加愤怒。

"你在装无辜吗？如果你真的对我心怀歉意和愧疚，你会拖到今天吗？如果你没来花都念大学，如果你没有意外认出我，你根本就不会有任何动作，继续走你的阳光大道。

"但是你遇见我了，怎么，那点仅存的良心开始作祟了是吗？

"难怪你之前拐弯抹角地打探我和我妈的关系，其实你就是想知道,这个所谓的不错的家庭,怎么就这么家徒四壁,还是单亲呢,对吗?"姜蝶突然意识到什么,神情呆住,"你突然向我告白的那一天,恰好是彻底摸透我的狼狈的那一天。为什么是那一天呢?

"为什么?"

蒋阎张开嘴,却什么都没说出来。

"——你在可怜我吗?"

姜蝶蓦地睁大眼,自己明明在屋檐底下,可为什么檐外豆大的雨滴却能一滴滴从眼里滑落?蒋阎终于忍不住上前来抱她,姜蝶避如蛇蝎般地退后。她笑了一下。

"你想知道我为什么过得那么窘迫吗?因为姜雪梅并不是当时领养我的人。当时领养我的家庭,的确经济条件不错。但为什么这样的家庭愿意领养我呢?因为那个人渣,他是个恋童癖。"

蒋阎的瞳孔原本已经是一片深沉的死海,听到最后三个字的须臾,掀起了一场铺天盖地的海啸。

姜蝶嘴角的笑意开始扭曲,好像这么多年的情绪终于找到了一个肆意发泄的出口。那感觉就像是在按压一块陈年的乌青,时隔多年还是会痛,但按下去的瞬间,会有一丝自虐的痛快。

"只是,他没能成功下手。那一天,姜雪梅被他老婆叫来做上门保洁,那个人渣并不知道。"姜蝶回忆的声音还有些发颤,"姜雪梅不顾自己死活地打他,因为她也正好不想活了,这样她才把我救了出来,我才能够逃离西川。

"你不是追问过我发生了什么意外吗?"她笑得痛快,"这就是你要的答案。"

说到最后,她的笑容戛然而止,四周死寂,哗啦啦的雨声都填不满这片空白。空气里除了海盐的咸味,雨水的潮味,还多了一种更复杂的气味,这昭示着台风裹挟着它所能破坏的一切,正式登岛了。而花圃里的蝴蝶还来不及逃脱,很快要身陷风暴。

它似乎还不怎么害怕,天真地以为只要冲到风眼中心——整个混乱的地带里唯一的安宁之处,就能安然无事。

可是这只傻蝴蝶啊，还并不知道，要冲进去，第一个瞬间遭遇的会是什么——是外围最强烈的气流。所到之处，片甲不留，遑论她薄薄的翅翼。

她飞不到了。

49

这次光顾的台风，来得比上次还猛烈。

长到快三层楼高的树木被拦腰斩断，码头附近的地下室被潮水漫延，连同姜蝶二十岁的人生，都被击垮得面目全非，满地狼藉。但蒋阎有一点没有说错，她是即便在废墟之中也能迅速灾后重建的人。

她大刀阔斧地拆解了自己的生活，拉黑了蒋阎的所有联系方式，以这次台风为理由说服姜雪梅从鸳鸯楼搬了出来，咬咬牙找了一个贵一些但崭新又坚固的房子——为此接下来的一段日子她疯狂接广告，被粉丝大骂是不是卖号了。

台风过后风平浪静的暑假，她就这样和蒋阎彻底断了联络。一个人要把自己藏起来，真的不是一件难事。这是她的惯用伎俩了，无论是当初从西川逃离，还是现在从鸳鸯楼逃离，好像创痛能像垃圾一样被留在那里。

可是一旦到寂静的深夜，胸口就像漏风的风箱，咝哈咝哈地鬼哭狼嚎，那声音吵得人睡不着觉，只有她自己能听到。她开始整夜整夜地失眠，她想不通，为什么自己的运气能差到这种地步？她曾经以为喜欢上蒋阎，并且能被他喜欢，是她人生的骰子每次都被抛出"一"之后的否极泰来。

命运的骰子无数次向她示出"一"时，姜蝶总在安慰自己：未来必定会出现那么一个时刻，她的人生会抛到一个"六"，六六大顺，从前那些不圆满的都会得到补偿。而她以为，蒋阎在那个备忘录里写明喜欢她的瞬间，就是她人生最圆满的瞬间。

她终于等来了那个"六"。

二十年，她第一次那么用力地去喜欢一个人，同样，也被人那么用力地喜欢，在他洞悉了她所有的落魄之后。

姜蝶仍记得光线昏暗的鸳鸯楼内，他初次看到她的房间，没有念叨任何要她勤快点的语言，也没有干脆动手帮她把东西归纳齐整的意思。他只是共同和她享有这一片空间，瘦长的身躯缩在单人床上，环抱着她，而他亦被一堆摆放得乱七八糟的家具、杂物环抱。

而这样一个人，分明是连在普吉的酒吧都会捡起地上的酒瓶对准中线的"强迫症患者"。

他用这样的姿态告诉她，我接纳你的所有，因此我不试图扭转这些所谓的"缺点"，那是你的生活，我想就这样慢慢融入进来。

而那一时刻，被他抱在怀中的自己，眼眶泛酸。

原来这样被全心全意地接纳和被爱，是这么让人想要流眼泪的一件事。

结果到这一日，她才明白她抛到的"六"是什么意思。

几点泪水流下，蒸发无踪后，骰子只剩下"一"。

到头来，依旧是命运逃不开的最低点，可这个"一"却伪装自己，蒙蔽人做个好梦。

你说可不可恶？

多年前，你伪装成我最好的朋友，夺去我再世为人的天梯，从此我只能坠入艰难的窄巷求生。

而现在，你又来伪装成我最爱的人，一如当年那么狡猾，却比当年更加高明，更加狠绝。以为把我整个人夺去，就不需要获得原谅了，是吗？

可是这一回，你不会再得偿所愿。

她和蒋阁分手这件事，很快成了那个暑假学校八卦闲聊的热点。虽然她根本没有特意发朋友圈或者像上回那样录个视频宣布分手，只是悄无声息地把关于他的所有朋友圈都删除了。有心人立刻把这风吹草动搬到了网上，嘲讽有之，庆贺有之，蠢蠢欲动的人更有之。

卢靖雯也来问她是怎么回事，只不过这一回她的消息来源并不是论坛，而是蒋阎。

他失去她的消息后，曾经来问过卢靖雯。

"你们吵架了吗？"卢靖雯咋舌，"他拿西川时装周的内场席来诱惑我，但我都坚守住了！没有把你的新地址透露出去。"

姜蝶言简意赅地说："他是过去式了。"

卢靖雯沉默了很久，小心翼翼地发了一条消息。

"天下男人一般狗！"

她没有具体问为什么，总之替姐妹先骂就对了。

姜蝶转移话题道："我不在的时候你多帮忙去看看我妈，如果她又偷跑出去做工或者有什么情况，你第一时间联系我。谢谢啦！"

几天后，她就要出发去巴黎。

有很多不安，很多不舍，但更多的，是想离开的冲动。

她无比庆幸自己在这个节点能够离开，但一想到是谁帮自己争取到的这个机会——就好像溺水之人唯一抓到的浮木是推她下来的那个人留下的——又觉得荒唐。离开前一晚，卢靖雯拉着她吃饭唱K，算是为她饯行，但几乎都是卢靖雯唱，她听着。

她表现得也很尽兴，不断地挥着小包间里的手摇铃。

最后卢靖雯唱累了，直接开原唱，坐到姜蝶旁边，两人有一搭没一搭地聊着。背景音乐唱完一首，下一首是《天真有邪》。

姜蝶听到音响里飘出来的歌词，心跟着猛抽了一下——

　　好想知道，这个世界，会有什么人
　　愿意把第一支枪，送给未经污染的灵魂

她拼尽全力去爱的第一个人，恰巧是曾给她天真无邪的感情开了第一枪的坏人。姜蝶终于绷不住，伏在昏暗的KTV包间里无声地开始抽泣。

背景音唱到了尾声。

虽然天地也不仁,若非必要唤醒防御的本能,能不能再等一等。

还能等什么呢?一切都已经到了悬崖边上,不跳就要被后头的子弹洞穿心脏,那就只能先往下跳,运气好下面是水流,能托着人生还。

她闭上眼睛,纵身一跃。

那一晚,她们唱了通宵,清晨卢靖雯跟着姜蝶回了家,再和姜雪梅一起送她去机场。

三人停在国际出发口告别,姜蝶眼睛肿肿地先看向卢靖雯,和她拥抱了一下。

同时,在她耳边悄声道:"我妈就拜托你了,本巴黎代购竭诚为您服务。"

卢靖雯调笑道:"那你可得准备好,一进海关我的代购清单就夺命连环发过来。"

姜雪梅反倒比卢靖雯还淡定,没有什么离别的愁绪,扶着腰道:"我腰痛,站不了太久,你赶紧进去。眼睛居然肿成这个样子,有什么好哭的?"

她误以为姜蝶的眼泪纯粹是为了这次分别的舍不得而流,并不知道她和蒋阎分手的真正曲折原因。

姜蝶调整了下表情,伸手说:"那抱一下。"

"你这孩子,干吗那么肉麻?"

说归说,她还是缓缓走上前,很瓷实地将姜蝶一把抱住,重重地拍了下姜蝶的背。

"走路背要挺直。"她松开手,"我们小蝶会越来越好的。"

是的,会越来越好的。

最后,姜蝶一步三回头地进了出发口,剩下的两个人被拦在外面。

卢靖雯赶紧搀扶着姜雪梅说:"我赶紧叫车,阿姨您腰还撑得住吗?"

姜雪梅摆手说:"谢谢你啊靖雯,阿姨腰可以,不着急走,我再看看姜蝶。"

卢靖雯一怔。

人流不息的机场,唯独姜雪梅静止地望着根本已经看不到人影的出发口,眼底浮现出浓重的不舍。

两人往回走时,气氛显得压抑,卢靖雯只好调节气氛似的玩笑道:"阿姨您演技可真强,刚才那样子,我还以为您巴不得姜蝶赶紧走呢。"

"我确实盼望她走啊。"姜雪梅抬头看了看天空,"人啊,要飞得高高的,就不能被绳子牵住。"

姜蝶过了海关还有点恍惚。

她以为躲了一个暑假,今天会无可避免地再次见到那个人,毕竟她要走的日子瞒不住,学校帮订的机票,航班班次都一清二楚。她以为他一定会来的,甚至已经做好了在这里遇到他来送机的准备。然而,一直到她过了海关,走入登机口,上了飞机,都没有意外发生。

这样也许是对彼此都好的结局。

飞机在十个小时后降落在戴高乐机场,似曾相识的降落,却已经隔了两重天。姜蝶一回生二回熟地提着行李走出海关,却在到达口顿住脚步。一列排开的接机人群中,长身而立的亚洲青年过分鲜明,而看到他的当下,她竟然只有一个念头——是不是瘦得过分了?

原本就锋利的下颌线此刻几乎要刺破皮肤边缘,身上是一件曾经穿过的黑衬衫,但看上去像崭新的,大得有些松垮。他的头发也长了一些,额前的头发乱糟糟地垂下来,忽隐忽现的眼睛和她对视。

这一刹那,她清晰地感受到心脏传来的绞痛,却分不清这是源自憎恨,还是心疼,抑或是残留的爱意所带来的延时反应。

蒋阆走过来,假装什么事都没有发生过的样子,想要去提她的行李。

"我送你去学校。"

她后退半步。

"我说得够清楚了,我们已经分手了。"她一字一顿,"还是你不满意陌生人这个身份,必须当——仇人?你想我到处散播关于你的英雄行径吗,十一? 清高自傲的学生会会长,堂堂蒋隆集团的继承人,只不过是一个阴暗背刺的小人。"

蒋阎很认真地看着她:"如果这样能让你消气,我的名声无所谓。"

"消气……"姜蝶笑出声,"我不生气啊。你真的自大到以为看你被千夫所指会让我高兴吗? 你是小人,我不是。恨你也是需要力气的。

"但我不想在你身上花费任何一点力气了。

"我不想再记得你。"

这一连串带着笑的嘲讽语气,化作无数看不见的利刃,全数向蒋阎涌去。

姜蝶扎下最致命的一刀。

"所以,别再打扰我。这样装聋作哑、死缠烂打,说实话,很难看。"她捏紧行李提手,"蒋阎不是这么不体面的人,不要毁了我对'蒋阎'这个人最后的一点留恋。"

这句话让他所有的伪装溃不成军。

他抖动嘴唇,勉强笑了一下。

姜蝶视若无睹地越过他往前走,他停在原地,她渐行渐远。她一个人吃力地提着行李上了机场快线的大巴,车子缓慢发动。她依然坐在靠窗的位置,恍惚间,总觉得身边应该还坐着一个人。

当大巴远远地经过巴黎铁塔时,她看到那座熟悉的百年酒店,矗立在九月的晴阳之下,露台金碧辉煌,空无一人。在她的视角里,却是灰蒙蒙的,他们还站在那里,指缝夹着烟拥吻。

那是上一次在巴黎的最后一个早晨,离登机还有不到四个小时。

睡也睡不着,两个人从阳台进了屋,她记得自己打开电视,看见有可以点播的电影,于是她转头问蒋阎:"我们挑一部看完走?"

"你想看什么?"

"……嗯,不知道。"姜蝶沉吟半响,打了个响指,"有了,这样吧,我们击鼓传花。你闭着眼睛,我随便按,然后你喊停,停在哪个算哪个。"

"好。"

他们躺上被冷落了整夜的大床,姜蝶靠上他的胸口,催促着他快闭上眼睛。

他笑着闭眼,睫毛轻颤,意料之中地感受到脸颊侧边落下一个轻吻,就像蝴蝶扇动羽翼,再次留下了翅粉,但他装作不知情的样子,配合地愣怔了一下。

姜蝶一副自己小心思得逞的快乐,得意扬扬地眯起眼睛。他欣赏着她的快乐,心里想,下次应该再表现得惊讶和不知所措一些,这个小笨蛋以为她这招能屡试不爽呢。

"好啦,这次是真的。你闭上眼!"

她开始乱按遥控器,在蒋阎说停时,选框停在了一张经典的电影海报上。

赫本坐在自行车的后座,双手紧紧地环抱着派克的腰。他们的身后,是阳光灿烂的罗马。

"《罗马假日》!"

姜蝶高兴地摁开。

"正好呢,我还没看这个。你看过没有?它讲的是公主和平民记者在罗马忘记身份相爱了一天的故事。"

"我知道,但我也没看过。"

就这样,他们在巴黎那张绵软的大床上,相依偎着,看两个20世纪的人在黑白色调的罗马里坠入爱河。

姜蝶看得越来越惆怅:"为什么他们身份曝光,就得分离呢?"

蒋阎一下一下地摸着她的发梢,说:"有的时候……只有隐瞒才能相爱。"

或许是因为不想看到注定分离的结局,或许是因为被折腾了一宿加上酒劲终于困倦,后半截,姜蝶迷迷糊糊地头一歪,窝在他的肩颈处睡了过去,等再次醒来时,天色已大亮,但依然没有太阳。

云层泛着浓重的灰,电视上也是一片映出他们脸庞的黑。

她下意识地问:"《罗马假日》呢?"

"已经结束了。"他回答。

50

姜蝶正式开启了她在巴黎的新生活。

她在学校申请的宿舍不是国内那种男女生分开的宿舍，而是离学校不远的街区上的公寓楼，不光是学生，其他人也能住，但大部分是学生，男女都有。它也很老旧，和鸳鸯楼有相近的年岁，但是两者的气质截然不同。

鸳鸯楼是浑浊的，宿舍楼却带着一股年岁沉淀的矜持优雅。公寓的大门有两个她那么高，又厚又重，每次推开都很费劲，却让人很有安全感。她的房间在公寓中间一层，视野算不上好，但也有一个漂亮的、并不宽阔的露台。

然后，她把这些年养的长发剪短了，和失恋无关，只是为了更适合这座城市，毕竟现在的发型看腻味了，总觉得平平无奇。

剪短之后还觉得不够，下定决心染色那一天，她刚好在公寓里看完了《罗拉快跑》——满头红发的女人为了拯救爱人，不停地读档重来。她喜欢女主角为了改变命运不停飞跑时张扬的红发，既然她没有读档重来的超能力，那只能用力往前跑，不要再回头。

所以，姜蝶决心染这个颜色。

但她还是怕自己驾驭不了这个色调，退而求其次地选择了橘色。

这是她二十年来第一次染发，染发膏贴着头皮的触感像是要把脑壳烧掉一层皮，冰凉又灼热。折腾了大半天，漂完的头发终于上好了色，她站在镜子前，顿觉映照在镜里的人好陌生——橘色的略显男孩气的短发，来店时忘记更换的碎花连衣裙，突兀又奇怪地上下割裂开。

就好像她的这颗心脏，明明没做好准备，但一切都已经推着她往前。

最后姜蝶还是对着镜子咧出一个笑容，在那天橘子汽水似的夕阳下，沿街买了几束吊兰和月季，又去二手市场淘了便宜的藤椅和茶几，一套茶具，吭哧吭哧地搬到露台上，将略显单调的露台也跟着改造了一番。

姜蝶最爱的时光就此诞生，那就是巴黎天气好的落日时分。她坐在阳台上，一边泡着茶，一边观察着底下缓慢的人流，手上拿着速写本，观察他们的服装并记录下来，巴黎的行人无论老少男女都真的很会穿。

她很享受这样的时光，所有人的脸颊都被晚霞熏成一片艳红，好像没有人不快乐，除了她。

她也不知道自己为什么不快乐，至少，她在这段时间慢慢不会再想起蒋阁，也开始睡得着觉，很少再做与蒋阁有关的梦。

她面朝的方向是隔壁邻居的露台，那儿似乎没有人住，露台门一直是从里侧关着的，拉着白色窗纱，地上除了一只空花盆，其余什么都没有。于是她更加放心地在露台上坐着发呆，或者突然哈哈大笑，或者突然流眼泪，不用担心会被突然走出来的住客看到，怀疑自己的邻居是个疯子。直到一天，她突然发现隔壁露台的花盆填上了新土，栽种上了一株小巧的蝴蝶兰，花盆旁边还摆放着一架黑胶唱片机。她想，大概是像她这样的交换生住进去了吧。之后，她在露台上的行为就收敛了很多，不再随意情绪失控。

她的房间对面住着的也是一个交换生，叫林苿染，是从西川的大学那边过来的。姜蝶搬进来的头两天和这个女生没什么交集，直到全部安顿好后，某一天晚上，她在房间里莫名闻到了一股烟味。

接着，烟雾警报器就响了，所有人呼啦啦地冲出来，罪魁祸首就是这个林苿染。她厨艺不佳，又太想念中餐，于是在房间里瞎捣鼓，差点炸了厨房。姜蝶干脆在下一次做饭的时候，主动敲了她的门，问她："做多了，要不要吃一点？"当她说出这句话的时候，整个人又是一怔。林苿染看到面前的姜蝶原本还笑容满溢，忽然就失神地沉默下去，心想：她不会是以为我在嫌弃她的厨艺吧？

林苿染心头一紧，连忙说："谢谢谢谢，我求之不得啊！"

事实上，姜蝶的厨艺真的不算好，只比林苿染强上那么一点。

周末的时候，林苿染实在馋中餐馋得不行，拉上姜蝶说："我听说有家中餐馆很好吃，走，我请你去！"

"我请你吧。"姜蝶笑着说,"这一天其实是我生日。"

中国已经过了零点,姜雪梅早在微信上给她发了红包,祝她生日快乐。

姜蝶不好意思地收下,反手给她发了一个更大的。

"啊!真的啊!"林茉染惊呼,"那这样吧,你请我吃饭,我请你吃蛋糕。"

"那就谢谢啦!"

姜蝶没有再推辞,能在生日这一天吃到蛋糕,还是一件令人期待的事。林茉染干脆直接叫了个蛋糕的外送送到那家中餐店,她们再坐地铁过去,以免手提着蛋糕麻烦。随着路线越来越熟悉,姜蝶冷不丁反应过来林茉染要带她去的那家中餐馆是什么地方。这不就是……蒋阆带她去过的那一家吗?

他带着她坐地铁,亲自挑鱼刺,又在布满油烟的后厨前留下一个黏糊糊的吻。那个时候她还不明白这背后的用意,为什么非在第一次来巴黎的寥寥两三天吃顿中餐。可是现在她突然领悟,他这样做,是为了不着痕迹地给她的记忆刺青。

人的口欲或许比爱欲、恨欲更难以抵抗,哪怕她已经不愿意再想起他,但至少,在这种时刻,她顺其自然,不得不想到他。也许他早就料想到了这个结局,故意这样,不动声色又卑鄙。

姜蝶很想扭头就走,或者换家店,但林茉染情绪高涨,刚进店鼻子闻着味儿就走不动道了,狂搓手翻开菜单报了好几个菜名。她强忍着自己的情绪坐下来,手机一振,是一个久违的熟人发来的消息。

发蜡再也不刮多:回头。

姜蝶不可思议地依言转头,邵千河和另外一个男生坐在角落的位置,正起身朝她们走来。

邵千河上下打量她,咋舌道:"你这个发型……我刚才都没敢给你发消息。"

姜蝶没有想到会在这里遇到熟人,毕竟当时敢这么染头发也是觉得在一个完全陌生的地方怎么造作都不会奇怪。突然看到邵千河,她略尴尬地摸了摸发梢:"……是不是很像假小子?"

"不会。"他比了个拇指,"倒是很像一个女杀手,只不过从口袋里掏出来的不是枪而是支橘子味的棒棒糖。"

姜蝶不太好意思道:"你可真能说。"

他的视线聚焦在她们的桌上:"……蛋糕?今天谁生日吗?"

林茉染玩笑道:"欸,你们不是朋友吗?你不知道今天是姜蝶生日?"

邵千河微怔,很快反应过来:"是我忘了,该罚,那这顿饭我请。"

最后,原本简单的两人餐莫名地就成了四个人的聚餐。

邵千河嘴角挑起笑,看向姜蝶:"看来你欠我的那一餐,今天也补不上了。"

"这回可是你坚持要请的,不赖我。"

林茉染好奇地插嘴:"你们来旅游吗,还是也在这里上学?"

"我在英国读研了。"邵千河眨眼,"这是我的同学,这两天有空,我们就在欧洲转转。知道她在法国,所以第一个目的地就定在了这里。"

他指了指姜蝶,林茉染顺势在桌下掐了一把姜蝶的大腿,递过来一个暧昧的眼色。

姜蝶也听出话里隐隐约约的试探,但装傻充愣道:"哈哈,看来这顿饭你还真是惦记得不轻。"

他耸肩:"可不是,这顿饭还没完呢。"

一行人吃完晚饭,又转场去了附近的一家露天酒吧小酌。姜蝶看着手中的酒杯,又忍不住想起狡兔酒吧里那对被她死皮赖脸硬买下来的杯子。她的那一只,搬家的时候就扔了。至于蒋阎的那一只,在台风天已经摔裂。

她望着杯子出神,不知不觉喝了非常多。

邵千河忽然俯身到她耳边:"你不会又要像上次那样喝得不省人事吧?我干脆给你起名叫小酒桶算了,每次见你几乎都是在喝酒。"

姜蝶被他的话一惊,喉咙呛到酒,剧烈地咳嗽出声。邵千河连忙给她递纸巾,两人的手在慌乱间交叠在一起,她很迟钝地没什么反应,倒是邵千河眉头一挑。她接过纸巾,说了句"谢谢"。

"我看你已经有点醉了。"邵千河对着另外正聊得火热的两人道,"要不今儿到此结束?我俩送你们回去。"

林茉染促狭道:"哎哟,我俩还没喝尽兴呢,你先送她回去吧。"

姜蝶径自起身:"没关系,我自己可以回的。"

邵千河二话不说拉起姜蝶的手:"别和我犟。"他径直拉着她离开了酒吧。

姜蝶的手飞速从他手心抽离,解释道:"我真的没醉。"

她知道自己只身在外,有意识地没让自己喝多。

"那就行。我最不喜欢失恋买醉的,伤心又伤肾。"

"……你真是哪壶不开提哪壶。"

没想到,她分手的消息传得连邵千河都有耳闻,还是说,她的状态根本就一目了然到能让人不作他想?

"我是老人言,在教你这个小孩儿,不听你会后悔。"

"行,那你和我讲讲,你和你的初恋分手后,是怎么走出来的。"

邵千河眼神闪烁,半晌道:"我忘了,太早了。"

"有多早?"

"那得追溯到好几年前……"他轻描淡写道,"太远了。"

两人聊着天,坐地铁回到姜蝶的公寓楼下。

深夜静谧的街道,不知哪户人家在放着轻音乐,开头是长笛,曲调优美柔婉。

这在四处都会有浪漫发生的巴黎,并不奇怪。

听了两秒,邵千河笃定:"是 *Somewhere in Time*。"

"这是什么歌?"

"电影《时光倒流七十年》的主题曲。"

"这你都听得出来。"

他不避讳地道:"陪某一任女友看过。"

这句话又让姜蝶不由得掉入记忆陷阱。

是不是男生都会被女友逼着看自己并不感兴趣的经典爱情老电影

呢？那么若干年后，蒋阁会在听到某首音乐的前两秒，就精准地和身边的谁说出，那是《罗马假日》的配乐吗？奇怪，他记不记得又和她有什么关系？她何必再有这些念头？

决心忘记已经是自己最大的仁慈。

姜蝶摇了摇昏沉的大脑，循声望去，原来是自家隔壁露台上的那台黑胶唱片机。这时，一直紧锁的玻璃门打开了，半边白窗纱在夜风里鼓起，吹落时，身姿修长的青年连同脚边的蝴蝶兰一起出现。

姜蝶怔在原地，同他对望。

她还以为是自己想到他突然产生了醉酒错觉，但那个身影一直没散，她才知道，他真的来了。

蒋阁撑在栏杆上，那个俯身的姿态让她瞬间穿越回阴湿的鸳鸯楼，他当时也抱着一株蝴蝶兰，脖子上是触目惊心的伤口，却柔声说："来向我的蝴蝶赔罪。"

姜蝶眼眶微红，借着仰头的姿势，将泪意生生逼回去。

眼泪风干，神情变冷。

邵千河一直不动声色地观察着楼上楼下，心里一片明镜，他做了一个大胆的举动——牵住姜蝶的手。在察觉到她只是愣住，并没有拒绝的意思之后，他的手慢慢收拢，十指紧扣。楼上的视线立刻凝聚在这两只手上，那只曾经拥抱扫攀附在他背上的手，此时被别人紧握。

邵千河笑意盈盈地对着露台的方向放肆地大喊了一句：

"嘿兄弟，这次轮不着你说麻烦了！"

51

白窗纱一晃，蒋阁的身影消失于玻璃门后。姜蝶想：蒋阁一定忍受不了当下的这一切。他会追到她的隔壁，已经着实让她感到意外。但他毕竟是高傲的人，不会一而再，再而三地自取其辱，尤其是，目睹她和别的男生亲密。所以这也是为什么邵千河将手伸过来时，她心念一动，没有拒绝。只要能让蒋阁彻底从她的世界消失，用什么样的猛药都可以。

邵千河小声地在她耳边说:"你手心出了好多汗。"

姜蝶回过神,不好意思地要抽回手,却被邵千河扣得更紧。他努努嘴,示意她看向公寓大门。蒋阊正从里侧推门而出,衬衫上还有跑动着下楼后的褶皱。

姜蝶心头一紧,眼睁睁地看着他走到他们面前。她以为他会难以置信地追问,或者是出现别的气急败坏的反应,然而他只是定定地看了她半晌,垂在身侧的指尖提了提,压住了想伸手的欲望。

"染头发了。"

他在这个令自己无比难堪的时刻,还是挤出了一丝微笑。

"好看。"他说。

姜蝶刚刚逼下去的泪意在这一瞬间又不由自主地往外涌,她猛地提腹做了个深呼吸,面无表情道:"不光染了,还剪了。"

"所以,再也用不到你送给我的黑色发绳了。"

他在沉默过后,慢慢道:"没关系,我可以给你送新的、别的。"

姜蝶这才注意到,他的一只手里提了一个袋子。

"今天是你生日。"他把袋子递过来,"姜蝶,生日快乐。"

姜蝶看都没看袋子里是什么,晃了晃手,对着邵千河道:"我们上去吧。"

邵千河点头,和蒋阊擦肩而过时说了一句:"我劝你一句,最好的前任就是死人。不论男女,纠缠的最烦人。"

两人状似潇洒地相偕上楼,一进门,姜蝶就立刻松开他的手,猫到露台的窗帘后向下望,蒋阊依旧提着袋子站在那里。

"他还不肯走吗?"邵千河抱臂站在门口,问,"需不需要我再下去帮你一把?"

姜蝶心烦意乱地收回视线,沉默很久,说:"不用下去,你就待在这里吧,等到他走了再走。我不信这样他还不死心。"

"我还真是个十足的工具人啊……"他微叹气,"行吧,好人做到底,送佛送到西。"

"谢了，我一定会请你吃饭的。"

"不过你们怎么会闹得这么难看？……"他颇有兴趣地定睛在姜蝶身上，"照这么来看，甩掉他的人是你了。"

姜蝶默认。

"你确定不后悔吗？说实话，我觉得男生很难这样放下自尊去挽回一个人，至少我做不到。"他微哂，"平常多高冷的一个人啊，现在这样谈恋爱的姿态也太难看了。"

她一语双关："就是因为谈起恋爱来发现他不是我想象中的那个样子，所以就分手了。"

"那你这个小酒桶还挺狠心。"邵千河啧声，"如果他一直不走呢，我要待一整个晚上吗？"

"我的卧室可以给你睡。"

"可是我只在一种情况下才会在女生房里过夜。"他轻笑，"那就是我要泡她的时候。"

那一晚，邵千河最终没有走，因为蒋阎一直等在楼下，像是必须要看到邵千河下来。所以邵千河只能被姜蝶摁在房间里，过了半夜两点他实在困得不行，干脆就直接躺下睡觉了。

当然，他没有真的像说的那样做什么逾矩的行为，也没有睡她的卧室，而是窝在了那张根本容纳不了他身高的沙发上。

姜蝶也在他躺下后，回到了床上挺尸。她强迫自己不要在意楼下的人，但是翻来覆去都没有睡着，成功地失眠一整晚。天光大亮，她带着乌青的眼圈鬼魅般地下了床，飘到客厅，邵千河还在没心没肺地呼呼大睡。她蹲在露台门后边，小心翼翼地拉开纱帘一角。

视野里，原本蒋阎站着的位置终于空了，徒留街灯边一地烟头，残留的烟灰烧得她的心空落落的。而他未能送出手的袋子，放在了她的公寓门前。姜蝶拿着要下楼扔的垃圾和这个袋子，准备一齐扔掉。她本来打算看都不看一眼，但拜法国扔垃圾必须要分类所赐，她必须得打开看里面到底是什么，不能瞎扔。

姜蝶深吸了一口气，做足了心理建设，打开看时还是指尖发抖。袋子里面所谓的礼物非常朴素，是一件毛衣。之所以说它朴素，是因为它没有任何 logo，不是什么奢侈大牌，也不是什么罕见的小众品牌，是一件完完全全亲手织的毛衣。

颜色是她喜欢的蓝色，毛衣纹理工整，没有一丝出错，可以看出织的人一定有"强迫症"。这件毛衣比打惯了毛线活的姜雪梅织给她的都要精细，袋子里还有一张小卡片，这回不是机打的，而是蒋阎的字迹——

巴黎快入冬了，要注意身体，不要感冒。

相比当初的"To The Butterfly And Only"，这一次的内容可以说是相当普通的一句话，一点都不漂亮也不令人心动，姜蝶看后却蹲在垃圾桶边号啕大哭。她无法不回想起曾经和蒋阎打视频电话聊到她的过往时，她无意间对他提到过姜雪梅打给她的毛衣都是带着影子的，她其实并不喜欢穿。

他听进去了，并寄过来一件只织给她、只属于她的独一无二的毛衣。在她的小半生里，内心最深处其实一直都在渴望这样的情感。也许是因为没有父母的关系，她从来没有体会过被人毫无保留地深爱的感觉。每个人生来都有自己的"罩子"，只有她头顶空空。

能有人真的看到她，不掺杂其他情绪，完完全全只是因看到她这个人而喜欢她，是她最盼望的事情。

可是你明明不是啊，蒋阎。

让她最恨他的，并不是他当初的背叛致使自己跌入了截然不同的人生。早在那一个辗转反侧的夜晚，她决定把机会让给他的时候，就已经做好了未来会很艰难的准备。但与一份纯粹的情感相比，她觉得值得，然而回报她的是最残忍的冷漠。

但那也不是最痛的点，毕竟经过了十多年漫长的缓冲，那点恨意最多只是一场余震。

如果他们之间可以以别的方式重逢，最好的方式就是擦肩而过，说不定她还会客客气气问一句"这些年你过得应该挺好吧"。可是，他们成了最亲近的人。

她最不能接受的地方就在于，她确实在这段不该出现的关系里，明明确确地，看到了一点名为"爱"的东西。但是，它绝无可能是她最祈盼的那种爱。

姜蝶站起身，擦干眼泪，将毛衣毫不犹豫地扔进了旧衣回收点。

那之后的两天，姜蝶和林茉染陪邵千河和他的同学在巴黎到处逛，邵千河的下一站是意大利，他们就此分别。但意外的是，短短两天，林茉染就和邵千河的那个朋友擦出了火花。虽然是异国恋，但法国和英国之间的来往也算方便，大部分时候，那个男生会坐火车过来看她。

林茉染后来不舍得他老是单方面过来看她，决定悄无声息地过去，给他一个惊喜，但又不想一个人去，便求着姜蝶陪着她一起。姜蝶想了想也答应了，毕竟只在巴黎一年的时间，如果不趁机走一走欧洲就太可惜了。

只是林茉染实在重色轻友，到了伦敦后就完全忘记了姜蝶，和男友如胶似漆。姜蝶也不想做电灯泡，干脆自己玩。邵千河知道后很快联系了她，表明要带她玩。

姜蝶刚想回"不麻烦"，他就补了一句："你别忘了，你还欠我一顿饭，这次怎么着也应该补上了吧。"

鉴于伦敦根本找不到符合他心意的美食，邵千河最后提议带她去超市，直接在公寓里做饭。

姜蝶想到这样还可以省钱，当然求之不得。而且她对自己的手艺也有了信心，熟能生巧，在巴黎的这些日子，她也逐渐能变着花样做中餐了。生活逼着她不断地往前跑，她早不是当初那个连白粥都会煮坏的笨蛋了。

邵千河的公寓明显比她的要好太多，地段在 Kensington[①]，漆白的

[①] 肯辛顿区。

公寓是维多利亚风格，且在顶楼，视野极好，一进门就能看到落地窗外伦敦大大小小的楼宇。但姜蝶无暇感叹，因为低头首先看到了鞋柜里的一双玛丽珍鞋。

"……不会有女生在里面吧？"

那简直太尴尬了。

邵千河"哦"了一声："那个是我前女友留下的，等会儿会有人来收走。"

"在英国认识的？"

"对。"他好奇地问，"你在法国没有谈吗？"

姜蝶把食材放到岛台，一边往外拿一边摇头："我忙学业都来不及。"

"听你这么说倒显得我很游手好闲似的。"

"应该说你很会平衡生活，这是有能力的人才能办到的事。"

"小酒桶，你的口才也被锻炼得不错。"他拖了把椅子过来看她忙前忙后，"厨艺也是，我前任就完全不会。"

姜蝶不知道怎么接，就干脆没接。

"你是真的没空谈，还是没想谈？"

邵千河还揪着这个话题不放。

姜蝶却突然认真地问："你觉得谈恋爱对你而言是什么呢？"

邵千河微怔，被反问得思考了一会儿，嘶声说："大概就和酒精一样吧，不是生活的必需品，但是生活的调味剂。喝的时候很痛快，容易上瘾，但也容易伤身。"

"所以你每次都是浅尝辄止？"姜蝶顺着他的话道，"那我就是第一次喝就喝到酒精中毒。怕了，我不是个适合喝酒的体质。"

邵千河意味深长道："一开始把握不了度是正常的。你或许可以学习我，慢慢学会适度饮酒。"

"学习你？"

他从椅子上直起身，隔着一个岛台，探过身来。

"我可以手把手教你。"

52

"但比起酒,我更喜欢奶茶。"姜蝶四两拨千斤地转移话题,"伦敦有好吃的甜品店吗?"

"明明是小酒桶,居然不爱喝酒。"邵千河笑了笑,收回身子,"我帮你问问,我也不怎么吃甜食。"

两人之前刚泛起来的暧昧烟雾慢慢消散,最后,他拍了姜蝶做出的一桌餐,发了条朋友圈:久违的家常菜。

姜蝶刷到这条,点了个赞。

他拍的图里,她端着菜的手指入了镜,但一般人看不出是她。倒是她的点赞引起了卢靖雯的注意,毕竟姜蝶前脚还发了一个伦敦风景的朋友圈,很难不让人联想。

Lulu:天……邵千河照片里的人是你?

小福蝶:Bingo,但你别想多,他就是带我玩。

Lulu:那就行,我还以为你们真成了。

小福蝶:你这语气怎么感觉像松了一口气,当初不老撮合我和他?

Lulu:我就是随便说说……

小福蝶:我妈最近还好吗?她老是对我说啥事没有,真的OK?

卢靖雯沉默了一会儿,才回复。

Lulu:我们都照顾着呢,你放心。

小福蝶:谢谢姐妹,回去给你带礼物!

Lulu:[亲亲.jpg]

Lulu:你有没有发现,你现在发的消息都好严格地带着标点符号哦?

姜蝶一愣,发了个代表无语的省略号搪塞她。

她当然知道这是受了谁的影响,但她受他影响的又何止这点呢?

生活看似完美地灾后重建、忙忙碌碌、有滋有味,但只有她自己知道,内心某一部分还在无限制地坍塌。

她还深陷在,蒋阆为她亲手挖掘的废墟之中。

假期有限，在英国待了一个周末后，姜蝶不得不赶回巴黎继续上学。虽然只待了短短两天，但她和邵千河的关系似乎因为这次旅程更近了一些。也许是她的冷淡反而挑起了邵千河的狩猎之心，他总是会时不时地给她发一些消息。他在这方面很擅长，总会找到可以聊下去的话题，不会让对话尴尬停住。这对于现阶段因为时差而缺乏聊天对象的姜蝶来说，算是雪中送炭。

日子就在新奇和习惯中交替着过去，她逐渐习惯了巴黎的冬天，习惯了和邵千河聊天，也习惯了隔壁露台上那盆蝴蝶兰慢慢凋谢。

直到开春，万物复苏，巴黎迎来了时装周，这也给姜蝶一度冰封的生活带来了一丝波澜。

这意味着，她终于有机会见到春尾衣良本人了。

学校里的老师都是巴黎有点名头的设计师，理所当然被邀请看秀，有的就会把学生当作自己的助理一起带去。而姜蝶和某位老师关系处得很不错，这位老师，就是当初帮她核对名单的那一个，叫Serena。于是，她在课后鼓起勇气问Serena可不可以带她。Serena笑着回答："我一直都很欣赏你的勇气，当然可以。"

这句话一下子就将她钉在原地被回忆鞭打。

但好在，Serena没有继续问"当时陪你来的那个人怎么样了"，她才得以逃生。

看秀的那一天，姜蝶前所未有地激动。这是她第一次距离梦寐以求的地方这么近，坐在台下，亲眼看着第一时间出炉的服装穿在瘦高的模特身上，从自己眼前经过。这些都是今年流行的风向标，而她有幸第一时间目睹。而且，T台的造型搭配舞美和音乐，使作品的理念和气质被诠释得更加淋漓尽致，远不是在网上看一张图片所能感受到的。

她更加惊叹：有些人的脑子怎么可以这么绚烂？那些稀奇古怪的元素和剪裁居然可以如此贴合，充满惊世骇俗的美。

走秀到了最后，春尾衣良携着她的模特们出来谢幕。姜蝶仰望着她，聚光灯打在她身上的那一刻，姜蝶除了无比崇拜之外，还深深地意识到了地裂般的差距。她可能有一点小天赋，但比起春尾衣良这样的天才,还是小巫见大巫。而她从小又缺少这方面的熏陶,视野狭窄得可怜。

姜蝶深刻地明白了这一点,在这次时装周结束之后,更加争分夺秒地珍惜在巴黎做交换生的时光。

除了完成学校的知识收纳外,她还搜刮了各个服装展会的信息。巴黎各种小众设计师的服装店,几乎隔两三天她就会跑一趟看看有没有上新。

时间过得分外快,总觉得不够用,她游走在巴黎的大街小巷,犹如一只不停吸水的海绵。

只是她没考量好吸收的度,突然有一天就倒下了。

高烧来势汹汹,她努力撑着自己的身体去附近街区的超市买了两块西瓜,又顺便在沿街的药店买了扑热息痛,回公寓后就着西瓜潦草吞下,倒头盖好被子闷头睡下。醒来时又是半夜,床头的灯一直没关,昏黄地照着碎花壁纸和天花板,一再提醒着她,这里是没有任何人可以依靠的异国他乡。

额头还在冒着热气,被窝里是潮热的水塘,她一动作,铺天盖地的凉气又顺着缝隙钻进来,冰火两重天在她体内横冲直撞。烧得迷糊时,姜蝶梦见了很久没梦见过的小时候。她目送着十一穿得齐齐整整,准备走向那辆豪车。他走出两步,回过头,看向她。

她眼眶通红,鼻子也通红,可愣是没让眼泪掉下来,倔强地看着他,怀着最后一丝希望问道:"向老师举报掐我苗的是小五的人是你,你是怎么知道的?"

十一没有回答。

"告诉我。"她咬着牙,"也许这是我们的最后一面了,你千万千万不要骗我……你是亲眼看见了吗?"

他面无表情地,缓慢又残忍地点了下头。

她没忍住,瞬间低下头,颈部跟着一抽一抽。

"但是你没有阻止。"

小女孩无力又崩溃地语不成声,哭声混夹在冷风中,好像当时在空寂的房间,他走过来让她别哭,风声猎猎。可那时,她以为自己找到了防空洞。

"为什么……是你啊……你知不知道,我本来已经下定决心……说那个芽……是你的……"

这句话像串脆弱的晶珠,过分炫目,注定到手的一瞬间就会打滑,噼里啪啦地砸满十一的脸。他的脸上因为巨大的震惊,显现出过分失真的表情,眼眶里有什么温热的东西漫延开来,他低下头,抹了一把,亮晶晶的,是晶珠的碎片,也是眼泪。

这是他平生第一次流眼泪。

无论是被楼宏远怒骂抽打,抑或是被埋在盗洞底下命悬一线的时候,他都没流过一滴泪。

为什么会在要被收养、人生获得转机时,突然流眼泪呢?

他不明白。

眼眶里漫溢的泪水似乎让他心惊和疑惑,越抹越多,越抹越多。

车上的女人下了车,款款地走过来,皱着眉头说:"这孩子真是善良心软,看来很舍不得这里。走吧,下次还有机会回来的。"

她用手帕抹掉他的眼泪,推着他不由分说上了车。

豪车吞没十一,背影渐行渐远,每次做到这个梦的节点,姜蝶就会醒来,但这次,梦境延续下去,车子开到一半,停下了。车门打开,下来的人不再是十一,而是经年过去的蒋阎。他克制着眼泪,说出了当年欠她的那句"对不起"。

这一瞬间,姜蝶蓦然睁开眼,好像枕在冰川融化的海里,原来是眼泪和高烧的汗水混在一起,把枕头打湿了。她蜷缩成一团,身体和心脏无一不痛——闭上眼,这回再也睡不着,恶心、想吐,不去医院不行了。

但是,她对巴黎的医院完全不熟悉,国外的医疗系统应该和国内完全不一样,据说看病很贵。而且对于看病的流程,她也一窍不通。姜蝶内心纠结着,她想找林茉染问问有没有去过医院,但摸起手机一看时间,就打消了念头。

这时，手机微信闪了一下，姜蝶还以为是国内的人发来的消息，点开一看，居然是邵千河，他给她推了一则展览的信息。

姜蝶趁势问他，但她实在没力气打字，开了语音慢吞吞地说："麻烦问你个事啊，你来英国后去过医院吗？看病贵不贵啊？"

如果很贵的话，她还是打定主意熬一熬，熬过去就算了。

发蜡再也不刮多：你生病了？听上去状态不太好。

"……嗯，有点小发烧，考虑要不要去医院。"

发蜡再也不刮多：等着！

等着？等什么？姜蝶晕乎乎地看着这两个字，本就烧得迷迷糊糊的脑袋愈加无法理解他话里的意思，是说他也没去过医院看病，所以去帮忙问了吗？可是直到她再次睡着，也没收到邵千河的回信。第二天，姜蝶被急促的敲门声敲醒，才终于迟钝地反应过来，那个"等着"是什么意思。邵千河居然连夜开着车，从伦敦到了巴黎，出现在她的公寓门口。他风尘仆仆地敲开她的门，二话不说就抱起她，带着去了医院。没有选择地被他裹进怀中的时候，姜蝶有种降落的感觉，这和当初被蒋阎牵起手在泰国街头逃亡时的感受截然不同，那是一种飘忽的想要飞起来的冲动，但这一次，是沉坠、安稳的落地。

烧退的那一刻，她的意识终于恢复清明，非常不好意思地向他道谢，接着又马上问："医药费是多少？还有你的油费……"

邵千河"扑哧"笑出声。

他一本正经道："挺贵的，这回一顿饭不管用了。"

"你放心……我肯定还你。"

"那我还有人工跑腿费呢。"

"我怎么觉得你开始狮子大开口在敲诈我了？"

"敲诈得是这样——"邵千河清了清嗓子，"请问你可以以身相许做我女朋友吗？"

"……"

姜蝶沉默了半晌，面对他并非玩笑的语气，她也认真回复："我马上就要回国了，你还得再读一年，这样我们就是真正的异国了。"

"这可不算什么不能在一起的借口,说不定我们都谈不到你回国呢。"

"可是,我现在——还没法全心全意地再去喜欢一个人。"

"巧了,我喜欢一个人从来就不是全心全意的。"邵千河挑眉道,"倒不如说如果女孩子对我用情太深,我反而不敢开始。"

"这么听上去你好像挺渣的。"

"所以我们都不用对彼此感到很有压力,一定要赤诚什么的,没必要。"他笑着,"如果你之前谈的那段很伤筋动骨,那你真的很需要和我这样的谈一段恋爱试一试。我亲测过,忘却一段恋情的最好方式就是开启另一段截然不同的。"

姜蝶又沉默了很久很久。

也许是那个连夜飞跃英吉利海峡的怀抱带给她的感觉很舒服,撑住了异国深夜摇摇欲坠无比脆弱的自己;也许是他这么久以来坚持不懈的聊天让她觉得很亲近,虽然她可能只是他众多聊天对象当中的其中一个;但也许,只是因为他最后这段不算告白的告白中,那股仿佛可以拉着她走出废墟的建议真正诱惑到了她。

姜蝶听到自己的声音很低地说了句:"那就试试吧。"

出院时,是个天气很好的傍晚,邵千河送她回公寓,紧接着又下楼去替她买晚饭。她走到露台,目送着他穿越街道,还在恍惚,总觉得过分不真实。她单薄的身体在风中摇晃,苍白的脸在空气中乱转,目光停在了隔壁的露台。那儿从那个满地烟头的夜晚过后,再也没有人搬进来。花盆里的蝴蝶兰早已凋谢,难看得不成样子,没有人来换掉它。

一切都即将入夏,绿得流油,它却还仿佛困在萧索的冬天,格格不入地对抗着整个充满生机的世界。

再见。

姜蝶无声地挥手。

我也要去迈入夏天了。

凤眼蝴蝶——.

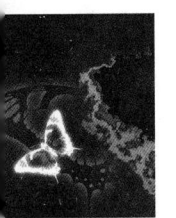

第二篇章 × 一生难得的好梦

53

两年后。

这一天，是姜蝶正式入职 Von 的一周年。

Von 是一家冰岛的轻奢服装品牌，在冰岛语里是"希望"的意思，始建于雷克雅未克，以素冷的北欧风出名。他们家最经典的产品就是毛衣，可惜近年来因为一直没有推出更令人眼前一亮的新品，销售业绩有所下滑。

但是它这么多年来奠定的市场地位并不会就此受到威胁，至少对于姜蝶他们这些服装设计专业的毕业生来说，若是一毕业就能进 Von 设立在国内的分部就职，就已经是不可多得的幸运了。而当初毕业时，这个唯一的好饼就落在了姜蝶头上——一是她的对手，比如饶以蓝，人家不急着工作，毕业就计划出国继续深造；二还得归功她自己。先不说她之前有运营穿搭视频号这个经历，大三交换这一年在她的履历上也是相当浓墨重彩的一笔，尤其是对于国外的品牌而言，更乐于吸纳有过国外学习经历的人才，能用法语沟通这个技能也加了不少分。

从法国交换回来的大四这一年，姜蝶也没闲着，课量变少之后就开始实习，增加实践经验，让简历又漂亮了不少。再加上她大学一直保持的高绩点，这个唯一的名额落在她头上并不算稀奇。只是唯一不好的地方在于 Von 的工作地点在西川——她从前逃离的地方。现在有这样一个机会放在自己面前，她回不回去？她唯一的牵挂是姜雪梅，也怕姜雪梅不同意。但这个机会真的非常难得，一番商量之后，姜蝶本想提议让姜雪梅也一起去，只是在她去法国这一年，姜雪梅谈恋爱了。

是很偶然的一次机会，姜雪梅去买菜，回来时腰伤复发，在门口走不动道。小区门口的保安看见，二话不说就连人带菜背着上了电梯。

他也结过婚，妻子因病去世，膝下没有孩子，之后多年也没有再娶，遇上姜雪梅之后，开始天天主动将菜送到她门口。两人低调又隐秘地来往着，谁都没有告诉，至于姜蝶会发现，完全是意外。

那一天是姜雪梅的生日，姜蝶借故说自己在学校里有活动，没办法陪姜雪梅吃晚饭，其实偷偷准备了生日礼物和蛋糕，想回家给姜雪梅一个惊喜。

刚跨入梅雨季的晚上，雨来得猝不及防。

街头几乎没人带伞，姜蝶也被淋到了，所幸是绵雨，打在脸上很和煦，姜蝶没管，专注地抱着蛋糕往家走。路过楼下的花坛时，姜蝶脚步慢下来，疑惑地看向树影下——两个中年人正在雨中拥抱。

他们也没有带伞，靠着并不算繁茂的叶片挡雨。两人分开时，头发和脸上全是雨水，男人伸手帮女人拂掉，折了一朵花架下的月季，戴在女人的耳际。女人笑着抚摩耳畔，雨丝周而复始地打上脸颊，浸湿她的眼眶。

姜蝶静悄悄地走开了。

她知道，姜雪梅收到了她今年最美好的一份生日礼物。

姜蝶欣慰地想：这其中也有自己的一分功劳吧！毕竟是她坚持要从鸳鸯楼换到新小区的，大概是被月老附体做下的最正确的决定。或许，有缘的人无论怎么兜转都能相遇，即便绕了大半辈子。

最后，她决定独自回到西川，一切从头开始。

公司附近的房子太贵，她在地铁沿线的某一处找了个公寓，有整层楼高的落地窗，能看见一览无余的灯火，夜晚的时候感觉像躺在一条星河里。不像从前从鸳鸯楼的窗玻璃望出去，只能看到被各种晾衣架和电线遮挡住的矮楼。

她回到这里，不再是手无缚鸡之力、前途未卜的孩子，而是能靠着自己慢慢往上走的大人了,虽然刚开始工作那会儿,压力非常大。进了 Von 虽然只是从最基础的设计助理做起,但是是在她最爱的研发部,她觉得自己还是在做喜欢的事情。

Von 不会因为她只是一个刚毕业的小新人就对她有所优待和宽容,在他们眼里,只要你能进来,就说明你是有点本事的,那你必须得证明自己的本事。

入职一周年的这一天和以往没有任何不同,上班族的生活从一大早开始就像只小陀螺,挤公交到公司楼下买一杯续命的咖啡,缓解昨晚赶 PPT 熬到凌晨三点的疲劳。

等咖啡的间隙,她冲去隔壁的便利店买冰柜里刚被放上去的鸡蛋火腿三明治,微波炉加热三十秒后,冰冷的塑料包装热到灼人,冻硬的芝士化在夹层里,还有一部分溢出,粘在包装纸上。姜蝶习惯扯起衣袖盖住半个手掌,单手托住三明治,这样就不会烫手,接着赶紧去取已经做好的咖啡,风风火火地冲向高峰时的电梯,在一堆人的白眼中装傻,用"眼力波"催着电梯门赶紧合上。

快到上班点的电梯绝对是一个千军万马都想挤上去的战场,姜蝶每次都仗着自己瘦,厚着脸皮挤进快满员的电梯厢。

艰难的上班路途告一段落,终于坐到工位后,她就得开始处理各种跟单。对接版师,对接工艺,对接面料,恨不得生出三头六臂回复各种人的微信。拜他们所赐,她每句话后面加标点的习惯也被硬生生扭转过来,因为这样对接客户看上去很冰冷,取而代之的是各种玫瑰、爱心的表情,怎么客气怎么来。

等这些事情处理完,设计师们也会陆续到岗,姜蝶会把自己在 WGSN[①]或其他网站上搜到的各种素材做一个整合给他们。

中午会有一小时的午休,姜蝶一开始还会和同事们去附近下馆子,拉近同事关系,但那样其实很浪费钱,大概坚持了一个礼拜她就开始带自己做的便当,吃完趴着小憩一会儿,为下午开会养精蓄锐。

---

① 全称为 Worth Global Style Network,全球适用的商务资讯网站。

通常一开会就会开很久,你一言我一语,算上大家一起的晚饭时间,晚上九十点散会是常事。

尤其是前一阵子赶上新品开发的特殊时期,总部大换血,请了新的创意总监,他们这个部门被勒令必须拿出一套让人满意的方案。因此他们最近加班更是没有个点,总算是多方讨论后磨出了一套提案,并被通过了。

这件事着实振奋了大家的心情。

而这个被通过的提案,点睛之笔的源头竟然是姜蝶。

这并非她的能力有多么突出,能吊打履历丰富的设计师们,而是之前大家都在"毛衣"这个概念上打转,再怎么从图案和剪裁上推陈出新,终究还是受限,他们的思维已经走入了死胡同。

而姜蝶是新人,有异想天开的视角,抱着"哪怕说错了大不了就被嘲笑一下"的念头提了一句:

"那是不是可以用与北欧风完全相反的热带风格去对冲一下呢?我们一直坚持品牌的风格,但是,坚守并不意味着得一条道走到黑。

"有时候,可能只有打破才能重立。"

因为这句话,大家很激烈地展开了讨论,有觉得冒险的,有觉得可以试试的,唇枪舌剑后,谁都无法说服对方,干脆直接分成两派,各在最后时限交出提案。最后,是支持姜蝶这个说法的提案通过了票选。

至于今天的会议,就是讨论新品的后续拍摄方案,满满当当的一天,全部被工作塞满,根本抽不出时间来做别的。

会议中场休息,姜蝶连同另一个新来的设计助理仲解语一起下楼拿给大家点的咖啡,对方垂头丧气地抱怨:"我好想辞职,别说谈恋爱了,我连相亲的时间都没有!"

姜蝶只能拍拍她的肩:"加油!"

她一听姜蝶的语气,更悲伤了:"你这丫头是不是已经有男朋友了?怎么从来没见过人?"

"他人在国外。"

"你们异国恋哦?"仲解语啧声,"那可不行啊,我劝你赶紧蹬了

071

他找好下家，异国恋可不靠谱。"

"安啦仲姐，他只是在那边上学，马上就回国了。"

姜蝶趁机看了下手机里的世界时钟，邵千河那边正是下午的三点二十七分，而这里已经是晚上十点二十七分了。

手机里有一条置顶聊天框发来的消息。

千河：还没下班吗？

谁能想到呢，他们居然谈了两年的恋爱，而且一直都是异国。之前是英国和法国，后来她交换完回了国，本来以为按照对方的性子该是提分手的时候，邵千河却没有提。

姜蝶很好奇地在视频通话的时候问他："我也不能陪在你身边，你不觉得我这个女朋友形同虚设吗？"

"谁说你没有陪我，你都有和我聊天啊。"邵千河不赞同她的说法，"是你自己不知道你带给人的感觉有多舒服。"

"舒服？"

"你是不是觉得我有那么多前任是贪图新鲜？我是个很享受刺激的人？"他无奈道，"其实我也想谈一段稳定的恋爱，但她们总会让我窒息把我逼跑。你就不会。"

他的话术很高明，三言两语就将她和其他人区分开来，而那种感受，正是当时的她最需要的。因此，姜蝶默认了这段关系继续往前，将他的微信置顶，改了个备注名，试图用更认真的姿态去经营这段关系。等到第二年，邵千河原本应该念完研究生回国，却因为意外导致延毕，到了今年才能回国。

姜蝶早就计划着请年假去参加他的学位授予仪式，只是这段时间因为部门太忙的关系没有合适的机会说出口。毕竟当时她毕业那一年，他专程从英国飞回来参加她的毕业典礼。投桃报李，她自然也不能错过他人生中的重要时刻。

姜蝶抽空回了他一条"还在加班"，提着咖啡和仲解语回到办公室，盘算着一会儿等会议结束后找总监把假给请了，心里装着这件事，下半场会议都听得有些许忐忑，生怕自己请假这件事会给人带来不好的印象。

然而，没等她纠结完，部门的总监发话了。

"知道这段时间大家特别辛苦，方案的话，除了本部的雷克雅未克，还有一个拍摄地点就定在苏梅岛。"

苏梅岛，泰国。

一个无比久违，听了心脏就会一沉的国度。

"姜蝶。"总监点她道，"你和仲解语都跟一下这个拍摄，尤其是你，如果有更好的建议，欢迎随时找我。"

姜蝶登时头昏脑涨，有一种位列仙班般的飘飘然，忙不迭应下，根本忘了前一刻还在盘算着请假的事。

结果一对上日期，完了。

拍摄新品那一周，正好是邵千河的毕业典礼那周。

姜蝶在事业和爱情的权衡中，还是选择了订去往曼谷的机票。为了给邵千河赔罪，她咬咬牙，高价从炒鞋的鞋贩子那儿买了一双他垂涎已久的限量版球鞋。

邵千河却赶紧让她退掉，他想着既然姜蝶在曼谷，干脆毕业典礼完就直接也飞曼谷过周末。她无法见证他毕业，但至少可以陪他完成一部分的毕业旅行，这比被宰着买双鞋来得有意义。

姜蝶想想觉得也是，改签了机票，返程不和大部队走，多在曼谷待一个周末和他会合。

时隔四年再飞曼谷，记忆里很多细节都已经被模糊了，可一出飞机场，那辆来接机的商务车停在姜蝶面前时，她的胃就开始神经性地隐隐作痛。

明明和当时完全不一样，不一样的时间，不一样的车型，她也不再是那个坐在后座偷摸脱下外套的青涩女生。但似乎仍有一个人，穿一件白T恤衫，支着脸，只留下一个背影，坐在她年轻时的回忆里。

姜蝶已经很久很久没有再想起他。

她从法国回来后，蒋阁大四毕业，据说去了美国留学。他们非常恰当地错开了，自此，她再也没有听说过关于他的消息。

车子一路从机场驶向码头，公司为了节省经费，特意选水路去苏梅岛。他们这次在苏梅岛下榻的度假村非常昂贵，是一笔不菲的开支，只能在交通这方面再省一省。

这个度假村是亚洲范围内的连锁度假村，日韩和国内都有，泰国的普吉也早开了一家，去年才正式登陆偏僻的苏梅岛开放运营，所以设施都很新鲜。大家觉得在视觉呈现上会和新品更贴合，特意选在这里。

这一路颠簸，包车终于停在生机勃勃的度假村门口时，天色尽黑。他们都是天没亮就起床赶飞机，经过了十多个小时的折腾，没一个人还能保持精神，哪怕面前的一切再引人遐思，都只想尽快回房倒头就睡。姜蝶和仲解语是一间房，放下行李后稍微收拾了一下就累得腰酸背痛。

仲解语比姜蝶大三岁，她从行李箱翻出一片面膜念叨道："女人啊，过了二十五就得注意抗衰老了，但你这个年纪也不能松懈，我这个面膜你要不要试？"

"好啊，我的这个面膜也不错，分你一张。"

女人的友谊通常就从分享好用品开始。

两人交换了面膜，躺在床上，把灯光调暗，但仲解语却毫无困意。

"哎，热带海岛就是让人特别想谈恋爱啊……"她蠢蠢欲动，"明天现场收工早的话，我们去当地的酒吧转转怎么样？"

"明晚不是要请什么CEO（首席执行官）吃饭吗，我们都得跟着。"

他们看中的拍摄地是度假村内的海边植物园，最初外联去谈的时候度假村根本不愿意包场让他们拍，说是会影响其他客人的体验，而且拍摄夜景还需要架灯，万一破坏了植物得不偿失，哪怕价格翻倍都不可以。本来都已经做第二计划，寻觅新的拍摄场地了，度假村突然又改口了。据说是收购他们度假村的集团新任CEO来视察，知道这件事后愿意放绿灯，而且不需要高价。总监为了还这份人情，趁CEO这两天还没走，特意临时安排了这一顿饭局。

仲解语闻言翻白眼："我们都是壁上花，那个CEO肯定顾不上我们，吃两口我们就溜呗。"

"这样不太好吧……"

"你到底是在担心工作，还是担心被你那个异国男朋友知道去酒吧哦？"

姜蝶无奈："当然是前者，他不会在意这个，就像我也不介意他去酒吧一样。"

"嚯，那你们也太老夫老妻了。"她摘下面膜好奇地追问，"在一起很久了吧？"

"两年多一点。"

"这么说是大学恋爱了，真好啊……他是你的初恋吗？"

姜蝶一下子没了声息。

"不会吧，突然睡着了吗？姜蝶？"

回应她的只有状似困到极点的一声轻应。

"……你面膜都还没摘呢。"

隔天就是新品的拍摄，地点就在这座谈下来过程坎坷的海边植物园内。

这也是这座度假村独一无二的亮点，斥巨资搭建培育的，置身其中如同在小型的热带雨林。比人个头还高的仙人掌，大把大把的龙舌兰，长满绿刺的芦荟，搭建成了一个生机盎然的世界。最奇妙的是，这里还建造了一座蝴蝶馆。

姜蝶却无暇欣赏，名义上总监让她跟拍摄，好像真的能有点什么权力似的，但事实上就是个场工，两只手挂满衣架，随时等候拍摄命令。还好高大的棕榈树遮挡了几近赤道地区的炽烈阳光，才不至于让她在下一秒热晕过去。

拍摄一直争分夺秒到了夕阳光消失的那一刻，模特们和摄影师先行离开，剩下姜蝶和仲解语她们收拾残局，等她们赶到餐厅的包厢时，发现自己竟然不是最后到的。

最重要的人物，那位给拍摄开绿灯的 CEO 还未露面。

而令姜蝶诧异的是，原本不需要参加饭局的其中一位模特也来了。

她是国内正火的二线小花，也是 Von 的亚太区代言人，自然参与了这次的新品拍摄，但并不需要参加这种饭局。

仲解语看着姜蝶吃惊的神色，见怪不怪："看来秃鹫闻到腐肉味了。"

"她是奔着 CEO 来的吗？"姜蝶也跟着八卦，"但我听说她已经有主了。"

"那说明她现在的'主'比不上这个 CEO 呗。收购这个度假村的是蒋隆集团，这两年风头很猛的。"仲解语挤眉弄眼，"我看那新上任的 CEO 也很擅长这一套呢，能答应这种饭局，私下为了什么大家都门儿清咯，总不能真的为了吃饭吧。"

姜蝶分不出神反应，在听到"蒋隆集团"这四个字的时候，即刻调出手机，搜索了"X度假村收购"的关键词，跳出来的第一条就是一则新闻——蒋隆集团在一年前宣布正式完成对 X 度假村的收购。而这新上任的 CEO，虽然新闻上没有提及，但……姜蝶几乎是立刻站起身，仓促地扔下一句"身体不舒服"，低着头夺门而出，刚要离开包厢，一双锃亮的黑色皮鞋和熨烫齐整的西装裤出现在她的视野里，正正好堵住她的去路。姜蝶在这刹那，无须抬头，就已经感知到面前站着的人是谁，熟悉的薄荷冷香，瞬间带起那片刮过台风的海域深冬的严冷气息。

热带岛屿下起了纷飞的雪。

男人的声音夹杂在雪花中，在她头顶响起。

"饭局就要开始了。"他说，"你要去哪里？"

姜蝶呼吸轻颤，慢慢抬起头时，已经非常冷淡。

两人不远不近地对视着，失焦的夜空下，有什么东西已经被焚烧，但时间的跨度又不足以让之焚烧得一干二净，仍有微渺的星火随着灰烬从焚烧炉里飘出。

阳台的风送进椰树和海风的气味，众人心旷神怡。

可唯独他们闻到的，尽是灰烬的气味。

54

站在姜蝶面前的，是阔别了三年的蒋阎。

他还是很清瘦，但比三年前最后一面瘦到脱形的样子好一些，头发理得短了，配上黑衬衫和黑西裤，脸上架了一副装饰用的银链眼镜，多了一分不近人情的意味。镜片在吊灯下闪着薄薄的冷光，好似冰川上又结了一大片厚冰层，比三年前更知道怎么压住情绪。

这与他突然冒出口的，有些逾越边界的问话并不是很相称。

姜蝶正酝酿着这第一句话该如何开口，她身后有个声音及时地回答说："啊，我正想去叫您呢！"

姜蝶这才意识到，蒋阎刚才那句话并不是冲着她说的，而是她身后和她差不多时间走出来的一个餐厅领班。

蒋阎向着那人点了点头："进去吧。"

他视若无睹地同她擦肩而过，走进包厢。姜蝶愕然地站在原地，没有想到这竟然是他们重逢后第一面，他给予的所有反应。这明明该是她的反应。姜蝶有一种憋了个陈年大招，还未上场就不战而败的憋屈和愤怒。他凭什么可以这么云淡风轻呢？这是她的权利，但他凭什么呢？！

姜蝶劝慰了自己这么长时间要忘记和不再怨恨，在见到他这一面时功亏一篑，原来她根本无法原谅他的若无其事。凭什么背叛和欺骗别人的人可以觍着脸来，而她这个受害者反倒要落荒而逃？可笑。

姜蝶往外的脚步转向，一步一步走回原位。

一边的仲解语瞧见她回来，了然地调侃："见到 CEO 本人不舍得走了吧？"

姜蝶冷眼看着主位上的人坐下自我介绍一番，没应声。

仲解语看热闹不嫌事大地指了指那个女艺人："你快看那姐！"

模特小花的位子就在蒋阎的左手边，她佯装热，脱掉了原本披着的小坎肩，不动声色地俯身去拿葡萄酒，借故露出胸口，接着举起杯子,在晃动的紫红色液体下,用余光观察着旁边的男人。

她在娱乐圈里浸淫好几年,见惯了皮相好的男人,但蒋阎这样的气质,可以说是难得一见,但最吸引人的,必然是他头上的光环。这么年轻就能坐上蒋隆集团一把手位置,她不信是因为这人资质过人,那就只有一种可能——他必然是老总的儿子了。她对他的身份笃定了七八成,心里忍不住得意——自己真是时来运转,这顿饭局来对了。

先前那位老板因为他老婆的关系,被迫和自己划清了界限,作为补偿,他帮她拿下了这个品牌的代言人资源,不然以她的资质还够不上 Von 的门槛。

但没了靠山,她还是心慌,所以今日犹豫了下还是决定过来看看。毕竟对方能同意这顿饭局,应该不是什么难勾搭的男人,她觉得自己能钓他上钩的概率有七八成。

只是这人身份神秘,网上完全没有这位蒋隆集团新任 CEO 的相关信息,他也未在公开场合露过面,如果他形容猥琐,她也没必要委屈自己到那个分上。但是当蒋阎现身的这一刻,她只恨自己今天穿得保守了,妆也没有再补一补。她摇着杯中的液体,试探地朝蒋阎伸去。

这样的男人,身边肯定不缺女人,她无法打包票自己能一举成功拿下,真的攀上他,毕竟这种人怎么可能需要用钱去砸一段关系?但勾搭勾搭,她还是很有自信的,只要有了开头,就可以有以后。

姜蝶抿了一口红酒,耳边伸解语还在饶有兴趣地实时播报:"姐出手了,姐向他敬酒了!"

姜蝶快速地抬头扫过一眼,正好将他和她碰杯的半截画面收进眼底。

哈。

刚想脱口而出一声不合时宜的腔调,姜蝶及时地将酒精灌进喉咙,避免了失态。蒋阎却在碰完杯之后,忽然从主位上站起。令姜蝶更诧异的事情发生了,他居然一个人、一个人地主动碰杯,敬酒过去,嘴上说着不咸不淡的场面话,比如感谢选场地拍摄云云。

很快,一轮下来,他停在了姜蝶面前。

那感觉就像在玩一盘俄罗斯转盘，眼睁睁看着数道空枪发出，因此让人知道轮到自己这一发时，必定致命。为此，她绷紧所有的神情，势必要扳回刚才在门口时的失措。姜蝶端起杯子起身，对上蒋阆。他盯着她的眼睛，不急不缓道："祝你们拍摄顺利。"

这是他们三年未见，重逢以来真正说上的第一句话。

没有什么虚伪的"好久不见"，也没有客客气气地问"你这几年好吗"，是完全陌生人式的无关痛痒的场面话。

姜蝶这次终于接住了，报以一笑，点头："谢谢您的支持。"

两个人碰杯，交错，他离开，她坐下。姜蝶没有再去看他向谁敬酒，和谁说一样的话，而是扭头看向窗外，摇晃的芭蕉树尖顶着一轮满月。而她刚才对他横生的所有乱七八糟的复杂情绪，随着这敬完的一杯酒下肚，全都消减于无形。何必去预设他的反应？结果和自己设想的不同就开始恼怒，那不是恰巧证明了自己还对这个人有所期待吗？

所以，刚才的互动就很好。别来打扰，平行而过。他心安理得也好，心怀愧疚也好，那是他自己的事，与她无关。

姜蝶没有等这场饭局结束，放下酒杯，步履平静地走出了包厢。

这一晚姜蝶睡得特别好，拜回房后又按客房服务叫了瓶威士忌所赐。第二天起来头昏昏沉沉的，所幸是夜晚拍摄，不用早起，她才让自己放纵地喝了整一瓶。

谁让上班族情绪释放前永远得看第二天的工作表？

下午姜蝶慢吞吞地起来犒劳自己，做了个舒舒服服的 SPA，以备晚上保持体力继续当个任劳任怨的场工。

到了夜晚，工作人员架完灯，整个玻璃罩下的植物园像落在白沙滩上的大灯泡，散发着绿色的荧光。夏季的苏梅岛热得人快灵魂出窍，离开了冷气的夜晚，海边纵然有风，但也无济于事。再加上打光灯的炙烤，整座植物园都成了蒸笼。

姜蝶拼命甩手掌给自己扇风，尽管穿了露背的吊带衫和热裤，皮肤上沁出的汗水还是让她像刚被从海水里捞出来，比昨天白日的拍摄还煎熬。相比之下，她更同情正好迎着打光灯的女艺人，承受迎面而来的热量，却要保持最漂亮的表情，只是，她脸上的欣喜好像是真的发自内心。

仲解语碰了一下姜蝶的胳膊，示意她看谁来了。

姜蝶往植物园的门口看去，瞧见了目前最不想见的人。

蒋阎在这样的气温之下，穿着长袖、长裤而来，活像一只蜗居地下千年的吸血鬼，皮肤见点光就会毁于一旦，在这样的夜色下尤其魅惑。他的视线落在拍摄的女艺人身上，她顿时换了一个更能表现自己的姿势，被摄影师皱着眉头叫停，中场休息。

那女艺人即刻走过去同蒋阎攀谈。

仲解语不解道："你不知道这姐昨天多丢人，你走了没看到，她一个劲地朝那个蒋先生敬酒，结果非常尴尬，人家说'我只敬一杯'。果然敬完一圈，人就走了。"

姜蝶情绪平平地"哦"了一声。

仲解语唓摸着："我以为他品位还行，没对那姐感兴趣，怎么今儿又跑过来了？"

"无聊吧。"

仲解语意外地看了她一眼："你是怎么能做到对这么优秀的有钱年轻帅哥毫无兴趣的？难道你男朋友比这还优秀？"

她音量不算大，但在她话音落下的时候，蒋阎同时看了过来。

仲解语被看得心里一咯噔。

"……他怎么会突然看我？"仲解语脑子里闪过一个不可思议的想法，"他不会是冲着我来的吧？"

接下来的拍摄，蒋阎不但没走，还总是频繁地往她这里看过来，仲解语越来越觉得自己的异想天开好像不是没可能。老天爷，我二十六岁满地的烂桃花终于要被扫清，要迎来一个史无前例的春天了吗？！她颤巍巍地做着美梦，拍摄结束，大灯啪地掐灭，她的白日梦却迎来高潮。

蒋阎还是没有走，端正站着看他们——把东西搬出，似乎在确认他的植物园有没有被这些外来者伤害。但女人的直觉告诉仲解语,他非常有可能是在等她,不然一个大老板闲着没事来担心花花草草伤没伤着?场地陆续清空,她却还不能走,得站在姜蝶旁边开着手电,确认她们这一箱衣服都收到位。眼见还剩最后一件衣服就能收尾,她心焦地收起手机说:"好了好了终于结束了,辛苦了拜!"

不是都说女人对爱情的到来有直觉吗?她迫不及待地想检验自己的第六感是否准确。仲解语提步往出口的方向走去,余光注意着角落里的蒋阎,发现他也动了。

真的!她的心陡然跳得失速,胡思乱想了一阵后,却发现,身后并没有传来紧跟着的脚步声。

……人呢?

她顿了顿,往后望去,植物园内已空无一人,连原本蹲在那里整理衣服的姜蝶都不见了。

地上散落着还未合上的行李箱,还有月色下的黑色森林顺着吹进来的海风摇晃。

姜蝶在仲解语把手电关闭后,视线就进入了一片昏暗。

虽然到了尾声,但还差最后一点点,她只能无奈地站起来转而去找自己的手机,低头刚摁开手电,摄像头的光源就被一只手包住。仍有光点从他的指缝漏出,零星的光线里,姜蝶看清了那张脸,瞳孔一缩。蒋阎的另一只手覆上她的手机,想将她的手电筒按掉,想让这一切暗到无法示人。

姜蝶心有余悸地立刻将手机扯回来,同他无声较劲。

这是场毫无悬念的拉锯,他单只手轻松扣住手机,连同要抢回它的双手。

姜蝶的心剧烈地弹动了一下,如同在满地停歇的鸽群中撒下一粒面包屑,整群白鸽横冲直撞地在心室流窜,疯狂发出尖厉的啸声。

她避之不及地迅速甩手,却怎么也甩不开。

蒋阎干脆只抓牢她的左手,指尖在她挣扎的过程中伸进指缝,牢牢地死命扣住。被他擒住的电光石火间，姜蝶后背的细汗流成瀑布，从脖颈一路淌到腰。

这一切只发生在短短的几十秒间，不远处仲解语还没完全离开，姜蝶不想被她看见这一幕，死咬着唇没出声，呼吸却越发粗重。

蒋阁依旧不说话，他的呼吸也很乱，和她的纠缠在一起，牵着她大跨步地走向植物园尽头的蝴蝶馆。

所到之处，漆黑的沉睡蝴蝶翩跹飞舞，长夜苏醒。

55

深夜寂静的蝴蝶馆并不是一片漆黑，整面玻璃墙正对着海滩，松软的白沙上依旧是满月，私人海滩涌动着暗潮和两段乱了节奏的呼吸。

四下终于无人，姜蝶用尽全力推开蒋阁，爆发道："你有病吗？！"

蒋阁这次被轻松推开，踉跄地后退几步。

他停在几步之外，顿了顿，说："对不起。"

对不起什么？对不起这突如其来的失态，还是对不起那些陈年往事？

姜蝶却懒得计较背后的含义，摊开手掌。

"手机还我。"

刚才在挣扎间，他狡猾地把她的手机扣在了他的掌心里。

闻言，蒋阁并不动，也没开口，似乎在酝酿着什么。

她看不清周遭，不好乱动，正和他僵持中，被扣在他手心里的手机突然振动。

"赶紧还我。"姜蝶加重语气，"我男朋友打视频过来了。"

蒋阁沉默地摩挲着手机。

"还我！"

姜蝶暴躁地再一次提高了音量。

他终于走近两步，将手机递过来。

姜蝶一把夺过，打开手电筒，照亮路途转身疾步离开。

蒋阁站在原地，目送她的背影消失。她被汗裹得湿淋淋的背就好像从海里出逃的小人鱼，甘愿将自己的尾剪下做腿，每一步都要忍着痛，不叫旁人轻易看出。

这个旁人，现在也包括了他。

她已经不是那个，会将自己最软弱和难堪的部分袒露给他的小福蝶了。因为她已经知道，自己不是展示给月亮，而是吞噬的黑洞。

蒋阎仰起头，伸出手指，钩着树梢上一只被惊醒的蝴蝶。

它脾气很大，迟迟不愿飞向他。

而他就耐心地一直站着，直到它栖息上他指尖的那一刻。

姜蝶握着早已停止振动的手机，拉着行李箱回到房间。那通视频并不是邵千河打来的，而是姜雪梅。而她下意识地撒了谎，一口咬定打来的人是邵千河。这样做，是为了提醒蒋阎，他们之间的关系早已经完了，三年前就已经一切如烟；也是提醒她自己，不要忘了今夕何夕。

他突然出手强硬地把她拉到蝴蝶馆，完全超乎她预料。毕竟前一天，他还表现得云淡风轻，给了她两人已经"纵使相逢应不识"的感觉。难道那只是他为了不打草惊蛇而伪装出的平静吗？或许，今晚的意外才是他突然的心血来潮。

最好只是心血来潮。

姜蝶疲倦地将自己埋进被窝。

明明已经走到下一个夏天了，为什么还是能闻到冷冬海域的气味？那场刮在盐南岛的台风，她已经聪明地逃开了，在十万八千里远的地方重新搭建了堡垒，却为什么依然能感受到它的凶猛，所有摆放齐整的家具都开始不动声色地微震？

明明不该是这样的。

但好在第二天就要离开苏梅岛了，姜蝶又刻意改了行程，一大早就收拾了行李独自返回曼谷，不想再在这个见鬼的度假村多待一秒。

渡轮靠岸，她在码头边的咖啡馆消磨了剩下的时间，到点赶往机场接机。邵千河的飞机准时在傍晚时分落地，她在海关的出口等，笑意却在看清出来的人群后僵住——不止邵千河一个人，男男女女好几个,都是他的朋友,有些姜蝶见过,有些则完全脸生。但她没有表现出来,而是迅速上前,给了邵千河一个很紧密的拥抱。

"哇,这么想我?"

"很久没见了啊。"

上一次他们见面是在半年前,邵千河过年回国。再上一次,就是她的毕业典礼了。

他们相见的频率都快赶上牛郎织女了,也难怪卢靖雯老是担心她和邵千河这样会分手。她和文飞白现在异地,文飞白在西川,卢靖雯留在花都,为了见面攒下的高铁票能塞满大半个抽屉。但姜蝶确实不担心这一点,她认为恋爱就是要给予对方信任。

卢靖雯当时翻着白眼回她:"我也不是为了查岗去的啊,完全只是有想见他的冲动。这不是理性的考量,完全是感性的驱使。"

在和邵千河紧密拥抱的这一秒钟,姜蝶脑子里无端闪过了卢靖雯的这句话。想见他的冲动,应该是有的吧?不然为何见到他的这一秒,她这么迫切地想拥紧他?

拥抱散开后,她才状似随口提了一句:"这么多人来,你没提前和我说呢。我以为只有我和你。"

"抱歉,我想着你只能陪我一个周末,剩下的我自己也玩不好,干脆就大家一起来了。其实也没想赶今天,但他们喜欢的一个歌手正好今晚开演唱会,所以就……"

"……没事。"

"真没生气?"

"没什么好生气的,确实我只能待一个周末。"

邵千河摸着她长到肩的头发,笑道:"你怎么总那么懂事啊?"

如果不是邵千河提出要她陪他在曼谷待两天,姜蝶绝对不会在这座城市多待。

要问为什么,大概是觉得危险吧。

谁都不知道,会不会突然就遇上下一次游行动乱,像二十岁那年那样，能轻而易举地改变她的人生。

因此姜蝶对逛哪里兴趣不大，随大流地跟着这帮人走，在夜市的排档一人嗦了碗米粉，就准备出发去看演唱会。

这个演唱会并不是某个歌手的独家专场，而是拼盘的，很多大大小小的泰国歌手都聚在一起，据说气氛很热闹。

可对不通音律，更没听过几首泰国歌的姜蝶而言，就没什么诱惑力了，只是邵千河向来喜欢这些，也主动帮她买了票，她也没理由不去。

入场后观感倒是和国内见过的演唱会无差，里面分内场和看台。他们这帮留学生很舍得砸钱，买的都是内场，虽然不是中间位置。姜蝶心虚地坐下来，总觉得自己啥都不知道还占据这么好一个位置，着实有些暴殄天物。

在座位上跟着摇头晃脑了大半天，她听着听着就开始走神，但又觉得玩手机不太尊重人，只好憋着发呆，眼神开始四处乱晃，这一晃，刚走失的三魂六魄全都回来了。

左手边距离很近的看台上，正坐着一个十分扎眼的人，不光是那张脸扎眼，在这样沸腾的天气下也是长袖长裤，容易叫人一眼就看到⋯⋯真是撞鬼了。坐在那儿的，是十几个小时前还和她在漆黑的植物园里纠缠的那个人。是故意的吗？可是他不该知道她会出现在这里才对。

姜蝶顷刻间惶然地侧过身，视线放空地盯着舞台，大脑被音浪震得发麻。她又不着痕迹地侧过头去看了一眼，蒋阁的视线看着舞台，时不时看两眼大屏幕，根本没有注意到她。

直到舞台上的歌手换了一个，拿着吉他弹起前奏时，姜蝶猛地确认，这大概真的只是一个上天恶作剧的巧合。

这个歌手姜蝶并不认识，但他拨下和弦的那一秒，她差一点崩溃。

A Rocket To The Moon，那一年，她听了这首歌2447次，旋律熟悉到灵魂都在共振。

所以，蒋阁并不是跟着她，而大概率是冲着这首歌来的。

他对自己喜欢的东西向来很坚持很执着。

姜蝶确认了这一点，心情却没有因此轻松。

085

满场的人跟着这首歌摇晃,好像他们一起身在一艘巨大的火箭飞船中,迫不及待地想要登上月球。可真的登上之后,该怎么离开呢?宇宙广袤,失去地心引力,悬浮的四肢无尽挣扎,花费几年,原来才逃离了一寸。

最后一个音符落下,这场折磨终于结束,歌手在下一首歌曲之前,用泰语和大家叽里呱啦说了一长串。接着摄像机开始扫射观众,底下好多人举起手。因为机位的关系,内场成了被扫射的重点对象。

"这是在干什么?"

姜蝶看到自己的脸在大屏幕上一闪而过,登时呼吸停滞。

邵千河也不太知情:"在抽粉丝互动吧?"

他旁边的一个懂泰语的男生解释道:"他说这首歌是写给妻子的,这是一首代表爱的歌,所以在抽观众,被抽到的可以当众接吻,让大家见证爱情,祝福他们。"

"这样啊——"

邵千河开玩笑地伸了一下手。

可惜他不是天选之子,摄像机眷顾了更前排的粉丝,停在了一对举手的恋人前。大屏幕上,那个女生身材看上去比男生还高大,但没有人对他们投去任何异样的目光。

"欸,千河,你运气也算不赖,角落里带到你们了!"

男生指了指大屏幕角落,在这对情侣背后,真的带到了他们这一排。

场馆内所有人都在起哄,大声地叫着"Kiss, Kiss"。

看台上,蒋阁仰起脸,跟着望向大屏幕。只是,他视线的焦点根本不在那对正在甜蜜拥吻的情侣上。他的瞳仁向左移,那个角落,正有一对混迹其中厮磨的情侣:男人揽着恋人的肩头,凑过去,吻上她的额头;对方脸上闪过猝不及防的神情,但在感知到那个吻时,闭上眼睛,嘴角无奈地弯起一个弧度。

这个弧度,蒋阁很熟悉。

在巴黎那个飘满油烟味的中餐馆,他手上忙于挑水煮鱼的刺,听到她毫不犹豫地说:"比起我吃到好吃的,看到你吃我会更开心。"

那一瞬间，他其实很鼻酸，无法抑制地在她唇上留下一吻。但是谁都没有看出来他鼻酸，在喜欢的女孩子面前，他必须是顶天立地的大男孩，不可以有脆弱。毕竟他从前的小半生，实在太不体面了。他最想藏的部分，怎么可以展示出来？而当时被意外偷袭的她，露出和此时一样略显慌乱的雀跃神情。

那时，她还是他的女孩。他们会手牵手，去往爱墙，留下我爱你永恒的证据，接着相拥在侧对着巴黎铁塔的雕花大床上，等待着《罗马假日》的开始。然而，那场电影，她只参与了开头便睡着了，最后根本是他一个人看下去的。

蒋阎仰着头，望着她嘴角的弧度，一模一样，和往日重叠。

这一瞬间，他的鼻尖也同往日重叠，泛出无法抑制的酸意。

只是这回人潮汹涌，她应该看不见他吧。

那这一次，是不是可以稍微放肆一点？

偌大的演唱会场馆，看台上全程都无甚表情的男人颤着下唇垂头，轻抚了下眼眶。他放在口袋里的手机有消息进来，微微振动，黑色的屏幕显出屏保，是一张合照。照片上，笑容狡黠的女孩正侧着头，噘起嘴唇亲着她身旁的人，而青年略睁大眼睛，看向镜头的脸带着罕见的无措。

此时，这张脸在万人拥挤的场馆里，无措得更加鲜明。

他无暇顾及手机，手指从眼眶里捻下一粒水滴，是那年叶子飞到湖水溅起来的。他小心翼翼藏了很久，直到这一刻，才安安静静露出来分毫。

56

姜蝶在第二天的晚上，搭飞机独自从曼谷返回花都。邵千河和朋友们就去了下一站普吉，继续他们的毕业旅行。

姜蝶并没有过所谓的毕业旅行，大四毕业那一年她忙着实习，然后投各种简历，心心念念要进入一家靠谱的大公司，直到尘埃落定。

她惧怕不确定的空隙，但邵千河在这点上和她完全相反，他总是很散漫，所以会随随便便延毕，也会在决定未来到底要做什么的节骨眼上，更关心旅行的下一站怎么玩更舒服。但两人从来没在这个问题上吵过架，或者说，他们几乎不吵架，所以邵千河夸她最多的两个字就是"懂事"，可是姜蝶知道自己其实并不是多懂事的人。

回程并不算长的两个小时飞机上，她在起落的云层中做了个软梦。

梦里面，她回到了二十岁，正蓬头垢面地坐在电脑前，熬夜把她和蒋阎在巴黎的 vlog 剪出来，然后就迫不及待地等着蒋阎看见，结果得知他还没看，委屈地点了个发怒的表情发过去，然而消息没发出去，对话框弹出一个红色的感叹号，一下子令姜蝶从梦中惊醒。

她恍惚地在椅子上坐了半晌，意识到，梦境的尾声才是真正的现实。

将飞行模式的手机调回来，微信上各种工作群的红点密密麻麻，还有各位同事、客户发来的消息，趁着滑行的工夫，她低头疯狂回复"收到"，迅速地清空着红点，表情发得飞起。手指偶然扫到代表发怒的红色小脸时，她一顿。

这已经是一个再也不会被发出去的表情了。

姜蝶回到西川后，也听说了蒋阎回西川的消息。

他已经在美国完成两年的研究生学业，回来以新任 CEO 的身份接手蒋隆集团的事务，这则消息正式上了新闻，他的照片也被贴上。已经淡出曾经大学圈子的蒋阎又以一种满城风雨的架势杀入，成为这段时间内朋友圈的谈资，然而他的身份在姜蝶看来只有讽刺。

她对这个消息的唯一感想是，幸好西川够大，如果有心不碰面，是碰不着的，就像她一直避之不及的一个人，来西川的这一年，他们也一直没碰上过。

这个人，就是当初从西川福利院将自己收养的"父亲"——梁邱材。

他是入赘女婿，妻子在生育方面有问题，年龄也大，做试管婴儿对高龄产妇也不安全，最后两人商量了下，选择来领养一个孩子。

姜蝶永远记得他来到福利院的时候，伪装得有多么和蔼可亲。彼时她被十一背叛，对被领养这件事已经万念俱灰。她缩在角落，对周遭的一切都缺乏兴趣。在她看来，人生中唯一可能改变前途的机会已经没有了，梁邱材却踱步到她身边，拿手温柔地拨开她眼前的碎发，光亮照了进来。

他笑着说："多漂亮的眼睛呢，为什么要遮起来？"

那个时候姜蝶还不知道，恶魔都习惯用微笑接近人类，递出有毒的苹果。而恶魔最喜欢挑的，就是不合群的、落单的、看上去卑微的小东西。因为这样的小东西，就算被摧毁也不会引起多大注意，更不会强烈反抗。

原本就已经灰败的嫩芽，再掐一把有什么关系呢？

姜蝶不知道他用什么理由说服妻子接纳了一个并不光鲜的小孩，她那时候满心满眼都是欢喜，以为这是一种运气守恒，是她被十一背叛的补偿。

进入梁家后，她一开始也的确没发现什么异样。

梁邱材出于谨慎，怕被老婆发现，并没有表现出什么逾矩行为，最多会在夸奖她时摸上她脑袋，然后慢慢地往脸颊揉两下，或者带她去商场买衣服时在她身上比画，然后轻拍她的屁股让她去试衣间试试。

或者，是出去郊游时给她拍照，但会让她摆一些很奇怪的、她不太愿意摆的姿势。

那些恶心的记忆造成的伤害，随着她长大成人、对性的认知越来越清晰后，越发刻骨铭心，导致后来的十几年，她总是会对这种似有若无的触碰产生对方不怀好意的直觉反应。

而当年，她也报复了梁邱材，把这些古怪的事全都写在备忘录里，不会的字，她就用拼音。在被姜雪梅救下后，她把这本阅读起来很费劲的备忘录捅给了梁邱材的老婆。那个女人大怒，当即决定和梁邱材离婚，让他净身出户，他们和姜蝶的收养关系也因此破裂。

梁邱材本来就是个没什么本事的人，靠着他老婆才能富贵。而姜蝶断了他大富大贵的路，姜雪梅怕他会反过来报复她们，赶紧带着她远离西川,去花都重新开始生活。

姜蝶不知道过了这些年,梁邱材是否依然还在西川过活。

她不敢去挖掘,也不想再了解他之后的人生如何。但她没有一天不在心里祈求老天,希望这个人早就默默地死在世界上的某条阴沟里。

从曼谷回来后,姜蝶的工作相对轻松了不少,新品完成了拍摄,可以阶段性喘口气。倒是邵千河忙碌起来,他完成了毕业旅行后,又返回英国处理一堆交接的琐事。两人依然是不咸不淡地联系着,有个问题姜蝶这段时间一直在琢磨,在一次打视频电话的时候终于问出口。

"你之后想过找工作吗?如果要找,是留在英国,还是回来在这边,或者去别的国家?"

邵千河沉吟了半晌,问她:"如果我和你继续异地,你是不是就想和我提分手?"

姜蝶一愣。

"不会啊……感情就是感情,和那些无关。"

"我还没想好,我爸想让我继续读博……但如果你很希望我去西川的话,我会去的。"

他专注地盯着摄像头,似乎在期待她的回答。

姜蝶认真地回看他。

"你不要考虑我,也不要考虑你爸。这是你的人生,你该自己做出选择,并为此负责。"

邵千河神色微怔,半晌垂下眼,嘴角勾起一个笑。

"怎么办呢小酒桶,我好像越来越欣赏你了。"他点点头,"我会好好考虑的。"

"嗯,加油。"她对着他挥了挥小拳头,"无论你做出什么样的选择,我都会支持你的。"

"这点支持可不够啊。"邵千河凑近镜头,嘟起嘴唇"啵"了一下,"这样比较有诚意。"

姜蝶笑了笑,反手拿起床头的小猪玩偶,将它的香肠唇对准镜头。

"这嘴巴有我的两个大，双倍诚意。"

"好了，不闹你了。"邵千河正色道，"最近工作怎么样？"

"挺好的。"

"我好像从来没听你说过工作上的麻烦，都是你在给我打气。"他好奇，"你都不会累吗？"

姜蝶摇头笑："我在做自己喜欢的事啊，还好吧。我可以承受住。"

邵千河之后还约了人，两人又闲扯两句，便挂了通话。

日子有条不紊地往前过，到周末时，姜蝶收到卢靖雯的消息。她来西川看文飞白，因为这段时间文飞白工作忙，她就主动点跑过来。两人久违地约了一顿饭，卢靖雯照例攒了一堆的八卦和她聊。

讲到最后时，卢靖雯突然变得吞吞吐吐。

姜蝶一看她这个神情，心里预料到她接下来想讲的八卦大概和蒋阎有关，便想开口叫她没必要说，表示自己不感兴趣。

但是，卢靖雯说出口的人却是邵千河。

"你和他……最近还好吧？"

"我俩挺好的啊。"

"哦……"她犹犹豫豫地说，"他这回总能顺利毕业了吧？"

"这回还不行他真的该自刎谢罪了。"

"那你知道他延毕是因为什么吗？"

"不知道……"姜蝶撇了撇嘴，"这种事他应该会感到挺丢脸的吧，我就没细问。"

"其实我昨晚无意间从飞白那儿知道了……"她皱紧眉头，"这事儿我憋了一晚上，我觉得应该告诉你。"

姜蝶夹菜的手指一顿，意识到接下来的这番话，可能听完就没心情再继续吃，于是火速把筷子上的菜往嘴里一放，使劲嚼，嚼完才道："说吧。"

"他延毕是因为毕业论文答辩根本没参加，那一周他回国了。"

姜蝶吃了一惊——有什么重要的事能让他放下节骨眼上的毕业答辩？甚至她压根不知道他回国的事，他没有向她透露过丝毫。

"他回去是因为一个女的。"

卢靖雯咬咬牙，还是说了出来。

"谁？"

"邵千河有个谈了三年的女生，因为异地恋分手的。"她翻了个白眼，"那女的很作，两人谈得很伤筋动骨。我敢说，邵千河绝对忘不了她。他回国就是因为那位初恋跳舞摔伤，据说没人照顾，她找他他就去了。我真是醉了，就算家里人不方便，找个护工很难吗？而邵千河居然还瞒着你去了，谁知道那一周他们发生什么事没有！"

姜蝶心下想，自己刚才吃那口真是吃对了。

现在听完这番缘由，她果然再吃不下任何东西。

这顿饭吃到最后气氛沉闷得不行，卢靖雯还想陪姜蝶去酒吧续一场，姜蝶说算了，明天还得加班，两人便在店门口道别。

卢靖雯打的车先到，便先上了车。后视镜里，姜蝶挥着手的身影越来越小，直到拐了个弯，完全消失。她看着后视镜，不由自主地为姜蝶叹了口气。手机里传来文飞白的微信，问她结束没有，他来接。她甜滋滋地回道"不用啦，已经坐上车了"。

手机再一振，发来消息的却是别人，一个黑白头像。

伤姐妹心的狗男人：谈得怎么样？

Lulu：我把你告诉我的都和她说了。

伤姐妹心的狗男人：好。谢谢。

Lulu：我才不是帮你，是这事儿太恶心了，我肯定得告诉姜蝶的。

Lulu：你现在还这么关心她，当初你们俩为什么分手？

对面沉默……

见蒋阎不再回，卢靖雯只好继续。

Lulu：这件事，其实你可以直接和她说。

伤姐妹心的狗男人：这不一样。如果是我告诉她，她不会理智地看待这件事，我不想她意气用事。

Lulu：嘻，你们这是干啥呢？她去巴黎那年你帮忙照顾阿姨的事你倒是不让我一起说了,无语。

过了很久,久到卢靖雯以为蒋阁不会再回复时,他回了一条:我帮忙不是为了增加让她感动的砝码,她可以不必和我在一起,但我得确保和她在一起的,是只对她好的人。

57

姜蝶结束和卢靖雯的饭局后,独自坐地铁回了家。

这个点的地铁人很少,她得空坐下来,对面的黑色窗面里就映出自己那张茫然的脸。

她不知不觉地想到两年前,她和邵千河并肩走在从前巴黎她住的那栋公寓楼下,她随口问了他一句:"你和初恋当时分手后是怎么走出来的?"

曾经她忽略的那个欲言又止的表情,此时被拎出来放映在黑色的列车车窗上,碾轧着姜蝶的神经。

原来一切早有迹可寻。

她一时间觉得硌硬的点在于,曾经最打动她的那一部分体贴,原来是批发的。这也并非不能接受,毕竟他们在此之前也只是交往甚浅的朋友。他会有那些举动,肯定不是出于多喜欢,只是他的惯性动作。但这些惯性动作,不该在他们还在交往的时间里,发生在别人身上。

姜蝶眉头紧锁地忍到进家门那一刻,想着是不是打电话过去直接问个清楚,邵千河却比她更先一步打进来了。他轻松的神情出现在视频通话界面,在接收到她凝重的神色时一顿:"怎么脸色这么差?"

姜蝶张开嘴,不知该如何挑起话题。

"发生不开心的事了吗?那我先说个让你开心的。"

他对着镜头眨眼微笑。

"小酒桶——我马上就来西川了!"

姜蝶说不清听到这个消息时心里的感受。

不是喜悦,不是惊讶,而是茫然。

"……你想好了？"

"不是想好，是早就决定去有你在的地方，上次是故意不说，因为还没拿到offer（录取通知）。"他得意扬扬，"现在确定了，可以公布这个惊喜。"

姜蝶的一口气不上不下地卡在喉咙里。

"我记得我有和你提过，不要考虑我在哪儿，重要的是你喜欢去哪儿。"

"我知道。但世界上哪儿都没差啊，所以有你在的地方就是我喜欢去的地方，不对吗？"他端详着她的表情，"你呢，刚刚为什么不开心？"

姜蝶抿了抿嘴，最后摇头道："没事，我现在很开心。"

邵千河来西川的事情已成定局，姜蝶忍了忍，没在那个气氛活泼的当口把话说出口。她好像对任何矛盾都有后置性，不敢第一时间面对。从前是，现在也是，这个毛病一直改不了。

她总是需要逃避一段时间，先让自己够坚硬，再去面对可能会来的挫伤。于是关于"初恋"这个人，她想，还是等邵千河回国之后，找个时机当面谈一谈，总比隔着网线聊好，万一吵到关键处卡起来就搞笑了。

他敲定好回国的时间，姜蝶当天去接了机，把邵千河带回家吃饭，打算吃完饭正式地把他延毕的事情问清楚。

结果还没吃完，他就出乎她意料地说："吃完陪我去个酒吧吧，有局。"

"……你才刚来西川就有局了？"

"都是我铁哥们儿，知道我回来的消息就安排上了。"他伸手想刮她的鼻子，"最主要的是也带你认识下他们，之前都没什么机会。"

姜蝶不动声色地躲开他的手，语气并不热烈："我之前就想和你说了，我并没有那么热衷和你朋友见面。很多重要的节点，比如之前的毕业旅行，又如你刚回国的第一天，我以为应该是我们两个人好好度过的。"

他一愣,然后认真道:"抱歉……你上次没提这点,我就没想太多。"

"所以变成我的错了吗?"

邵千河微怔,意外道:"这好像还是你第一次和我吵,挺新奇的。"他尾音上扬,无所谓地说,"那我打电话说不去了吧。"

"……不用,那倒真变成我的错了。"姜蝶见状也平缓了下语气,"没事,就这次吧。"

最后两人在家里吃完饭,邵千河把行李放下,她连衣服都没换,穿着接机那套明显并不适合酒吧的休闲服就出门了。

车上邵千河又认真地和她道歉,说绝对下不为例。姜蝶再抓着这点不放就没意思了,这事儿就算揭过。

他们约的清吧距离姜蝶的公寓有点远,是个时下的网红店,比较独特的点在于卖洋酒,装潢却很中式,每个卡座之间都隔着一个帘子。

两人到时其他人已经到了,其中一个还是姜蝶好久没见的熟人,文飞白。

她和文飞白其实有很长一段时间没见过面,虽然同在西川,但姜蝶认为闺密的男朋友没必要特意去见。而卢靖雯在的时候,她也自觉地不去插一脚,以免打扰他们难得的小情侣独处时光。文飞白朝着两人打招呼,表情略心虚地看了眼隔壁那一桌的卡座——隔着一个帘子,昏暗的灯光下,正独自坐着一个穿黑色西装的男人。他背对着他们,垂着眼玩手机,面前的苦艾酒还没动。姜蝶没注意到身后,自然地把文飞白的表情解读为太久没见面的尴尬。

入座后,大家热热闹闹地开始叙旧,问起邵千河的落脚处,打算再在家里组个轰趴[①]局。他漫不经心地说:"还没找呢,正好要麻烦你们,赶紧给我推些房子。"

文飞白突然插嘴:"那你这段时间要不要去我那儿凑合?"

"拜托,人家有女朋友干吗去和你这大老爷们儿挤?"

[①] 家庭聚会,Home Party 的中文谐音。

邵千河失笑："对啊，我有地方住。"他搂了下姜蝶的腰，"和我宝贝。"

姜蝶不着痕迹地避开了他的手。

起哄声四起，与之形成鲜明对比的，是帘子另一侧的死寂。

男人面前的苦艾酒一下子就空了。

冷白的手从帘子伸出，打了个响指，一直注意着这桌动静的女服务员很快就走过去殷勤地为他效劳。

看着男人点的单，她心有余悸地返回吧台，把一只破了口子，其上印着酒瓶印花的酒杯推到调酒师面前。

"那帅哥要Earthquake，用他自带的这个杯子装。"

Earthquake，译为"大地震"，一种非常烈的苦艾鸡尾酒，非常容易上头。

调酒师笑道："醉了不正合你意？我看你今晚就盯着那桌都顾不上其他了。"

她嗔着拍了一下他的胳膊。

调酒师看了眼这杯子："确定他用这个？喝了不刺嘴吗？"

"谁知道呢，可能帅哥就喜欢痛。"她嬉笑。

"行了行了，把你的样子收一收。"

这场即兴的聚会，进行到午夜，差不多到了尾声。

姜蝶见邵千河喝得有点多，自己就喝得很少，两个人之中总得有一个人清醒。她按开打车软件开始排号，居然排到一百多位，心里暗叹今晚估计是谈不成了。

其他叫得早的人陆续叫到车回去了，拥挤的卡座冷清不少，文飞白也没叫到车，陪他们有一搭没一搭地聊着天。

姜蝶的车子终于到达，两人准备离开时，门口却出现了一个女人，穿着一身黑裙，脖颈细长，乍看就像一只突兀闯入的黑天鹅。她穿过众人，径直向他们这桌走来，挑了空出来的位子坐下，扬手要了一杯玛格丽特，动作行云流水，唯独走姿有微微的古怪。

所有人都有点蒙。

女人好似对这些视线毫不在意，一味看着邵千河道："怎么那么见外，来了西川都不和我说，我不算你的朋友了吗？"

"你怎么知道我在这里？"

这还是姜蝶第一次看到邵千河的表情如此烦躁和失控。

他拧着眉："我没请过你，你不该出现在这里。"

女人对他的神情很不以为意，淡然道："是你说过我们还可以当朋友的。"

"你别闹了，回去吧。"邵千河扭头对着姜蝶，"我们走吧，之后我再和你解释。"

女人顺着他的视线瞥了眼姜蝶，笑着说："这就是你后来交往最久的女孩子吗？挺不错的。"她语气一顿，"再坚持坚持，就可以打破我的纪录了。"

这句话一出，终于让姜蝶摸清了她的身份。

原来这位就是导致邵千河延毕的、传说中的"初恋"。

一直沉默冷眼旁观的姜蝶独自起身。

"看来你们有前缘要续，我先回去了。"

"姜蝶！"

邵千河即刻抛下在场的人，也跟着站起身追上来，但姜蝶没有丝毫等他的意思，飞快地上了叫到的车。明明她是正牌女友，不该这样落荒而逃，但姜蝶在那一瞬间非常疲惫，脑海里只有一个念头：我不想和他们纠缠。所以，她干脆利落地选择了离开。

这好像也是他们交往这么久以来，她第一次如此直白地表现出自己的脾气。

车子在寂静的街道穿行，载着她很快到家，手机在邵千河打进的两三个电话都不被接通之后就不再有动静，她以为他就这么放弃了，直到过了十分钟，玄关传来了敲门声，原来是直接追到家门口了。姜蝶情绪复杂地对着门外喊："别敲了，我今晚不想沟通，我们彼此冷静一下。"

门外安静了一会儿，又响起了咚咚的敲门声。

姜蝶索性晾着他，自顾自地卸妆、洗澡。

然而等她出来，门外的人竟然还没走。

姜蝶也是第一次发现，邵千河居然是这么顽固的类型，和他平日里的散漫不太能搭上。她无奈地叹气，在门口站着擦了会儿头发，终于决定开门，干脆就趁机说清楚。

拉开门的下一个瞬间，姜蝶直接反手关门，只是，依旧慢了半拍，大门被迅速推开一条缝。蒋阎站在门外，用自己的手腕卡住门缝，姜蝶愈是用力地想将门合上，他的手心连着手指愈是肉眼可见地充血。但他一声都没吭，始终维持着这个姿势不缩回手，但也没有同她较劲，不然他可以轻松将这扇门推开。姜蝶咬紧下唇，手在用力到青筋都跟着发颤后，失去力气松下来。

窗户开着，夏日的晚风顺着通透的廊道一直吹到门口，将这扇失去禁锢的大门完全吹开。

他们面前再无障碍，可又仿佛比刚才挡着这扇门时还令人沉默。对流的晚风也将他身上的酒气吹到姜蝶的鼻端，非常浓烈的味道。看来他喝了不少酒，相比三年前，酒量长进不少，至少还能稳稳当当地站在她面前。但姜蝶不用多猜，就知道他肯定是醉糊涂了，不然怎么会这么莽撞地跑到她的公寓门口，还迟迟不肯离开？

"请你离开。"

对醉鬼姜蝶懒得兴师问罪，也不想盘问他来这里的目的，硬邦邦地扔下四个字就要再度关上门。

蒋阎却自作主张地踏入她的领地，并抬手摁灭了墙上的灯。

玄关和整个客厅霎时间黑寂，只有远处拐角的卫生间还隐隐有她未关掉的光源散开，就像一团冷白的雾气。

在姜蝶的视线里，那团白雾杯水车薪，几乎等同于黑暗。

她听见了门被关上的声音。

只是草草擦了几把的头发又开始向下渗水珠，流进睡裙。她屏住呼吸，感受到带着酒味的手指伸过来，缠上那一小撮湿漉漉的发尾，阻截了那粒继续下坠的水滴，将其捻于掌心。然后，那略微潮湿的指尖游移到她的脸侧，很缓慢地轻轻磨蹭。

姜蝶浑身一颤，立刻将头往左偏，身体随即后移。但她忘了，身后还有邵千河随手放在门口的行李箱。腿被行李箱绊到，她的身体跌跌撞撞地往后倒，被蒋阎一把拉住，往前一拢。

仿佛时隔半个世纪，她再一次陷入他的拥抱中。

那场千里之外的风暴，速度还是快过她的羽翼，从后面追上，再次将她卷入旋涡。于是她的世界失明，被风暴挟裹的所有东西掩盖。熏天的酒气，冰凉的手指，燥热的怀抱，所有所有都在啃噬她的神经。

姜蝶抬起头，盯着黑暗里模糊的脸无比冰冷地说："刚刚绊到我的，是千河的行李箱。

"他一会儿就回家，你想我们吵架吗？"

他却出乎她意料地平静。

"你们不是已经吵架了吗？"

姜蝶一愣，眉头不自觉蹙起来，惊愕道："……你怎么会知道？"酒意刺激鼻腔，她不可置信地反问，"你刚刚也在酒吧？"

他没回答，姜蝶呼吸一滞，因为他的手指从脸侧游移到了眼前，完全遮盖住了她的眼睛。

眼皮贴着他冷冰冰的指腹，在她反应过来前，有另一种力道压了下来，但是非常轻微，蜻蜓点水地掠过。

一片雪花融进了海水里，烫得人想要流眼泪。

因为姜蝶意识到那是什么。

他的嘴唇，隔着他的手掌在亲吻她的眼睛。

并未真的留下触碰，只有苦艾酒浓烈的苦涩味道留下痕迹。

因此，她也并没有真的流眼泪，只是还未被风干的发梢上，一滴悬挂很久的水珠终于落了下来。

── 58 ──

蒋阎会出现在那个酒吧，并不是意外。

那个地点，是文飞白告诉他的。

他回到西川之后，特意请文飞白和卢靖雯吃了一顿饭。彼时文飞白正被工作熬得焦头烂额，处在想跳槽但又没找好下家的进退维谷之地。蒋阎的出现，绝对是他人生的一次转机。

　　大学的时候，同学之间聚餐聊八卦，猜测过蒋阎会是什么家境，也不是没人说他和蒋隆集团有关系。然而蒋阎和蒋明达长得实在不像，再加上蒋阎的做派低调，不太像一个公子哥，这个猜测大家也就没当真。

　　哪想到他居然真的是。

　　文飞白知道这个消息之后，点开微信里那个聊天记录断在毕业那年的对话框，迟疑着是不是该发个问好。毕竟以他现在的交际圈，还能有这样一条人脉简直是天降大饼。可是两个人这么久没联系，突然发一条消息，显得自己目的性太强。他本来想作罢，却没想到，蒋阎会来主动联系自己吃饭，还希望卢靖雯也一起来。

　　文飞白捉摸不透蒋阎的用意，于是趁着卢靖雯来西川找自己时，带着她一起去见蒋阎，三个人吃了顿饭。

　　两年不见，蒋阎比自己记忆里的样子更加克制，说话的语气、脸上的表情、用餐的手势，精准得恰到好处，看得反而让人心悸。那是完全属于上位者的气质，不加压制地辐射着四周。

　　蒋阎开门见山地说，自己正在接管蒋隆集团，这个过程并不轻松，现阶段想带点自己的人手进公司。他的橄榄枝直接抛向文飞白，问他愿不愿意试一试。能被蒋隆集团的 CEO 亲自挖，这个待遇可前所未有。文飞白当然知道天底下没有白吃的午餐，他可不认为自己的专业水平能被蒋阎欣赏成这样，毕竟以前在一个班里的时候，彼此都是门儿清的。他没急着应下，试探道："我担心自己不能胜任……"

　　蒋阎不急不缓："能力是可以培养的，我知道你的学习能力。"他拿起一只破掉的酒杯抿了一口其中的茶，"而且，我们不是朋友吗？"

　　文飞白愣愣地点下头："当然了。"

　　蒋阎抬起眼，直视他："我听说，那次音乐节之后，邵千河和你走得也挺近？"

到这一刻，文飞白才终于摸清蒋阁的来意。

"呃，还行吧。"他和卢靖雯对视一眼，斟酌着说，"现在也有点联系，毕竟他快来西川了。"

"那你觉得他来西川，是因为姜蝶在这里吗？"

文飞白一蒙："这人家小两口的事，我就不知道了……"

"那我告诉你吧，他的初恋，人也在西川。"

饭桌上，蒋阁开始轻描淡写地把邵千河延毕是为了照顾初恋的事讲出来，气得卢靖雯差点当场掀桌。她无比意外道："你怎么会连这个都知道，你不会是故意骗我们的吧？"

蒋阁轻轻抚摩着杯子的缺口。

"他的每一段历史，我都查过。"手指被缺口一刺，渗出一道血丝，"那个女人如今也在西川，我去见过她。"

所以她会出现在酒吧，也并非意外，是蒋阁透露给她地点的。

蒋阁见到她的第一面，就清晰地闻到一种气息，是一种困兽在原地徘徊，仍眺望着远处伺机而动的气息，也是他身上的气息。

此时的姜蝶对背后的这些弯绕一无所知。

但她根本不关心蒋阁为什么会在那个时间出现在酒吧，大脑所有的神经只够用来处理这个眼皮吻带来的应激反应。她一边用尽全力将蒋阁推开，一边凌乱地去摸索墙壁上的电灯开关。电灯亮起来的一瞬间，所有的混沌消散，随之而来的是她掷地有声的一句"滚出去"。

蒋阁还保持着探出手的姿势，在空中僵了须臾，慢慢收回，捏了下太阳穴。

他语速很快地说道："我有点喝大了，对不起。"

"再有下次我报警。"

她手指着大门，毫不客气地指示他离开。

气氛无比僵硬时，蒋阁身后传来的敲门声使一切变得更加诡异。

邵千河的声音在门外响起："你能让我进去吗？我们谈一谈。"

姜蝶瞳孔猛地一缩，对着蒋阁做了个缝合嘴巴的动作。

她对着门外道:"我准备睡了,有什么事明天再说。"

"……那你把行李先给我吧,我出去住。"

姜蝶深吸一口气,看了眼蒋阁,他很识趣地从玄关走向客厅。

她回过头,确认他的身影藏匿于拐角后,才拎起邵千河的箱子打开门,推了出去:"给你。"

说完她准备利落地关上门,邵千河眼疾手快地将箱子反手推进来,如法炮制地把门卡住。

这个晚上是中邪了吗?一个两个都堵她门。

姜蝶烦躁又担心,烦躁于接连不断的胡搅蛮缠,担心蒋阁被邵千河发现,那就更是一团扯不清的乱麻。

"我真的累了。"

她语气疲惫,邵千河一听这语气,哪敢真的走,连忙焦头烂额道:"她虽然是我前任,但我们已经很久没有联系了,这次我也绝对没有告诉过她我回来的事。"

他不解释还好,一解释就戳中了姜蝶之前隐忍下的那个点。

"很久没有联系是多久?"她忍不住回嘴,"才一年?"

邵千河呆住,含糊道:"你……"

"你延毕的原因,我已经知道了。"姜蝶盯着他的眼睛,"你飞去照顾她的时候,有想到过我吗?"

他沉默下来,半晌道:"我不觉得这是对不起你的事。"

姜蝶微微睁大眼。

"因为我飞过去找她,算是无奈吧,但这期间没有任何逾矩的行为。我也根本不爱她了,我真的没有对不起你。"

"无奈?"

"我不知道你愿不愿听这个故事……说来也话长了,只是历任女友听过这个故事都和我分手了……"他苦笑,"总之,每个人都有自己的过去,少不了浓墨重彩的人。就像蒋阁之于你,她之于我也是这样的。虽然我已经不爱她了,但是她依然是拥有过我青春的人,她是我曾经的一部分,我不可能对这一部分视若无睹。"

姜蝶对此的回答是："谁和你说蒋阎是我生命里浓墨重彩的人？他已经什么都不是了。"

他看着她，洞若观火。

"你这个反应，我太熟悉了。"他叹息，"你可以骗我，但你不要骗自己。人真的不能骗自己。"

"那你呢，你有没有在骗自己？"

整座房间是难以言喻的死寂。

其实早该知道的，谁能忍受不痛不痒的情侣关系两年呢？要么是其中一人非常忍耐，要么，是两个人都在得过且过。邵千河没对她有多么深情，她也没有，他们明显是后一种。

他真的如自己所说的，对初恋已经没有任何爱意了吗？卢靖雯说过他们曾经爱得很伤筋动骨，所以后来那么多段恋爱，他都选择了和那位完全相反的类型，轻松地，可以随时抽离。他可能连自己都没有意识到，他其实一直在那场年轻的爱恋中逃亡，途中正巧碰见了她。

于是她也知道，这场逃亡该各奔东西了，他们注定无法一起逃出生天。

但，不是现在。

姜蝶突然向客厅的方向望了一眼，墙上有个当摆设用的时钟，时间并不准确，时针指在三点。

她收回视线，长长吐出一口气，说："今晚就先这样，你回去吧。"

邵千河神情愣怔，对她过于温和的反应手足无措。

"……这不是分手的意思吧？"

姜蝶摇头："不是。"

她甚至道了一声"晚安"，关上了门。

公寓并不大，即便在客厅，玄关的声音也能听得一清二楚。

姜蝶知道，蒋阎一定将他们的对话全数听到了。

她走回客厅，看见他站在那扇她最喜欢的落地窗前，望着连绵的灯火，背着她，像是在碎碎念，又像是在询问她。

"明明他也隐瞒你了，为什么呢？"

她没有回答，平静地说："笑话看够了吗？可以走了。下楼注意些，别让他看见你。"

话落，蒋阁的身体在晚风中和窗帘一起轻微摇晃。

最后他说："打扰了。"

隔天，姜蝶在下班后把邵千河约了出来。

她一如寻常地点了他爱吃的菜，刚对服务员说完"谢谢"，转脸就对他吐出五个字："我们分手吧。"

邵千河几乎以为自己出现了幻听，这种情况难道不该是接着一句"你还要点些什么"，居然是分手？

他摆出一副难以理解的语气："怎么过了一个晚上，我就被判死刑了？难道是她又来找你了？"

姜蝶昨晚平静笑着说晚安的画面浮现，简直让他分不清到底昨晚发生的一切是梦境，还是现在是梦境。

"没有，其实昨天晚上我就该和你说的。"姜蝶顿了顿，"但我不想让你觉得我是冲动，我认真想过了，也觉得在正式的场合下和你说出来比较好。"

"所以，你想好了？"

姜蝶无比认真地点头。

从她的表情看得出是没有挽回的余地了，邵千河逸出苦笑："我们两年异地都坚持过来了，为什么现在能在一起，却撑不过去了？"

"那你有没有想过，其实恰恰是因为我们异地，才撑得过这两年？"

姜蝶指着其中一道菜。

"就像这道菜，菜名叫'琳琅'，听着很不错，其实就是生菜、小番茄、牛油果的混搭，根本不如名字那么好听。但光听这名字，还是会有很多幻想。"她的嘴角扯出嘲讽的弧度，"这不和人一样吗？越是接近，就越会失望。"

"所以你是对我失望了？"

"我最不能忍受的一件事情就是欺骗。"

风眼蝴蝶·完结篇

她向后靠在座椅上，表情消失在顶灯下，隐进黑暗里。

邵千河低下头，沉思道："我为我昨天的发言道歉，这件事的确是我做得不对。可能是你的表现总让我觉得，你不会太在意这些，所以我还是去了。没和你说也是怕无端增加困扰，那次之后我们就再也没联络过……我可以拿我的前途发誓，我真的没有背叛过你。"

他眼神诚恳地重新注视她。

"我已经习惯和别人好聚好散，分手就分手。但这一次我想问问你，可不可以再来一次？我是真的想和你好好谈这段感情，不然我不会选择来西川。"

"你与其让我回头，为什么自己不考虑回头，和她在一起呢？"

邵千河自然领悟到姜蝶口中的"她"是谁。

姜蝶平静地问："你没背叛过我，却依旧选择延毕去找她，这其中的情感就更可怕了，你自己不知道吗？"

邵千河沉默许久，一口干了面前的啤酒："我们当初分手，是她提的。她的腿受伤是因为我开摩托载她时的一次意外事故，医生说她再也恢复不到之前的水平——你不知道她的梦想是成为一个舞者，当时我恨不得腿废了的人是我，我就求她再给我一次机会。"

他终于开始娓娓而谈，说起这个曾经他"忘了"的故事。

"她开始变得疑神疑鬼，怀疑我会因为她变'废'而不喜欢她，怀疑我只是因为愧疚和补偿心理想和她在一起，怀疑这怀疑那……我真的很累，但一直没放手，虽然这是我欠她的，但根本原因是我喜欢这个人，内疚只是附属品，绝不会是我想要和她走下去的理由。所以当我的喜欢被消磨，只剩下内疚后，我和她认真提了分手。

"但我的喜欢为什么会被消磨呢……"邵千河突然拿手掌摁了一下脸，眼眶有点红，随后才继续道，"她为了证明自己在我心中的重要，故意去和别人好了。当时我们本身也异地，有很多问题没处理好，她一天二十四小时冷不丁就查我岗，动不动就说我漫不经心的，问我是不是要出轨。多好笑呢，结果出轨的人是她。我质问她为什么，她说，她就是想看我吃醋，问我为什么从来不去查她手机。

"……真是一个傻瓜吧,我也是个傻瓜。"

"那次之后我真的没办法再坚持下去了,但如果她有需要帮助的地方,我会在。这是我欠她的,不可否认。她还在继续尝试跳舞,我也支持她,我希望她能有个好的未来。但我们的的确确,不会再在一起了。"

姜蝶神色唏嘘,他们的这场故事里,似乎谁都有错,可真的要怪谁呢,好像也无从下手,只能说一句"造化弄人"。

至于她这个局外人,沉默半天,抿唇道:"确实很遗憾。"

邵千河干完了酒,神色迷惘:"如果我当初和你说明白这些,打算去照顾她的时候问你,你会理解吗?"

"我会。"姜蝶垂下眼,"但是,我也会放手。"

"……你看吧。"

他苦笑着摇头。

这个问题一直埋在他们之间,邵千河无法给予她所渴求的那种纯粹的爱,她也不能给予对方,但他们都努力过想要给彼此,只是没有做到。纵然心里早有预感,但这么明白地摊开来,心里还是会难过。

这场饭局到了尾声,姜蝶忍不住叹息着问道:"到底这个世界上……会有纯粹的爱吗?"

邵千河松垮地背靠着椅背,双眼迷离地沉吟:

"这世间的爱哪有清白的?多得是一笔烂账。"

"那为什么还要去爱?"

"喝酒伤身,为什么还要喝?喝下去的那瞬间,你不会计较那么多。爱也是,会让你不忍心和对方清算。知道会痛也要继续下去,没办法,只要爱还在,只要爱比痛更深。"

—— 59 ——

这一餐饭,最后的结局还是好聚好散。

姜蝶临走时提出了一个要求,就算是他隐瞒的代价:这一段时间,先别在朋友圈公布他们分手的消息。

他们两人本身都不是很爱发朋友圈的类型,如果不额外发什么声明,不会有人察觉。邵千河再度发挥他的野兽直觉,一针见血地问:"难道和蒋阆有关?"

姜蝶没有回答,挥挥手走了。

出了餐厅,她走过人行天桥,到对面的便利店买了一罐啤酒,作为这场长达两年的恋情的终结。算下来,这一段恋爱比和蒋阆在一起的时间都要长很多很多,但结束时,比起三年前的那一场台风,就只是温和地下了一场绵雨。

一切附着在表面的东西被洗刷干净,她得以看清,原来自以为已经建好的城墙,根本就是偷工减料的残次品,就和小孩子捏的橡皮泥似的,自以为足够坚固,其实稍微捏一捏就变了形。

她不得不面对一个事实,那就是她的生活根本没从那堆废墟里重建完毕。

姜蝶捏着啤酒罐,站在天桥上俯视川流不息的人群,脑海里情不自禁地闪出刚才邵千河的话。

说得足够通透,也足够轻飘。

爱比痛更深,所以可以放任自己继续爱下去。

可她承受的痛,根本就是一个无法估量的黑洞,时空曲率大到连光都逃脱不了,更何况她这只薄翼易折的蝴蝶。

同一时间,花都的另一家日料店内。

蒋阆走进包厢时,女人已经不等他,自顾自开吃了。

如果姜蝶看到这张脸,一定会觉得熟悉,这就是当年三言两语令她防线崩溃的心理医生石夏璇。她此时脱去了白大褂,穿着舒适的条纹T恤衫,看不出已过三十的年纪。

蒋阆看着她,神色冷淡,连坐都没有坐下,开门见山地问:"你找我来什么事?"

"来找你庆祝啊。"她指着对面让他坐下,"吃点呗,楼宏远脑出血的大好消息,不值得你喝一杯?"

蒋阁原本想离开的脚步顿住。

她抬眼看到蒋阁还愣怔着,一身长衣、长袖,毫不客气地说:"脱掉吧,在我面前就没必要再装了。"

她当然知道蒋阁的长袖下藏着的是什么:一道纵向的刀疤,从手腕延展到小臂中间地带,因此他无法戴手表什么的遮掩,干脆常年只穿长袖。以前石夏璇没想到他会这么失控,当他真的包着伤口血淋淋地来找她时,她无比震惊。虽然,蒋阁会来找她,并不是为了看病,而是问罪。

"是你告诉她的。"他当时的眼睛幽黑得可怕,"为什么?"

她镇定自若地回视:"怎么,你要和我翻脸吗?"

毕竟她胜券在握,知道他不会。

谁叫她是给楼宏远开具诊断证明的主治医生呢?他如果和她翻脸,意味着功亏一篑,放虎归山。所以,她很笃定他不会这么做。

她审视着他的神情,有些不忍地问:"你就不好奇,我为什么真的同意帮你吗?"

蒋阁神色一震,似乎意识到了什么。

"你给我的那些好处,我怎么可能真的在乎呢?和蒋明达比起来,你还是太嫩了。"她轻轻摇头,"他早就知道楼宏远出狱的事,也知道你拿钱的事。因此这件事,当然也有他的嘱托。毕竟楼宏远的事情捅出去,对你们蒋家而言算是一桩丑闻。"

"那么告诉姜蝶也是他的意思吗?"

她耸了耸肩道:"他查到她是当年在福利院没被选上的那个孩子,担心她接近你是想报复,所以试试探她到底知道了几分。当然,我自己也很好奇,她到底是为了什么接近你。你看,我们都很关心你。"

蒋阁的表情可怕到阴森,重复着那两个字:"关心?"

石夏璇看着他的神情,十分庆幸自己有先见之明地把刀具全部收了起来。

"你如果不这么认为我也很遗憾。你要是真的想找我兴师问罪,还是先去找你爸吧。请。"

石夏璇知道，他不会的，她不免想到第一次看见蒋阎的情形。那时候她刚考入国外的医学院，她爸宴请各路亲朋好友为她庆贺。在庆功宴上，她瞧见了还是少年的蒋阎。也许是"专业病"，她有观察人的癖好，而在这满座的无聊人群里，蒋阎无疑是怪异而有趣的那一个。

他每次吃完一口，必将刀叉精确地安放在原来的位置，听长辈们讲话时眼神很认真，看不出一丝走神，俨然一个家教良好、性格严谨的乖乖牌公子哥。但很不巧，她嫌烦躲去天台时，恰好觑见这小子藏在角落里"抽烟"。

准确来说，他也不是真的在抽，只是咬着一半的烟嘴，对着灰茫茫的天空深呼吸。随后他长长地吐气，把烟吐出来，用纸巾包好攥在手里，另一只手从口袋里掏出一面小镜子，对着镜子练习嘴角向上的弧度。而这弧度，就和他在饭桌上展露出来的一模一样——是一个心里压抑着野兽，却拼命学着如何去做人的孩子。

当时的她做出了如此判断，并对他产生了一点点兴趣，但在知道他是被收养的孩子后，对他的这种用力又感到无趣——无非是出身低微的小孩想要洗脱标签，努力让自己融入"上流"圈子罢了。

直到第二次见到蒋阎。

当时她暑假回国，听闻蒋明达身体出现了一些状况，彻夜睡不着觉，一入睡就噩梦缠身。据说他请了很多法师来家里，但依旧没见好。蒋明达和她爸是生意场上的好朋友，她爸知道后就带着她一起去了蒋家探望，说让她也帮忙看看是不是精神方面的疾病，以此送个人情。

她心说有用才怪，蒋明达这人迷信到了入魔的地步，让他相信科学不如让他相信这世界上有"鬼"且爱穿红色比基尼来得容易。

只是她还是低估了蒋明达丧心病狂的程度。

她还没进入蒋家呢，老远就有一股浓浓的檀香味和烟味飘过来，呛得人直咳嗽。

她掩起口鼻，皱着眉极不情愿地跟在她爸身后进去了，烟雾缭绕的客厅里，正背脊挺直地跪着一个人。她定睛看了两眼，才认出那是蒋阁。他面前正站着一个神神道道的"大师",弯腰递给他一杯水,让他喝下。那水很浑浊,应该是倒入了什么粉末。

"……不会是什么香灰水吧?"

她看得咋舌,那个"大师"带来的小弟子板着脸,面容严肃地解释:"不要妄言,这是蒋先生的手指甲和脚指甲的粉末。"

"……你们把这东西掺到水里,让人家喝下去?"

石夏璇觉得不是自己的耳朵疯了,就是这帮人疯了。

小弟子还摆出一脸轻蔑神色,正儿八经道:"你不知道手眼通天吗?蒋先生最近的情况是撞到了天煞,只要被除他手脚的煞气,再转接,便可以痊愈。"

她无语地指着正面无表情喝下水的蒋阁。

"那你们就让别人代替倒霉?"

"这孩子有菩提种的保佑,不会被煞气缠身,他是很好的容器。"

……她光听着就觉得要窒息。

视线投在蒋阁身上时,他已经毫无芥蒂地将水喝完了。

她以为这场荒唐的闹剧应该到尾声了,然而——

"一滴也不能漏。""大师"指着瓷砖上因为喝得过急洒出来的几滴灰水,"得麻烦小少爷舔掉。"

"大师"语气客客气气的,随着这句话,所有人的视线都集中到这个跪着的人身上。石夏璇也看着他,目光却莫名注意到他投射在墙面上的影子。

阳光透过大厅的天窗直射进来,将少年细瘦的身影拉成一个可怕的怪物。怪物匍匐在地上细微地震颤,太阳转移,日光的角度倾斜,他的影子在下个瞬间忽然又变成一张脆弱的纸片,被风一吹,低下头颅,纸片被灰水沁湿。

蒋阁抬起头道:"祝愿父亲能够好起来。"

真是可怕,脸上一派虔诚。

她再次对蒋阁产生兴趣,这个少年到底能口是心非地做到什么地步呢?心思藏得深不见底,她一眼看不穿,反而更想走近看一看。于是趁空隙，她走到一楼的卫生间门口，听见里面传来哗啦啦的水声。过了很久蒋阁才神色如常地出来，嘴唇是一种似要燃烧起来的火红。

她瞥过他快要洗到破皮的唇，近乎于刁难地问："刚才的水口感怎么样？"

他波澜不惊地回："薄荷。"

"……薄荷？"

蒋阁从口袋里拿出薄荷糖："事先含在嘴里就不会有别的味道。"

石夏璇恍然地笑："你这小鬼真的很有趣。"

他盯着她："你是心理医生的话，可以治疗人做噩梦吗？"

"我还没成为医生呢。"她意外地问，"你还真关心蒋明达啊？"

少年嘴角勾起一个嘲讽的笑。

"不是他，是我。"

石夏璇挑眉："那你都在做什么噩梦？"

可他不往下说了，草草地扔下一句话："算了，你治不好我的。"

那时，她很好奇他的话里藏话，一个小孩子能有多少心思呢？

直到现在，她依然对他的内心一知半解，即便蒋明达和他本人已经告诉他的身世。

但有一件事，她很明确。

"那就是你真的生病了，你需要帮助，已经有抑郁倾向了。我知道你现在很排斥我，但我可以给你推荐合适的医生。"

她诚恳地给出建议，蒋阁却冷眼看着她。

"我没有抑郁。"

"那你这手腕是怎么回事？"

"意外。"

"……你真的，还是先正视一下你自己吧。"

"我很清楚我不想死。"蒋阁冷静地说，"只要我活着，我就还有机会见到她。但如果我死了，我一定会下地狱。"

这个她，他们都没有说出名字，但他们都心知肚明。

石夏璇不解："明明是她受不了你的过去背叛你的，你何必还这么固执?"

"她从来没有背叛过我。"他咬紧牙关,"是我背叛的她。"

"所以你不舍得拉她下地狱、在地狱相见?"

石夏璇怜悯地审视着蒋阎。

"但你知不知道,如果你不乖乖治疗,以这样的姿态再去找她,就已经是在拉她下地狱了。"

楼宏远是于昨天深夜突发脑出血的,医院一直联系不上蒋阎,只好联系到了当年替他出具诊断书的石夏璇。楼宏远被转移到石夏璇所在的医院进行紧急手术,一条命好歹救回来了,但状况并不算乐观,可能要面临偏瘫的后半生。

蒋阎凝视着重症病房里的楼宏远,隔着一道门,他无比温顺地躺在那里,就像一具尸体。

祸害遗千年,在这一点上,他们真的是有着相同的血脉,无法轻易地被老天收回去,没那么容易死掉。他沉默地看着楼宏远,蒋明达却在这时来了电话。

他接起,眼睛望着病床上的生父,嘴上恭敬地念道:"父亲。"

"你回来一趟,我有事问你。"

对面干脆利落地切断,一如往常,蒋阎却隐隐嗅到了风雨欲来的气息。

但对此他已有准备,毕竟蒋明达仍是蒋隆集团真正的一把手,很多事情他没什么决策力,必须经过蒋明达的首肯。

第二天夜晚,飞机落地西川,车子绕过川流的车潮,驶向郊区别墅群,停在一栋老式的别墅前。

记忆中的那股檀香味道又无孔不入地侵犯着蒋阎的嗅觉感官。

蒋明达会这么迷信,不是没有原因的。

蒋阎也是后来才慢慢打听到蒋明达的发家史。最初下海那几年,他混得顺风顺水,后来却差点亏得血本无归,原因是他开发的其中一个楼盘闹出了人命,短时间内接连有人自杀,太邪门了。蒋明达一琢磨，才发现那块地皮前身是乱葬岗，风水差得要命。自此，他对风水这种事越来越深信不疑。

蒋阎踏入客厅，扫了一眼通往地下室的门，门后通往的是禁地。

这些年他从未下去过，但他知道那下面曾经住过什么。

——蒋明达请来的"守护灵"。

因为"守护灵"，蒋隆集团才能成功上市、做大做强。蒋明达是这么觉得的。

也因为"守护灵"，蒋明达一直未能有子嗣，妻子怀孕两次都流产，连他养在外面的情人也难逃一劫。后来蒋明达吓得连忙将"守护灵"送走，但"厄运"没有就此平息，连他的身体都出现了问题，生活开始一塌糊涂，他赶紧找"大师"去算该怎么办。

"大师"直摇头，斥责他这样做惹怒了"守护灵"，请神容易送神难，更何况"守护灵"是忌妒心极强的，他这辈子别想有自己的孩子，即便诞下也会不得善终。

但若要解决蒋明达身体的问题，很简单，那就是领养一个孩子过来，"守护灵"的怨气自然会从大人身上转移到孩子身上。但是，这个孩子命格必须要硬，能承受住煞气。蒋明达就因为这一席话，踏进了那家有他和她在的福利院，改变了他的一生。

只是，这算是往好的方向还是坏的方向改变？

总体上是好的吧。他有了世俗眼中的好出身，不必再每日心惊胆战十几年后楼宏远会提着一把刀出来，把当年送他进监狱的自己砍成烂泥。如今的楼宏远，饱受折磨，终于熬不下去，突发脑出血倒下了。

那么，他的那颗心脏烂在断芽的春天里，也不值得遗憾。

物质守恒，一切都有代价。

上到二楼，蒋阎停在蒋明达的书房门口，轻轻叩门。

门内倦懒的声音说道："进。"

他推开门，蒋明达穿着黑色的丝质睡衣，正仰卧在雕花的红木榻上，双手捧着经书，嘴上念念有词。

"小阎，坐。"

蒋明达抽空指了下座位，蒋阎依言坐下，然后便是等待蒋明达自顾自地将经文念完。

良久，蒋明达搁下经书，端详着蒋阎。

"长大了，心思也多了。"

蒋阎故作不懂道："我很多地方做得还不成熟，父亲多包涵。"

"不成熟？我看你是成熟过头，步子拉太大了吧。之前收购亚太度假村的事尚且算一步好棋，那这一回收购郑氏建材又是什么路子？他们可是根本救不活了。"蒋明达重新躺下，悠悠道，"我看你能力还不错，才给了你这个机会。既然承了我的名头，就得像话点。不然，我可以换任何一个人上去，你知道的。"

蒋阎眉头都不皱一下："能力比我强的人有很多。但是这些年我和您之间的关系，我不认为其他人可以取代。"

气氛沉闷，过了好一会儿，蒋明达才慢吞吞地对此回应。

"你是懂事的。"他重新拿起经书，"心里有数就好，走吧。"

蒋阎起身，恭敬地鞠躬，安静退开，关上门。

走到大厅时，他名义上的母亲正好进门，两人撞见，她眯眼笑道："怎么突然来了，也不打声招呼？"

那笑容的弧度和他总是扬起的如出一辙。

"父亲找我来谈点事，就没麻烦您。"

"吃过晚饭了吗？"

"吃过了，谢谢母亲。"

"那就好，早点回去休息吧。"她忽然又想起什么，"你上次从纽约带来的那个古董花瓶还挺好看的，还能弄一个来吗？我想送给别人。"

蒋阎笑着应下："好。"

走出蒋家别墅，他回到车上，发动车子驶往城内。

夜晚的国道死寂得吓人，但月光很亮，他摁开广播，车里有了点人气儿。主持人说祝大家中秋快乐，阖家团圆，他才恍惚想起来，今天是八月十五。

还没吃饭的胃开始隐隐作痛，他看了眼时间，将车开到一家小超市边上,下车进店,接着拎了一袋子速冻汤圆出来。车子在夜幕中急速向前,停在一幢灯火通明的公寓楼下。蒋阆抬头看着那扇黑漆漆的玻璃窗,心里明白也许他惦记的人正和别人在外面庆祝节日。

视线在速冻汤圆上转过,原本要下车的人却僵住没动,他就这么沉默地坐在车内,听着车内的广播内容不断变换,口水歌换了一轮又一轮,到了知心谈话环节,女主持人念着听众发给节目组的留言。

"有听众朋友留言说:'我只是每天往黑暗里投一颗石子,从来没有得到过任何回响。如果生活是一个无底深渊,当我跳下去,无尽地坠落,是不是也是一种飞行?'

"这位听众朋友,千万不要对生活丧失信心。想一想你的家人、朋友或者爱人,或许你是一个人在大城市打拼,或许你现在遭遇了一道过不去的坎,但没有关系,我们都会祝福你,祝你节日快乐!"

蒋阆一把关掉了广播。

真正在下坠的人,耳边除了风声,还能听到什么呢?

他比谁都更明白这种感受。这些年来,他何尝不是在往深渊里扔石头?在最开始的漆黑盗洞,他把自己当作石头扔下去且不被人拉起的那瞬间,似乎就注定了不被回应的人生。但其实,也曾经有人接住过他的石子,热忱地想在他的黑洞里挂一盏摇摇欲坠的灯泡。

明明那个人的灯光也那么微弱,连她自己的人生都无法照亮。

"可是,我们还可以把彼此当作灯泡。"

他回忆着她的语气,呢喃出声,然后开始笑,倒在椅子上,肩膀不停地颤动。

很好笑不是吗?因为从头到尾,他的灯泡根本就没亮过。他后来照亮她的光源,都是一开始从她那儿偷来的。他只是一个贪生怕死惯了的小人,没有人在绝望尽头拉过他,他只能相信自己。

可真的有人来拉他了,这个唯一来拉他的人,转而被他推入了另一个更不堪的深渊。

命运给予了他最大的惩罚。

蒋明达所信的东西也许是真的存在的吧,"守护灵"转接给他的

"恶煞"，这么多年都悄无声息，其实早已暗中衡量，憋着给他致命一击。那只靠自己破茧的蝴蝶不知不觉从最低处飞了上来，在他仍旧无尽下坠的时候。

他们不期而遇，被台风天的气流旋涡裹挟着卷到了一起。

这一次，他其实应该顺着旋涡远离的，那是最明智的路径。

可当眼睁睁看着蝴蝶向自己飞来时，他还是挣扎着偏离既定航线，一头栽进了这场足够撕毁他的风暴中。

如今蝴蝶已经飞向了风平浪静的地方，他的大雨还没下完。

但是已经偏离了，他就不会回头，继续下坠也无所谓——如果皮肉触底碰撞的声音能让一切都变得动听。

姜蝶的中秋节过得比以往都要忙碌，因为有些同事忙着提早回家过节，像她这种没人约也不需要陪家人的"单身狗"就承担了大部分工作。等下班时早过了晚饭点，她又饿又困，在地铁里挤着时抽空给姜雪梅发了个红包。姜雪梅收下后也给姜蝶发了个红包，还多出了66块钱，凑个好兆头，六六大顺。

微信里还传过来一个小视频，记录着姜雪梅把煮好的汤圆捞出锅的过程，手持镜头的人还在说话，笨拙地嚷着"小心，别烫到"，是保安陈叔的声音。

看着他们两个人做伴，姜蝶觉得安心，也有点奇怪地羡慕。

姜雪梅舀起汤圆凑近镜头，笑道："这是给你留着的一份。"

中秋吃汤圆这个独特癖好，姜雪梅之前和别人无意讲起的时候，他们都觉得古怪，不是应该吃月饼吗？姜雪梅却觉得吃汤圆寓意更好，更吉利，导致姜蝶也养成了吃汤圆的习惯。

姜蝶咽了下口水，被勾起了馋虫，当即决定用手机下单点一份速冻的来煮。

她是在离家还有一站路程时下的单，没有想到这么短的时间内，货居然就送到了。

一袋圆润的速冻汤圆静静地挂在公寓的门把手上。

她将它取下来,感到奇怪地嘀咕:"是不是没从冷冻柜里拿啊,怎么冷气都快跑光了……"

60

大约四十分钟后,姜蝶再次收到了一袋速冻汤圆。她没在意这回事,心想大概是谁送错了吧。

今晚的月亮尤其漂亮,在高层更是一览无余,没有流云遮挡,姜蝶站在那扇明亮的落地窗前,一抬头就能望到。

但她对此做出的反应,只是拉拢窗帘,将月色隔绝在外。

姜蝶接下来很长一段时间的生活,可以被称为忙碌中的平静。

由夏入秋,她像个被鞭打的陀螺转不停。她现在倒庆幸自己分手了,不然也会因为工作而无暇谈恋爱。因为新品更换且反响不错,Von打算再开辟新的生产线,需要寻找新的合作工厂。

这事儿很苦,需要连续不间断地天南海北四处跑,去各个工厂实地考察。这些工厂大多在劳动力便宜、地价也低的小地方,环境艰苦,考察工作理所当然地就落到姜蝶他们这种年轻又职位不高的人头上。辗转了好几个地方,姜蝶终于到了这次出差的最后一站——宿怀。

这是一个离西川稍微有些距离的三线小城,经济状况和西川大相径庭,原因就在于它正好处在地震带上。就像台风之于花都那样,地震也是这座小城时常经历的阵痛,人们已经习以为常了。然而二十年前发生过的强烈地震,却是一道很难用时间抚平的伤口。

很多基础设施在那次地震中毁于一旦,包括无数生命,空气里似乎至今都飘浮着一股难以摆脱的沉郁。

这里原本不应该被纳入备选名单的,并不适合合作。但因为总监是刚刚上任,对国内的工厂情况需要有全面的了解,就把它列为最后一站,在时间宽松的情况下作为兜底选项。前往宿怀的路上,姜蝶接到了一则来自姜雪梅的电话。姜雪梅说自己的腰伤老毛病突然犯了,陈叔又回老家了，让她赶紧回去一趟看看。

姜雪梅从来不是这么容易示弱的人，有什么病痛都喜欢自己扛，这还是第一次么直白地向她求助，尤其是她还在出差途中。这可把姜蝶吓坏了，当即一个视频电话拨过去，就看见躺在床上的姜雪梅的一张大脸，看气色倒还挺红润的。姜蝶的心态稳了几分，赶紧联络了卢靖雯先帮忙照料一下。

她想着本来宿怀就是走个过场，可去可不去，立马和领导请假。领导的回复十分客气，但背后的潜台词是腰伤这种事儿也不是什么大病，工作要有头有尾，宿怀还是要去一下的，但可以只待一天，提前结束考察再回花都。

话都说到这分上了，听命于人的上班族没有别的选择。

姜蝶无奈，只好再拜托卢靖雯。在开往宿怀缓慢的火车上，她和仲解语凭着激情细数领导各种奇葩行为一点瞌睡没打，强硬撑到站。

到达宿怀时已是深夜，一道冰凉的月光照着秋天逐渐枯冷的原野，站台了无人烟，只有他们几个人。

火车开往下一个城市，白色的烟雾在空中惨淡地散开，隆隆声随着车尾消失于尽头的隧道，周围蓦地空落下来。

"好饿啊，去撮一顿？"

大家在火车上就吃了点泡面充饥，这会儿琢磨着在旅馆附近的馆子撮一顿。

只是宿怀出乎他们意料地落后，打车软件叫了半天，一辆商务车都叫不到。火车站门口倒是蹲了几辆拉人的黑车，操着方言同他们漫天要价，花了比叫车软件上显示的多两倍的价钱把他们拉到了旅馆。

这个旅馆从外观到内里也都令人无语，很难想象21世纪了，这儿的窗户上居然还贴着一张莹彩的玻璃纸，像20世纪90年代发行的DVD封面。姜蝶好奇地扒拉了一下，发现原来是因为窗户被打碎过，懒得修补，干脆就这样掩耳盗铃。

透过这张莹彩玻璃纸向外望，单调的景色反倒奇异地生动起来。旋转着红、白、蓝三色灯的发廊，冒着热气的烤冷面摊，卷帘门拉了一半的小卖铺，门口支着塑料桌椅的烧烤店，它们被一一分割成青、红、黄、绿，像加了失真的滤镜、停滞在老式录像带里的一帧画面。

房间隔音很差，门外脚步声朝她的方向传来，接着就是敲门声。

仲解语在门外道："姜蝶，去对面烧烤撮一顿啊？"

"来了。"

她放下行李，草草地从窗边收回视线，跟着大家下楼，进到这帧画面里。烧烤店内没几个人，椅子还收起来了一半，看着不怎么有人气，但烤出来的串儿还挺有滋有味。姜蝶惦念着姜雪梅的伤势，只吃了两串烤馒头片糊弄肚子了事。

其他人吃得很开心，烟都抽到空。仲解语出门去隔壁买烟，回来时碎碎念道："奇怪，我总觉得看见一个有点眼熟的人。"

其他人笑道："你在这儿都有老情人啊？"

"什么情人啊，这里遍地'精神小伙'，刚才那个……虽然我没看见脸但看背影就能知道绝对是帅哥。"仲解语喃喃，"可惜了，刚才就该冲上去要个微信的。"

也许是知道这是最后一站，大家压力也没那么大了，吃得拖拖拉拉，很尽兴，结束时已经过了深夜十二点，还是老板急着打烊把他们轰走的。

回到旅馆时就更晚，窗外不知名的虫鸣在人声寂静的下半夜过分嚣张，姜蝶躺在那张疑似散发着霉味的硬板床上，很久才睡着。

这一切的不习惯，让她的睡眠很浅，做的梦也乱七八糟。时间线是错乱的，她还坐在前往宿怀的绿皮火车上，穿过一段幽黑隧道，白天变成了黑夜，野鸭在芦苇荡里起飞，一匹棕色的马冲破了车厢，将她劫走。

前方又是白日，黑夜被遗落在后，她紧紧伏在马背上，它用力地跑，将世界颠得天旋地转。

就在她失手抓不住的电光石火间，整个人被甩下去，她汗津津地醒来，发现床真的在晃，墙壁上有什么东西扑簌簌地掉下来，落在脸上，又呛又痒。

姜蝶拿手掸开，意识到那是墙上的石灰。

——不会是地震了吧？！

从未经历过地震的姜蝶在床上僵硬了几秒钟，像是在回应她的猜测，床晃得更厉害了。

没有光源，屋里没有，窗外也没有。手机早在震动中被震下床，不知道去了哪里，姜蝶抓瞎地从床上下来，六神无主地想：无论如何得先从这间屋子里逃出去。

她庆幸自己睡得浅，第一时间就醒过来了，她感觉这个震级还没那么强，但一直在晃，没有停的架势。如果现在不逃出去，鬼知道还逃不逃得了。

有些地震就像"狼来了"，开始喜欢晃两下就跑，但等到真的来了的时候，就完蛋了。

就像这次地震，也不是闹着玩的。

意识到这一点，姜蝶更加慌神，背后的冷汗一下子浸透睡衣。入睡前她在这个房间拢共就清醒地待了数十分钟，对构造完全是茫然的状态，再加上方向感实在一般，摇晃的地面和噼里啪啦滚落的物品顿时将她困成一只寸步难行的小兽。

即便能跨出这扇门，电梯也用不了，以她的视力可能得从二楼的楼梯上滚下去，不死也得摔个半残。

她生平第一次那么痛恨自己的残缺，好死赖活到今天，难道要"挂"在区区夜盲上？

……她真的能活着走出这里吗？

悲观漫涌上来，剧烈的砸门声将她砸醒，如惊雷一般的是混杂在其中的那道声线。

"姜蝶——！"

这一瞬间，竟和四年前劈开人潮的声线严丝合缝地重叠。

属于蒋阁的声音，刻在她的记忆深处，即便变了调，即便慌张得不成样子，也是他的声音。现在她哪里是在伸手不见五指的小房间里，分明是又站在那条翻滚着热浪的街道上，无数人、水枪和石头擦过她的身,而真正命中她的,是牵住她的那只手。

姜蝶这一刹那有种今夕何夕的恍惚,好像宿命兜转一圈,又用一种不可抗力将时光重叠。

可是刻舟求的那把剑,早就不停在原来的湖泊了。

姜蝶思绪万千,随即反应过来不该是走神的时候,凭着这个声源,她迅速地摸准方向跌撞跑去,摸索到了门把手,一扭开门,就被灼热的拥抱窒息地裹紧。

黑暗里,蒋阁一言未发,呼吸都是紊乱的,力道和"温柔"两字毫无关系,是一种要将她捏成一张薄纸般的挤压。她甚至怀疑,如果冲他吼头顶有什么东西要塌下来了,他都会先尽兴地抱到粉身碎骨再说。

因为这是她唯一不会推开他的时刻了。

可是他的意识还是明智地勒令他放手。

姜蝶很紧迫地指着两边:"左右都住着我同事,快敲门!万一他们还没醒!"

蒋阁已经利落地将她抱起来,闻言冲下楼的脚步一顿,转而大力去敲响两边的门。他们刚才聚餐都喝了很多酒,不像她能及时醒来,因此这阵急促的敲门和大喊声,把命悬一线的他们从崖边拉了回来。陆续有人穿着睡衣打开房门,这栋建筑岌岌可危,大家争分夺秒地逃到了空地上。

外头已经陆续站了一些人,却几乎没有什么人说话,他们脚下的震感这时开始猛烈增强,一时之间除了这块平坦的空地,无处可去,哪里都不安全。被流云遮盖的月亮置身事外似的显出身影,照亮这一片正在被撕裂的土地。

姜蝶惊魂未定地仰起头,靠着这点凄清的月光,模糊地觑见三层楼的小旅馆正在呼啦啦地陷落。

她看不清晰,却听得分明。钢筋错开的声响,好像一个人在她跟前活生生地被搅碎五脏六腑,又或许是一种更虚无缥缈的东西,在你眼前坍塌、逝去。你知道你挽救不了,甚至也看不清它到底是怎么被毁灭的,但能够从那震耳欲聋的声音中无比确认地听到,从延绵的土地中传来的震感中感知到，它已经成为废墟。

而那个虚无缥缈的东西，就曾经发生在她和旁边的这个人之间。

姜蝶一点一点地抽回被蒋阕紧握着的双手，语气复杂地说："谢谢。"

蒋阕没有夜盲，也仰着头，因此清晰地目睹小旅馆是怎么坍塌的。

他感受到手心里一直死死攥紧的温度流失，滑过去的触感就像那年音乐节的帐篷里，他费力地握住一把沙，最后却徒劳地看沙子从指缝里流出去，缓慢、轻柔、残忍。

额头沁出剧烈奔跑后的汗水，流下来时从眼眶滑过。他快速地揉了一把，又垂下眼，细细地看着她，若无其事地伸手捻了下姜蝶的鼻子。

"房顶掉的灰沾上了。"

他平静地说。

——"沙子不小心沾上了，很碍眼。"

更青涩的，他的声音，在回忆里一闪而过。

姜蝶的鼻头仿佛经受不住他捻的力道，虽轻如羽毛，依旧蓦地红了。

61

后来姜蝶才知道，这场地震，比二十年前的那场天灾震级小两级，虽然不是那么骇人听闻，但对很多人来说，也许是永远跨不过去的夜晚。

大约到凌晨四点的时候，摇晃的世界才逐渐稳定，就好像狂躁了一整晚的巨人，终于跺累了脚。

不幸中的万幸，和姜蝶一起来的同事都顺利地逃了出来。

仲解语习惯裸睡，此刻狼狈地裹着一身床单，看着姜蝶身边的蒋阕，呢喃道："我说怎么看着脸熟，我昨晚在小卖部看见的人是你吧……"她巡睃到姜蝶身边，"你们俩是……"

姜蝶沉默半晌，说："我也不知道他为什么会在这里。"

"我来这里出差，正好也住这里。"他毫无异样地回答，"出去买水时看见你们了，但是觉得可能会打扰到你们，就没打招呼。"

"那个招呼打不打无所谓，刚才你敲的门才是真的太关键了。"仲解语心有余悸，"真的太谢谢你了。"

他看了眼姜蝶："不是我的功劳，是我在门口碰上她，她拜托的。"

仲解语眼泪汪汪地抱住姜蝶，实实在在地后怕。

"回去后你想吃什么、想买什么跟姐说，姐都包了！"

姜蝶反而比想象中镇定，反手拍了拍她的背。在逐渐亮起来的晨曦里，她看向蒋阁，他已经往另一个方向走去。

天亮时分，姜蝶的视力终于恢复正常。联络不上外界，同事们提议去火车站看看。

一路直面四周的断壁残垣，她的身体止不住打战。满地的碎玻璃，亮晶晶地铺在暗淡的日光下，楼体变成一只只竖着刺的刺猬，而在刺猬底下，还压着苟延残喘的人。

其中一个背部佝偻的老奶奶正跪在石砖上摸索，颤颤巍巍地喊着一个名字。她的爱人被压在下面，只露出头发花白的一角。

姜蝶看到这一幕，知道凶多吉少，但还是强忍住眼泪跑上前，咬着牙拼命地去推塌下来的钢筋。

路上还有很多人在自发地这样做，无论是认识的、不认识的，纷纷组成自发的救援者队伍，在真正的救援队未到达时，把那些还困在废墟下的人拖出来。

虽然这并不是他们的使命和责任，可是救援这种事情，难道只是某个职业的责任吗？一场大难来袭，每个人都是受困者或救援者，都是命运的共同体。

姜蝶埋头挖着碎石，一双手忽然压住她。

她仰起头，清晨就消失的蒋阁去而复返，背光而立。他身上那件黑色的睡衣衬衫灰扑扑的，手上却拿着一件干净的外套，还有一瓶水和一块面包。

他把这些东西递过来，严肃道："你该休息一下了。"

她自己都没意识到，指节早就被磨出了大大小小的血口子。

"……"

姜蝶望着眼前的东西，犹豫了一下子，只选择接过外套，给了一边还裹着被子的仲解语。

"不用给我，给更有需要的人吧。"

蒋阎见她转头还要继续，一把摁住她。

"这条街的拐角有一部公用电话，还可以用。"

姜蝶顿住脚步："可以联系到外面？"

他们的手机都落在旅馆里没带出来，即便带出来了也没什么用，他们在路上看见过有人试图用手机拨电话出去，但怎么也拨不通。

"我没打，但应该可以，有很多人在排队。"

姜蝶精神一振，立刻想过去给姜雪梅打电话。她走出两步，回头一看，蒋阎蹲在她原来的位置上，代替她开始救助工作。

"……你不和我一起去？"

蒋阎头也不抬地说："我唯一挂念的人已经在这里了。"

姜蝶装作听不懂。

"那挂念你的人呢，你有没有要打的？排到我了我顺手帮你联系。"算是回报他昨夜的出手和之后拿来的物资。

他只说："你快去吧，别让姜阿姨担心。多一分钟，排队的人就越多。"

姜蝶见他不肯说，也不再等，径直朝他指的方向跑去。

果然，公用电话亭前已经排了一溜人，姜蝶伸长脖子，看见他们满怀期盼地举起听筒，颤抖地按下按键，漫长的空白后，再茫然地挂上电话。这一回，不再是信号不通的问题，而是他们想要联系的人没有接电话。

姜蝶望着他们走开时空洞的脸，心跟着一抽一抽的。

大约过了半个小时，终于轮到她了。电话打过去的一瞬间，即刻被接起。

姜雪梅语无伦次地说了句："老天爷……"

她大概是想说"谢天谢地"的，可又觉得老天爷瞎了眼，为什么要让姜蝶遇见这种事,矛盾地只能憋出这三个字。

她无比懊恼地说:"我再坚持点,别让你去宿怀就好了。"

"妈,你别自责,这和你有什么关系?"姜蝶抠着手心,挤出声音快速地说,"我没有事,我现在很好。听说火车站那边都关了,暂时没法儿从宿怀出去,我现在是用公用电话给你打的,讲不了太久,你不要担心我。倒是你,腰好点了吗?"

姜雪梅的情绪在她一连串的语句下逐渐平静,回道:"妈很好,腰没事,你放心。你没事就好。"

"那我挂了,后面还有人在等。"

"小蝶……"

在姜蝶即将收线的那一刻,姜雪梅颤巍巍地叫住她。

"等你回来,咱们一起去选毛线。"

姜蝶怔住,抠着指甲哽咽道:"原来那颜色我就挺喜欢的。"

"妈想给你换个新的。"

姜蝶咽下喉咙里的酸疼,扯出微笑,尽管姜雪梅看不见。

电话的尾声,她回了句"好"。

姜蝶把公用电话的事也告诉了其他同事,让他们趁着电话还能用的空当,赶紧给家人报平安。唯独最先知道的蒋阆始终没有去打,在废墟中一直救援到了晚上。

救援队依旧没有来,宿怀现在是一座被隔绝的围城。他们这些幸存者自觉地聚拢到一处开阔的广场上,三三两两地坐着,度过这个没有电却可能有余震的夜晚。

人群里亮起星星,其实是手电筒的光。姜蝶的手里也被塞了一个,是蒋阆不知道从哪里找来的。

给完这个手电,他就独自走到了广场的另一个角落。

仲解语穿着他带来的外套,盯着他走开的背影感叹:"你们俩之间的气氛真的很奇怪,为什么他唯独照顾你?"

姜蝶坐在台阶上,感觉到无限疲惫,不知道是因为这一天经受的震撼太多,还是仅仅因为仲解语的这一句感叹。

她转移话题道:"希望灾难能赶紧过去。"

有个同事拿着水和几块压缩饼干过来,各分了一点给姜蝶和仲解语当晚餐。仲解语用下巴点了点远处的蒋阎:"礼尚往来,我们是不是也分他一点?"

姜蝶没动身:"随你呀。"

"你们俩真的没什么?那我真的去了?"

姜蝶直接撕开压缩饼干以做回应。

仲解语拎了一袋压缩饼干过去,不一会儿又拎着回来,扁着嘴说:"他不吃。"

姜蝶见怪不怪,下意识地接了一句:"他就是这样的人。"

仲解语奇怪地看了她一眼,姜蝶才意识到自己说错话了。

"我的意思是,他看上去很高冷。"

"虽然看上去是,但其实还好!"仲解语反对道,"他和我解释了一下原因,其实是因为食管反流……怪不得人看上去那么瘦。"

姜蝶咀嚼的姿势一顿,不由自主地问:"为什么会反流?"

仲解语无奈道:"这我就不清楚了,他没说。"

姜蝶嘴里的压缩饼干不知不觉地失去咸味,她偏头看向那处黑暗的角落,蒋阎隔绝众人独自坐着。

他的不远处有个开着手电的人,导致他身侧隐隐约约地透出了微光。像是苍茫宇宙里的暗物质偷到了光,于是她得以注意到他。

她后知后觉地想,这好像就是重新认出月亮的过程——知道他是怎么从黑暗中亮起来的,知道他原来就是从地面升起的,知道他是那么孤寂和渺小。

姜蝶在这个黑漆漆的地方,突然想起一句话:"自从小行星最后一次撞击月球,亿万年已经过去。很显然,有些磁场可以亘古不息。"

原来,这个磁场至今在作用于她,不然为什么她在听到他的身体出现毛病之后,产生一种复杂的、不忍的情绪?

她不太懂一个人在什么样的情况下吃东西会反流,至少在她最崩溃的那段时间，还是能咬牙吃得下去饭的。

姜蝶看着那个方向陷入思索，在莫名意识到蒋阎即将看过来时，率先一步飞快地转开了视线。

夜晚的广场聚拢了更多避难的人，有些带着家里的被褥，有些还带着帐篷，更多的是像姜蝶他们这样两手空空的人，凑合着度过这个夜晚。

姜蝶一直没能睡着，总担心会有余震发生，紧张带起一股尿意，她其实下午就隐隐想上厕所，但一直没找到，再加上水喝得很少，尚且可以忍耐，但到了现在，再忍下去膀胱真的会爆炸。

姜蝶犹豫地看向广场旁边的一座百货商厦，这家商厦也许因为是新建的，材质比较新也很坚固，是附近一片残垣里唯一还坚挺着的建筑。

这里面肯定会有厕所，但……

姜蝶心想，自己不会这么倒霉吧，就上个厕所几分钟的时间还能遭遇余震？

她心一横，起身打算速战速决。旁边的仲解语看到，拉着她问："你去干吗？"

"我实在憋不住了……"

"你要去那里头上？"仲解语吞吐道，"……要不你学我吧，我下午找个掩体就地解决了。现在大晚上黑灯瞎火的，就更加没关系了。"

姜蝶犹豫着还是摇头，小跑着冲向百货大厦的一楼。

她不能接受自己这样做，那会提醒她想起小时候在街头流亡的日子，没有正经的厕所，那群人也是让她在街边草丛里解决，她决不允许自己再回到那样没有尊严的日子里去。

姜蝶紧紧握着手电，走进了黑漆漆的商厦，四处晃着找指示牌。

好在小城的百货商厦构造并不复杂，姜蝶很快找到厕所，几乎是用平生最快的速度解决完。呼，她的运气至少还没差到底，脚下的地还是踏实的。姜蝶松了口气，推开隔间门准备出去时，突然听到隔壁的男厕所传来很古怪的声音……似乎是小孩子被压住的叫声，以及，男人粗重的喘息。

姜蝶的手在黑暗中颤了一下。

那被封存很久的记忆随着这若有若无的声音，如同昨夜不期而至的剧震，直袭姜蝶的神经，掀起摧枯拉朽的破坏风暴——不，应该说比昨夜的地震还要凶猛百八十倍。

似曾相识的声音不断地刺激着姜蝶，提醒她里面也许正在发生着她最不想碰到的兽行。姜蝶的脚步转向隔壁厕所的门，停在它跟前，打在门上的手电光源在不停地微微晃动，是拿着它的人手腕在发抖。她深吸一口气，告诫自己不能害怕。如果真是那样，她必须第一时间冲进去阻止，就像当年姜雪梅冲进来那样，在更可怕的事情发生之前。不再犹豫，姜蝶恶狠狠地踹开了门，拿手电直直射进去，白光一晃，照亮了里面不堪的情形。

眼前暴露的一切果然如她所察觉到的那样，是她最不想看到的画面。

男人被白光晃得眼睛眯起来，眉头一皱，脸上显出以为是余震来临的慌乱，发现是有人撞破了门，反而从容了。倒是姜蝶的神色比他更难看，难以置信地瞬间苍白。

白光照到的这张脸，刚刚还在她的回忆里作乱，此时却活生生地被搬到现实。

只不过，比记忆里老多了——纵横的皱纹，愈加浑浊的瞳仁，略微缩水的身材。如果他的世界存在于她的脑中，那么他绝对活不到这个年纪，早就被梦里的她亲手杀了无数次。

"原来你还没死啊……"

姜蝶恍惚地冷笑了一下，很轻地呢喃出声。

"梁邱材。"

62

几个小时前，广场。

梁邱材看大家都往这儿聚集，也随着大流到了这里。不大的小城，避难者几乎都聚在这里，地形宽敞，就算余震来临也不会有大碍。

地震来临时，家里那只老狗叫得异常凶，老婆用脚踹他去看看情况，自己翻身咂巴了下嘴就继续睡。他心有怨气，不想起来，又被狠狠踹了一脚，这才不情不愿地起身。他讨厌女人，尤其是强势的女人，可是他的一生都被强势的女人所捆绑——他妈，他的第一任老婆，再到这一任。

自己虽然无比厌恶，可习惯了。强势的女人会赚钱，有她们养着，人生会轻松很多。与人生的费力相比，忍忍女人的自大和掌控也没什么。反正，他有泄愤的东西。

小孩子纯净、幼弱，可以被他一手掌控。

如果不是那个恶心人的家政妇，他的人生不会沦落成现在这样！

梁邱材总会时不时想起那个女人，虽然脸和名字早就忘记，但绝不会忘记被她搅坏好事那一瞬间的愤怒，以及之后接踵而来的天翻地覆。老婆骂他是变态，逼着他净身出户不够，还到处败坏他名声，害他根本无法再在西川待下去。

辗转了很多地方，他才最后落脚宿怀。这儿的环境闭塞，孩子也更天真无知。

只是一朝被蛇咬，十年怕井绳。他不敢轻举妄动，如果这次露馅，不知道还能去哪儿，所以，得小心，再小心。

他的第二任老婆在宿怀也算能干，他一开始还很喜欢她离过婚、有孩子这一点，但想想还是不敢，这是她的亲生孩子，如果被发现，不一定是离婚这么简单，这女人搞不好会发疯。她着实是个控制狂、母老虎，这十年来，他没有一天不觉得窒息。

也是邪门，这两个月的日子尤其不好过，不知道是哪个鳖孙借了网贷不还，还把他的电话填成了紧急联系人，让他日日夜夜被骚扰。为这件事她一直怀疑他在外面养了人，克扣生活费不说，脾气也比往常暴躁许多，经常动不动就一耳光甩过来，使唤他做这做那。因此，当他走下床，来到客厅没多久，发现大地晃动时，第一个反应不是逃命，而是返身将卧室的门锁了起来，接着才拼命地往外跑，一边跑一边大笑，觉得这辈子没这么轻松过。

他自由了!

这个女人一定会死,她的财产就会落到他头上。

活该,谁让她半夜还让他去看狗,不让他睡一个好觉,她活该。之后的人生,他终于可以不受任何束缚地活下去。

"获得新生"的这一刻,压抑在身体里十多年的欲望也和这场势不可当的地震一起降临,尤其当他看见那么多孤身一人的小孩迷茫地来到广场——他们身上那种无助的脆弱感,更刺激着他。

黑暗成了他的保护色,他可以不用伪装地肆意巡睃。

最后,他将目光落在广场上一个衣衫褴褛的小孩身上。小孩正哭着找爸爸妈妈,可无人回应他。

梁邱材深吸了一口气,摆出最和蔼的笑容向那孩子走去。

姜蝶的手电白光打在梁邱材脸上时,他很快反应过来,装作无事发生的样子问:"你这个女的跑来男厕所干什么?女厕所在隔壁。"

他根本没认出来姜蝶。

姜蝶冷笑着看他,说出了那句话:"原来你还没死啊,梁邱材。"

他一愣,眯起眼,试图看清姜蝶。

"我认识你?"

"你不必认识我。"

姜蝶的手电从他脸上挪开,在厕所环视了一圈,扫到角落里有一把清洁工人留下的拖把。

"因为你不配。"

她疾步抄起拖把,恶狠狠朝梁邱材砸去。这一下,几乎发泄了她憋了十几年的所有情绪——愤怒、惧怕、忍耐……统统在这一瞬间化为暴起的青筋,抓着拖把柄用力地朝着他攻击。

梁邱材吃痛,整个人蜷起来。

小孩得以从他的怀抱中跳下,姜蝶大吼一声:"跑!"

别回头,跑!

她仿佛是冲十多年前的自己大声地吼叫着,小孩的背影和小女孩重叠，两人合为一体，冲破时光的栅栏，在黑暗里消失。

姜蝶大汗淋漓，有一种难以言喻的虚脱感。而她愣怔的这一瞬间，回过神的梁邱材反手抓着拖把柄往外一抽，她跟着踉跄，被梁邱材拿膝盖往胃部死命一顶。恶心的反胃感涌上喉咙，姜蝶抽痛地蜷起。梁邱材趁机将她甩开在地，手电筒随即掉在瓷砖上，滚落到一边。光源投向墙面，照出梁邱材铺天盖地的黑色影子。那个黑色影子举起拖把，长影像一把刀，一下又一下捅向姜蝶的胃，对着那脆弱的器官使出浑身解数。

梁邱材面孔扭曲地咒骂："别再来妨碍我！你是什么东西！"

他的面孔已经扭曲到不能称之为人脸，而是一团捏起来的橡皮泥，有鼻子有眼，却是失真的、缺乏情感的、皱巴巴的东西。

姜蝶痛得眼前发黑，感觉自己被丢进滚筒洗衣机里正在翻搅，五脏六腑都在震颤挪位。快要无法忍受时，她突然听到另一个人的脚步声，接着这股施虐的力量停止了。梁邱材整个人猝不及防地被扯到一边，皮肉遭殴打的闷声紧接着传来。她勉力睁开眼，在白色的光源里看见了另一道高大的黑色影子。那道影子狠狠将梁邱材压制住，摁在墙上，拳头干脆地举起又落下，速度快得连成残影。

梁邱材求饶的哀叫声忙不迭响起："我错了，放过我，别打了！"

影子恍若未闻，闷不吭声，力道一下比一下重，那声音听得人心惊肉跳，直到梁邱材连哀叫的声音都微弱下去，影子才终于放过他。姜蝶盯着墙面，黑色影子站起身，靠近她横躺在地上的影子，线条在墙面上交错，慢慢贴近。她被翻过来，看见了蒋阎的脸。

"没事了，没事了。"蒋阎将她抱起，低声哄她，语气里还带有揍人后的微喘。她失去力气地蜷在他怀中，那股薄荷冷香驱散了所有的尘埃。姜蝶看不清蒋阎的表情，却能感受到他的颤抖。

"你不是来这里出差的，对吗？"在这须臾，姜蝶想通了一些不对劲的地方，急迫地求证，"你早就知道梁邱材在这里，你怕我遇到他，包括我妈打给我的电话，是不是也是因为你和她说，别让我来这里？"

蒋阎默认，叹息着说：

"之前我怕你见到他，对你造成二次伤害。"他语气一顿，"但现在我知道我又错了。"

他搀着她站起来，来到梁邱材面前。

"你完全可以面对他，打倒他。"他伸出手，慢慢将她脱力的五指捏紧，包成拳，"去吧。该有的一击，你来完成。"

他撤回了手，失去支撑的拳头在空气中极细微地发颤。她低头看向被揍得半边脸都肿起来，已经无力动弹的梁邱材，胸膛剧烈起伏。的确，姜蝶告诉自己，她不再是十多年前手无缚鸡之力的小女孩了，就在刚才，那个脆弱的她已经永永远远地跑开。姜蝶来到蒋阎刚才的位置，欺身而上，扬起拳头，吐气，咬紧牙关向下挥出拳头。蒋阎沉默地站在她的身后，谨防梁邱材做出任何反击。

手电筒依旧静默地搁置在地，照亮墙上这一幕黑白默片，姜蝶瘦削的剪影此时已经完全盖过梁邱材，将他压成蝼蚁。

下一秒，这出黑白默片到了高潮——

姜蝶的拳头落下，精准击中梁邱材令人作呕的灵魂。

"向我道歉！"她用尽全力大喊，"向你伤害过的孩子们道歉！"

梁邱材被打得头一歪，依旧没认出她是谁，气息虚弱地张开嘴，只是对她言听计从："对不起……对不起……对不起……"

姜蝶凝视着他可笑的、低声下气的姿态，忍不住觉得荒谬。原来梦魇般跟随自己多年的男人，竟然是如此脆弱，如此不堪一击，就像身侧墙上的影子，摆正了角度看，一点都不庞大。那么弱小的一团，却横亘在她心上这么多年。

认清的一霎，姜蝶终于可以放下了。她还未站起身，上半身突然晃了一下，昨晚那种挖掘机近在咫尺的感觉又回来了。

"跑！"

是余震。

蒋阎最先反应过来，拉起姜蝶要往外冲。然而，她离梁邱材太近。他倒在地上，死命地抓着她的腿，姜蝶急迫地想蹬开他，梁邱材却在这个时候铁了心要拖她下水，怨毒地低语："要死一起……"

"死"字还没能脱口而出,被蒋阎一脚踩住嘴,踹进了喉咙里。

蒋阎移开腿,转而一脚踩住梁邱材的小臂,在黑夜里沉沉地盯住他,说了一句话。

蒋阎每说一个字,力气就加重一分,字字句句,伴着剧痛无比清晰地传入梁邱材的耳中——

"我都不舍得拖下地狱的人,轮得到你来?"

梁邱材感觉自己的关节都要碎了。

"我告诉你,老天爷都不可以。"

63

梁邱材在剧痛之下不得不缩回手,但因为这一耽搁,导致他们的逃生变得艰难。

余震还在继续,而最让人崩溃的是,百货商厦虽然能抵御得了一次主震,但内部结构已经是强弩之末。这一次余震的晃动,成了压倒骆驼的最后一根稻草。

从商场到卫生间需要推开门,拐过一条长廊。而他们还没跑出厕所通往外部的那条长廊,就听见大厅整个崩裂的声音。蒋阎推了一下大门,似乎外头已经被掉下来的钢筋堵住,只能推开很小的一条缝隙,根本出不去人。

蒋阎当机立断地折返,试图寻找别的安全出口。

姜蝶被他抱着,明明世界快要颠倒,她栖息的这一片地方却很稳。他在担心她刚刚被打伤的身体,但又迫于寻找出口,因此身体高度紧绷,姜蝶甚至能感觉到他不自觉沁出的汗浸到她身上。他的手得空抽出来,将她的脑袋往自己的怀里又紧贴了一寸。姜蝶立刻明白过来这个动作背后的用意——如果头顶有碎石或者巨物陷落,那么他的身体可以成为她的保护壳。她的身体没有被飞下来的碎石块击中,她的心脏却没能幸免,传来抽痛感。

姜蝶松开紧抓着的衣领,含混道:"你放我下来吧,我自己能跑。"

蒋阎置若罔闻,她更大声地说:"你没有带着我跑的义务,我们已经没有关系了,是陌生人!你听明白了吗?"

"你白天不是挖了一天的石头,只为了救陌生人吗?"

蒋阎终于回答。

"那是在安全的情况下。"姜蝶咬着牙,"现在我们都自身难保了!"

"不会,我们都能出去。"

他在这个时候还保持着无比的镇静,如同四年前的曼谷,危机突发的街道上,他用手机的光亮镇定地指挥着大家跟着他走。只是这回,他们还有那样的好运可以逃出生天吗?

像是在回应她内心的疑虑,他们脚下的瓷砖碎裂开,余震已经蔓延到了这里。

蒋阎的身体再稳,也无法和大地抗衡。

他步伐一踉跄,不可避免地往一旁栽倒,姜蝶也随之从他的身上滑落,他紧紧撑着不肯松的手终于被迫放开。两人摔到两边,头顶已经凹陷的天花板早已摇摇欲坠,在震动的这瞬间跟着垂下,将他们彻底隔绝开。

随着这一块天花板的坍塌,其他的钢筋、石块也跟着迸溅掉下。姜蝶本能地护住脑袋,缩进刚才掉下的板子撑起来的安全区。

这波晃动来势汹汹,去得也快,随着震动逐渐平息,她的周身被楼板围满,她被圈死在里面。唯一庆幸的是她躲得及时,余震的破坏力不算特别强,身体没有哪个部位被压住,只是受了点被碎块割破的皮肉伤。

楼板的另一边传来模糊的、蒋阎的声音。

"姜蝶!"

他还是这样喊她,声音短促,仿佛害怕失去回应。

"我没事。"她犹豫了一下,"……你怎么样?"

"我也没事。"

"你能出去吗?你能出去的话就去找救援,我这边被困住了。"

他没回答,姜蝶听到楼板和地面的摩擦声,似乎他正在尝试推动。

半晌，蒋阎喘着粗气说："不行。"

听到这个消息后的姜蝶不免感到绝望，两个人都被困住了，现在全城狼藉，不知道何时能等来救援队。他们陷在商厦里，被快速救出去的可能性微乎其微。

"我们一定能出去的，你不要怕。"

蒋阎保持着不急不缓的语调，虽然姜蝶知道那话根本不管用，但不知怎的，飘忽的心得到了一个落脚点。她也在心里告诉自己，没事的，他们一定能等来救援。

"现在最重要的是保持体力，已经是半夜了，不会有人来。先好好睡一觉，也许明天早上醒来，救援队就来了呢。余震来了也不要紧，我们现在的位置反而是安全的。"

他难得絮叨了一长串的话，姜蝶"嗯"了一声，心里知道蒋阎说得没错，现在最重要的就是保持体力等待救援。

她突然想到还躺在最里面的那个人渣。

"那梁邱材呢，他会死吗？"

"他可别死。"

蒋阎的回答让她一愣。

"我对他的折磨才在第一步，他不能就这么死。"

"……你对他做了什么？"

"没什么。"

只不过是以牙还牙，以眼还眼，用人渣惯用的伎俩对付人渣。他将楼宏远那套硌硬他的手法照搬下来，用在梁邱材身上，再放出风声让他被他老婆猜忌。

自从挖出当初伤害姜蝶的人是梁邱材之后，他没有一天不想着该怎么把这个人折磨至死。要让一个人赎罪，就不能让他痛快地离开，必须要温水煮青蛙，让他清醒又无能为力地看着自己行尸走肉般地活在这个世界上。

蒋阎对自己是如此，对楼宏远是如此，对梁邱材也打算如此。只是计划才刚施展一步，姜蝶的出现，还有这场地震打乱了一切。这大概就是所谓的，人算不如天算。

"我的事不需要你插手。"姜蝶垂下眼，"如果他还活着，我会亲自让他臭名远扬。"

"好。"他顿了顿，轻叹，"你总是比我想象的勇敢。"

姜蝶不再答话，将身体谨慎地缩在楼板下，虽然神经依旧在高度警惕，但身体已经超负荷，过了没多久，眼皮逐渐耷拉下来，失去意识，再次醒来时，世界依旧是漆黑的。

也许外面天已经亮了，但密不透风的楼板把一切压得死死的。楼板的上面还有楼板，将日光牢牢隔绝。飞尘堵在喉咙里，姜蝶忍不住开始咳嗽。

"你醒了？"

隔壁迅速传来蒋阁的声音。

姜蝶迟疑道："现在是白天了吗？"

"应该是，你饿不饿？"

"不饿。"

刚理直气壮地说完，肚子就特别配合地跟着叫了一下。

"……"

她听到隔壁传来一声隐约的笑声，接着，楼板的缝隙里有什么东西塞过来。姜蝶看不清，凭着手感摸索了一下，是一块面包，还有一瓶水。姜蝶一愣，那好像就是昨天白天他递过来的那两样。

"这是不是昨天的……？"

"在保质期内，可以吃。"

"谁在意这个了……"姜蝶声音干涩地问，"你自己呢，还有吗？"

"我刚吃过了，现在还留了一瓶水。"

"谢谢，那我不客气了。"

姜蝶咬咬牙，拧开瓶盖"咕咚"灌下一大口。生死攸关的时刻，她不会再去怄气不要这些珍贵的资源，她不能对自己的身体逞强。她对姜雪梅保证过，要安全回去。

黑暗里，一时间只有姜蝶窸窸窣窣吃东西的动静。吃到一半，她捏着手心里的面包，忽然停下来。

"我吃饱了，另一半给你吧。你再怎么吃不下东西，食量总是比我大的。"

隔壁的蒋阎，正一动不动地缩在楼板撑起来的角落，避免任何体力的损耗。

他只希望姜蝶不要在这时候犯倔，见她收下面包和水才松口气，完全没有想过她会在吃到一半时停下来，说"我把另一半给你"，以至于让他措手不及。

怎么这么多年还是没长进呢？

眼角泛酸，蒋阎把头埋进胳膊里，咬了咬牙。再次开口时，声音一如往常："不用，我真的吃不下。"

"到底是为什么？"姜蝶沉默了一会儿，还是出声问，"什么时候开始的？"

他却笑着一笔带过："你在关心我吗？"

姜蝶不说话了。

半晌，她听到隔壁传来很轻的一声叹息。

"因为我的二十四小时私房小馆已经打烊很久了。"

姜蝶的手指在黑暗中绞紧，她回道："不是打烊。"

蒋阎呼吸一滞。

"是彻底关张。"

隔壁又是长久的沉默，他转移话题说："剩下的半块面包你留着吧，第二天吃。如果救援队还不来的话。"

"我不需要，半块够了。"

"我是说真的。"他语气忽然认真，"我不是和你客气，我有把握。"

"你有把握？"

这是什么意思？

蒋阎呼出一口气，闭上眼睛，眼睫在微微颤抖。

"在福利院的时候，你听说过我有一个坐牢的爸爸，对吧？"他扯了扯嘴角，"但我没告诉过你，他是犯了什么罪。当时我不想提起他的一切,尽管,我每天晚上都会梦到他。

"梦到那个黑漆漆的盗洞,周围是四陷的流沙,我就抓着一根绳子,拼命地往上爬,一直往上爬。我以为我就要爬出去的时候,那个男人却拿着一把刀在上面等着我。

"我为什么会梦到这个呢……"他自言自语,"因为我曾经就待在那个盗洞里头,比现在这儿更小,更黑,更深,没有任何吃的喝的,连氧气也更稀薄,但我还是活下来了,说不定我的身体其实很适合生活在地底下。"

就像老鼠天生适应阴沟,这是基因决定的。

而他无法摆脱的基因也是如此。

姜蝶的心脏随着他的话语在不受控制地抽搐。

她从来没有机会听到这些。从前他刻意隐瞒过去,而当一切真相大白,他们已经没有机会坐下来心平气和地说话。

"盗洞……"她不太确定地问,"是盗墓的那个?"

"对。你说过你是有罪的人,我又何尝不是?"蒋阎面向楼板,就好像透过楼板在和姜蝶面对面说话,"只不过你偷活人的东西,而我偷的,是死人的。"

她艰难地问出口:"是他……逼你的?"

"嗯。"

"他难道不是……你亲生父亲吗?"

"他是。"蒋阎笑道,"我宁愿他不是,这样他逼我的时候,我就不会那么痛。"

不知为何,听到这句话,她感受到一种剧烈的、被撕裂的酸楚。

"很久以前我总在想:我到底是哪里不够好,所以他不喜欢我。我就尽量地,不给家里添麻烦,只有饿到受不了的时候,才很小声地问他能不能吃饭。他第一次让我下盗洞的时候,我还很开心,以为自己能派上点用场了,我想这样爸爸是不是能稍微喜欢我一点。"

他语气平淡地呢喃,如死水在缓慢深流,毫无波澜。

"然后第一次下到盗洞里,我就发现了,原来,我是一条狗,而不是一个人啊。那么，我该怎么指望自己被当成人喜欢，而不是畜生呢？那一瞬间，我真的很恨他。"

这些语句就像雨点，"砰砰"打在石板上，姜蝶缩在石板下，听着雨点击打的声响，淋不到她，但那震颤的动静已经传到了她这头。她能深刻地感受到一个孩子曾拥有的希望，到后来的绝望。她觉得自己应该说点什么。

姜蝶抬起手，叩了叩楼板，喉咙使劲吞咽了一下："我曾经一直很想知道我的亲生父母到底是谁。我在想……他们和我失去联系，是不是很伤心很难过呀，所以我一定要活下来见到他们。靠着这个念头，我才在人贩子手底下苟活着。

"但是到了派出所的那天，警察却告诉我说：'没有人在找你，也没有人找过你。'

"起初我还告诉自己，也许他们是死了，除此之外我无法说服自己。他们为什么不来找我？我不是他们亲生的孩子吗？为什么他们可以这么残忍？但现在……我已经可以接受他们还活在世界上某个角落的事实。

"他们只是不爱我，不在意我是不是活着，我对他们来说甚至不如晚上吃什么重要。我逐渐接受一个事实，那就是爱不一定会发生在真正的亲人之间。血缘只是血缘，是生理的。可这并不代表，爱不会继续发生在我身上。爱是流动的、超越生理的存在。"

蒋阎用陈述的语气问："你会这么想，是因为姜阿姨吗？"

姜蝶回忆起昨天拨的那通电话，终于能无比自信地说出口。

"对，我很爱她，她也很爱我。"她突然一顿，"从某种意义上来说，还得感谢你。但这和你的背叛是两码事。"

"我知道。"他很小声很小声地说，"所以，你依然不会原谅我。"

姜蝶没有回答。

接着又是漫长的寂静，也许又到了夜晚，他们各自睡着又醒来，对光线已经失去感知，完全凭着身体的本能去衡量时间。外头依旧寂静，没有传来挖掘的动静，倒是又等来一次余震。这种感觉无比绝望，等不来救援，只有越陷越深的灾难。他们起初还说说话，试图驱散令人心慌的空白。到后面，横亘在他们之间的就只有空白。

没有力气多说话了，也不知道该说些什么，两个明明已经没有话讲的旧日情人，偏被老天摆在一起。

食物告罄，最后那半块面包蒋阎没要，他们在中间反复来回地推，最后在姜蝶的一再坚持下，一人分走一半。逐渐地，蒋阎丢给她的那瓶水也被她喝完了。

"穷途末路"——姜蝶无声地念叨着这四个字，却又心有不甘。

她叫着蒋阎的名字，问："出去以后，你想做的第一件事是什么？"

他们现在，只能依靠幻想支撑下去。

蒋阎说："我想洗一个澡。"

他的声音相比之前更微弱，也更干巴。

"你听上去不太对劲……"

姜蝶心头一跳。

"没……只是有点困了。"

"你和我说说话，先别睡！"

她一下子提高嗓门。

闻言，他笑道："这是三年来，你第一次想听我说话，而不是让我闭嘴吧？"

姜蝶咬紧嘴唇："我想听的时候你又不说了吗？"

"说，当然说。"他慢吞吞地，"我想再认真地，对你说一次对不起。"

"……你能不能说点别的？"

"但如果现在不说，就再也没机会了，我不想带着遗憾下地狱。"

姜蝶拧起眉头，心脏跳得越来越快。

"楼宏远能坐牢，是我举报的。所以他被带走前，说他一定还会再来找我，要弄死我。他进去后，我就开始做一个梦，梦中我好不容易拿着绳子爬上去，却在出口看到他拿着刀守着。"他语气微颤，"后来你的菩提种发芽的那天晚上，那个梦更完整了。他朝我笑，背光举起刀，向我捅下来。很疼，月亮是血色的。"

他说得有些颠三倒四。

"那颗菩提种对我来说，不仅仅能带来被收养的机会，也是活下去的机会。有钱人家一定有保安吧，他来了我也不用怕了。我进到蒋家后，真的没有再做关于楼宏远的梦，但我又开始做起另一个噩梦。"

"……是梦到我了，对吗？"

"我总会梦到那天你告诉我，其实你想把苗让给我。我很震撼，也不敢相信，每次醒过来只剩下后悔，想过换回去，可是蒋家……我当时反而庆幸你没来，后来又听说你去了好的家庭，我就更放心了。

"我说这些不是为了洗脱我自己，我知道这些掩盖不了那一刻我想要取代你的事实，我就是自私的一个人。"他在黑暗里缩成一团，已经没有力气再讲太多，"大概人生就是一个噩梦加一个噩梦的堆叠。但再次见到你，鼓起勇气和你一起走过的日子，是我这一生难得的好梦。"

多希望好梦不醒，可它就像课间的小憩，浑浑噩噩中带着贪恋，铃声一响，就得瓦解。

姜蝶眼前的黑浮起了一团模糊的雾，原来眼眶里不知不觉蓄满了泪水。明明水分是此刻最宝贵的东西，却争先恐后地从眼眶里掉落。余震没有来临，但她整个人都在颤抖和摇晃，感知到有什么正离她远去。

姜蝶喃喃："你以为说这些能够得到原谅吗？你必须活下去，被有我的噩梦折磨到一百岁才可以。"

蒋阎没有再回应。

过了半晌，他们之间唯一的缝隙里，有什么东西被塞进来。

"拜托你一件事，这是我在花都公寓的钥匙。你出去之后，回一趟花都，帮我在卧室衣柜的最下层找一件衣服。很好找，只有那一件。"他小心翼翼地，"我想穿着它下葬。"

听到"下葬"两个字，姜蝶的心脏骤然紧缩。

她在地上摸索着抓到冰凉的钥匙，烫手似的一把推回去，一边掉着眼泪，一边冷硬地回答："我不会去的，要去你自己去。"

蒋阎气若游丝地说："拜托你，我可能撑不下去了。"

姜蝶从没听过他这么脆弱的声线，仿若清冷的流水即将干涸到头，只留下断续的滴答声。她抖着唇，突然生出无穷大的力气拼命敲击楼板:"我都可以撑下去，为什么你不行？！"

"其实，我只有那一瓶水和那一块面包。"

从最开始想给你的，就是我所拥有的全部。

他说话的声音越来越轻，如羽毛飘落:"对不起，又骗了你。"

阴暗的废墟，最后只余下气流穿过空洞的死寂。

第三篇章 × 那我就做他的神

凤眼蝴蝶——.

64

姜蝶的视线依然是黑的,但是她的鼻端闻到了非常刺鼻的味道,这是不该存在于困住他们的废墟里的味道。她耸动鼻子……好像是消毒水……得救了吗?!得到这个信号,原本还昏沉的意识挣扎着想要苏醒。姜蝶眼皮微颤,光晕在眼缝翕张间漏进来……真的是光。

接着,所有的声音都从一片死寂中倾泻到耳边,脚步声,说话声,门开关的声音,椅子拉动的声音。她终于完全睁开眼,看见了病床边坐着的几个人——姜雪梅、陈叔、邵千河、卢靖雯,甚至连仲解语也在。

他们一窝蜂围上来,七嘴八舌地说着话,姜蝶听了半天才慢慢捋顺。宿怀的地震发生后,因为铁路被破坏,直到第二天晚上,救援队才进来。而她获救,已经是第三天的中午了。也多亏了仲解语,知道她去百货商厦上厕所,着急忙慌地拉着救援队先搜索百货商厦。

姜蝶的眼神一一扫过他们,无法从他们的表情里判断和她被困在一起的那个人现在是什么状况。

她张了张嘴,发现自己的嘴唇还在抖。

她不敢问。

姜雪梅还问她有没有哪里难受,姜蝶怔怔地看着她,盯着她的嘴一张一合,半响才呆呆地挤出一句:"我没事。"

病房门再次被打开,这回进来的人是文飞白。他先是和卢靖雯对上眼,摇了摇头。接着再看向姜蝶,惊喜地上前道:"太好了,你醒了!"

姜蝶却在脑海中反复过着他刚才摇头的动作。

"……那个摇头,是什么意思?"

她不自觉地问出声。

文飞白和卢靖雯对视一眼,他硬着头皮说:"蒋阎……"

姜蝶的呼吸蓦然急促。

"他没事!"文飞白吞吐,"就是……现在还没脱离危险。"

卢靖雯握住她的手低语:"但是不用太担心,肯定会没事的。他比你状况差一些,救出来时已经高渗性脱水休克了。"

一旦体内脱水,红细胞的输氧能力就会下降,产生的危险后果之一就是大脑无法得到及时供氧,最直接的结果就是死亡。蒋阎被救出来时,偏偏还吊了一口气在那儿,可也就那一口气了,抢救后昏迷不醒,人躺在ICU。

所有的受困者被救出来后,都一齐安置在宿怀附近的省城医院疗养,这期间蒋阎的父母一次都未来,只派了护工过来照顾他。这和集体出动的她这头来说,形成了很鲜明的反差。文飞白告诉她这些时,姜蝶忍不住就想起他在废墟里平淡陈述的那些话。她当时是怎么回答他的呢?她告诉他,爱可以是流动的,即便没有血缘相连,依旧会有比血缘更深厚的纽带。

但事实上,蒋明达不是姜雪梅,根本给不了蒋阎这些。

他依然是一个两手空空的孩子。

可是,那不都是你自己做的选择吗?你真的活该啊。

姜蝶心里这么想。可已经恢复到七八成可以出院时,她没有选择出院,而是谎称自己身体还没缓过来。一直到蒋阎从ICU转移到普通病房,姜蝶才说自己的身体没问题,可以出院了。

出院前一天的夜晚,她偷偷去了蒋阎的病房,站在门外凝视着他毫无生气的模样,又推开门,慢慢走进去。病房里,负责照看蒋阎的中年护工正在吃着苹果看综艺,公放着声音,嘻嘻哈哈的,显得病房特别热闹,越是如此,越显得插着呼吸机、神色苍白的他很寂寥。

对方看到姜蝶进来,慌张地摁灭手机屏幕,起身说:"您来探望蒋先生啊,他状况挺好的,我才抽空休息会儿。那我先出去,不打扰你们哈。"

护工火速溜之大吉,将房门带上,整片病房顿时空落落的。

姜蝶在空掉的位子上坐下来,视线不由得聚集在他插着针的手臂上,青色的血管像延绵在红色河流上的山脉。她对着这座无法给予回应的山,自顾自地开始说话。

"你这个人真的太自私了,之前擅自剥夺我的人生,现在又擅自帮我决定生路。你以为这一回我就会感激涕零了?你以为背负人命活下去会比死亡更轻松吗?你凭什么替我做这个决定?

"你擅自做就做了,为什么又要在最后时刻告诉我?你是故意的对不对?你希望我能因此原谅你,甚至不惜用生命做赌注,对吗?你是不是在那一刻还在算计我?"姜蝶喉头一哽,"我真的不知道,我也不想猜了。我只想告诉你,我原谅你了。"

她看不见的另一侧,蒋阎的手指非常不着痕迹地,颤动了一下。

"但我原谅你,不是因为这件事。"

姜蝶深深地吐出一口气,让语速平缓下来。

"你知道我再度面对梁邱材的那一刻,看到他在扒那个小孩的裤子时,我想的是什么吗?我内心有个声音告诉自己,你别想置身事外,你也是帮凶。

"我原本可以做得更好的,这么多年,我都有机会再次去抗争,把这个男人抖出来。可是我没有,才给了他伤害别人的可能。我只想着,自己逃掉已经是万幸了。"

姜蝶仰起脸,看着天花板,仿佛又看到了那时静止的天空。

可现在的天空看过去,已经和过去不再一样。这世上再不会有梁邱材,他被找出来时就已身亡。

"困在废墟里时,你和我剖析你的过去,我终于理解你了……因为我好像也更理解我自己了。你曾经说过你和我不一样,但其实……我和你是一样的。也许我们都逃不过自私和软弱,都免不了在某一刻当生活的侏儒。我终于接受这一点了,就像接受这个世界上生活着并不爱我的父母。"

总是让人遗憾的疼痛和带给我们温暖的东西一起存活在这个世界上，也一起存活在身体里，构成名为"人"的小世界，它们的地表是一湾深浅不一的河滩，落潮之后，每个人都留下了属于各自的沙石，也残留过，小心翼翼地想要献给彼此的珍珠。

姜蝶伸出手，将他额前的碎发捋平。

"你真的不再欠我什么了，也不要再被过去困住了，快点醒过来，好好吃饭。我们都各自往前看吧，开始新的人生。"

她说："这回是真的再见了。"然后转身离开。

不一会儿，护工去而复返，填补姜蝶的空位，继续没心没肺地拿出手机刷短视频，时不时迸出笑声。

嘻嘻哈哈的段子声里，床上的人，眼角无声息地沁出静默的水渍。

因为姜蝶他们出差遇险的事，公司特地发了一大笔抚恤金，并且给他们放了一个小长假。而对于受伤最严重的她，总监特地打了电话慰问，透露会将年末欧洲考察团的名额分给她一个。

考察团的名额一般不会落入区区设计助理手中，出去转一圈能长非常多的见识，机灵点还能认识不少大咖人脉，这个意外之喜将地震的阴霾冲淡不少。这中间，姜蝶跟着姜雪梅回了花都休养，在回程的列车上，她忍不住把疑问说出口："妈，你当时给我打电话说腰伤的事情，是不是蒋阎告诉了你梁邱材的事，让你来阻止我别去？"

姜雪梅心虚道："这种人，我们惹不起还躲不起吗？幸亏死了，老天有眼。"

"我还可惜他就这么死了。"姜蝶看着窗外，"该躲起来的人是他，而不是我们。"

姜雪梅一愣，似乎第一次听到姜蝶这么反驳，半晌，点头道："说得对，哪有人躲老鼠的道理？不过这次多亏蒋阎跟去了，他这孩子……"她小心观察着姜蝶的脸色，忍不住说，"其实人挺好的，都分开这么久了还关心你。"

姜雪梅不知道他们的那些过往，分手时姜蝶也只告诉她是因为性格不合。

"两口子之间哪能没有摩擦？你看我和你陈叔，我们现在在一起也动不动吵架。钥匙和锁能正好那是工匠修的，工匠上哪找呢？还不就是我们自己。"

姜蝶看着远处正在接热水的陈叔，揶揄地问道："你们都谈了好几年，是不是也该考虑结婚了？"

姜雪梅一下子支吾起来："结什么？这有什么好结的？我啥样的人啊。你陈叔是提过，但我觉得不用。"她跟着看了一眼陈叔，"现在这样也挺好的。"

姜蝶从她那个欲言又止的期盼眼神里，莫名感受到了姜雪梅的心情。

年纪大、离过婚、丧过女、条件不好、一生坎坷，各种落魄的标签贴在姜雪梅身上，让她自觉是个不配正式得到爱的女人。

姜蝶若有所思地站起来，拿起水杯："我也去接点热水吧。"

姜蝶回到花都一阵子后，听说蒋阁终于醒过来了。

她彻底放下心，难得过了阵清闲日子，每天都睡到自然醒，起来后帮姜雪梅做家务。除此之外就一直往外跑，不知道一天到晚都在干些什么，还拾起了好久没再更新的视频号，发布了一条 vlog。

这个 vlog 的名称让姜蝶的老粉们都吓了一跳。

因为它的名字叫作——"欢迎来参加我的婚礼。"

老粉们大受震撼地点进去。

视频刚开始，姜蝶手持着镜头，对着大家打招呼。

"Hi，我的老朋友们。很久没见了，今天呢……想邀请你们一起参加一场婚礼。当然不是我的婚礼，那只是骗你们点进来的，毕竟我消失这么久，不当标题党你们肯定都无视我了。"她狡黠地一笑，"今天这场婚礼比较特别，因为婚礼的女主角，也就是我妈，还不知道今天将是她的婚礼，只知道今天是她的生日。

"希望你们能和我一起见证我妈的婚礼，大家记得把'祝99'打在公屏上!"

接着镜头被架在了一个很隐蔽的位置,能纵览姜蝶家的大半个客厅,直对着大门。姜雪梅从门口进来时,丝毫没注意到还有个相机在拍她。

姜蝶拎着一个大盒子走出来,推到姜雪梅面前:"妈,这是我给你准备的生日礼物。"

姜雪梅眉头一皱,嘴角却是压不住的笑,叹道:"这么一大盒子,得花多少钱啊?"

"没花多少钱,我自己做的!"姜蝶哄着她打开,"快看看喜不喜欢。"

姜雪梅依言打开,盖子被拿掉的那一刻,她呆呆地望着,里面陈列着一件雪色的婚纱

上面的每一颗红色钉珠,都是姜蝶缝上去的,组成一株梅花——世界上独一无二,只属于姜雪梅的婚纱。

她的眼睛一瞬间就起了雾,看向姜蝶:"这些天你不声不响地跑去外面,都是在做这个?"

姜蝶摸了摸鼻子,羞于和姜雪梅对视。

"你给我织了那么多年的毛衣,我给你做一件婚纱还便宜我了呢。"

姜雪梅别过头,红着眼睛去看盒子。她伸手想去拿婚纱,手伸到一半,又迅速收回,在裤子两边蹭了蹭,犹觉得不够,转身小跑着离开镜头,再回来时,双手湿答答的,正仔仔细细地把水擦干。

这一瞬间的姜雪梅,就好像回到只有几岁的时候,妈妈在新年时给她做了身新衣裳。

那是她第一次体会到什么叫惊喜。

而在人生过了大半,头发都斑白,需要去焗发的这一把年纪,她再次和那种情绪相逢。

但是刚拿到手,姜雪梅又不好意思地放下了。

"好看,真好看。先收起来吧,根本没什么机会穿呢,怪害臊的。"

"怎么没机会穿?"

姜蝶拉着她到窗边,示意她往下看。

这时，镜头一切，画幅变了，能看出是姜蝶拿着手机录的。

镜头从窗台探出，画面拉大，对准楼下的一个男人，模糊地看去，非常年轻，穿着一身笔挺的西装，跨坐在拉风的黑色摩托上，像是哪个在等女朋友约会的年轻小伙子。然而，那张脸抬起来，暴露了岁月的痕迹——哪是什么年轻的小伙子，根本就是年过半百、一身沧桑的陈叔。

可他望向窗台，眼神和姜雪梅相遇的那一刻，完全就是第一次陷入爱河的傻小子，能傻傻地在楼下等她一夜，被夜露浇湿眼睛，爱人的影子因此更加鲜明。

姜雪梅愣愣地趴在窗台，看着陈叔无措地整着自己的西装领子，手指紧绷地捋顺褶皱，又慢慢握成拳，最后伸展开，郑重地举到嘴边，仰头对着她们的窗台大喊：

"姜雪梅，我想问——你愿意嫁给我吗？"

在回程的列车上，姜蝶捧着水杯过来，突如其来地问了他一句："我们一起给我妈准备一份让她毕生难忘的生日礼物怎么样？"她看着他的眼睛，"但我得提前确认一下，陈叔你……能接受第二次被拒婚吗？"

他一愣，挠着头笑："如果对象是你妈，第二百次都可以。"

于是，他们背着姜雪梅，秘密地策划了今天这场不算婚礼的婚礼。

姜雪梅已经完全蒙了，又哭又笑的，不知该如何是好。

她扭头看看姜蝶，又扭头向下看陈叔，整个人已经变成一只脱线的风筝，摆脱了几十年被世俗偏见牵绊的缰绳，恨不得即刻飞到他的手里。

镜头再一切，昏黄的夕阳下，穿着雪色婚纱的女人穿着运动鞋跑向男人，两个年纪加起来已经超过一百岁的情侣，决定在这个黄昏骑着摩托去码头看海。

最后是两行黑色的字幕——

谢谢你们来看。

这是只属于他们的，两个人的婚礼。

65

姜蝶发布这个视频没多久后,微信里意外地收到了一个很久没有联络过的人的消息。

这个人就是盛子煜。

他毕业后就留在了花都,目前进了一家平面广告公司,给各种产品拍平面广告。这和他的艺术理想背道而驰,但胜在工资高。

玩摄影富一代:还以为你弃号了。

玩摄影富一代:光那个视频名称就把我吓死了,心想你玩这么大,点进去才发现被你骗了。

小福蝶:怎么,是要来给我妈随份子吗?欢迎!

玩摄影富一代:……再见!

玩摄影富一代:我是看到视频,想到你是不是人在花都啊?

小福蝶:对啊。

玩摄影富一代:那可太好了!

玩摄影富一代:我们过几天有个线下聚会呢,常乐组织的,当时学生会的现在还留花都的大家一起聚一聚。

小福蝶:算了吧,没兴趣。

玩摄影富一代:哎哟,你放心,会长又不来,他又不在花都。

小福蝶:……我说他了吗?

玩摄影富一代:那你还顾虑什么?

小福蝶:你就当我还在西川吧。

玩摄影富一代:别啊……我们都好久没见了!

玩摄影富一代:之后你回西川咱们就见不到了,以后也不知道有什么机会能再见。总不能毕业那天就是我们人生的最后一次见面吧,太伤感了!

盛子煜的这番话让姜蝶也无端伤感起来。

尤其是九死一生之后，很多事情她真的看开了许多。她和盛子煜的那些矛盾早就过去，现在也会偶尔点赞，算是客气的老拍档了。他都这么说了，她再拒绝就好像显得过于不近人情，况且只是吃顿饭而已。

姜蝶答应了聚会的邀约，当天穿得相当朴素，一件套头毛衣配条牛仔裤就去了，进到火锅店后才发现，大家个个穿得像人中龙凤，似乎个个都想彰显自己目前生活得相当体面。

盛子煜也变得和两年前大相径庭，油头梳得飞起，穿着一件带Logo的奢侈品外套，起身挥手，示意姜蝶坐到他身边。他的左手边是常乐，视线滴溜溜地在两人之间转，凑过来打招呼："好久不见啊姜蝶。"

"好久不见副会。"

"没想到这次你会来呢。"常乐笑着说，"你俩……啥关系啊？不会又在一起了吧？"

有人也凑上来跟着八卦，姜蝶一看，可不就是丁弘。

"啥？我们蝶妹子不是和邵千河在一起的吗？"

常乐欲言又止地含糊道："关你什么事？瞎凑热闹。"

盛子煜也莫名其妙地看向常乐："对啊，人家不是有男朋友吗？怎么又扯上我了？"

姜蝶一挑眉，反应过来常乐应该是从邵千河那儿知道了什么。他俩本来就是朋友，关系近，八成已经知道了他们分手的消息。她也干脆不藏着掖着了，直言道："我和他已经分了。"

丁弘"哇哦"一声："失恋了啊，那今天可得陪你好好喝一场！"

姜蝶失笑，发觉丁弘还是老样子。

菜品陆续上桌，众人各自聊着彼此的近况，还不知道姜蝶在宿怀经历地震的事情——知情者只有文飞白和卢靖雯，但他们都没有宣扬出去。姜蝶更不可能把这段经历拿出来说，就简单分享了下在Von的工作体验，其余时间都在专心涮肉。

酒过三巡，大家打乱了顺序坐，开始例行的各种自拍合影。

丁弘拿着酒坐到姜蝶身边，和她碰了一杯，像是不经意地问道：

"你当年为什么会和会长分手啊？他们都说是会长甩的你，我可不觉得。"他压低声音，"当年你去巴黎后，会长晚了一个月才回学校，虽然大四管得很松，但那可是会长，一节课都不来太夸张了。"

这是第一次，有人在她面前提起他们分手这几年，关于蒋阎的一些浮光掠影。姜蝶的筷子在满是肉的锅里捞了半天，愣是没夹上一块——依旧会有心绪的波动，但已经从纷杂不清的旋涡变成了一条顺直的河流。

她神色淡淡地道："也许是家里有事吧。"

丁弘好奇道："所以不是你甩的他吗？我还挺想知道是不是会长有什么很不好的癖好所以你忍不了啊。"

"他没什么特别不好的，但也没什么特别好的，就是普通人。"这是当她彻底放下任何滤镜后，给出的发自内心的、最真实的评价。她知道自己真的放下了对蒋阎的长久的怨恨，也不再希望听到他任何的隐痛而让自己痛快或者痛苦。

"蒋隆集团的'太子爷'还能是普通人啊，会长藏得够深。"丁弘摇头啧啧，"你也不是普通人，要是我铁定选他复合了。"

姜蝶终于把锅里的肉夹起来，放了一片到丁弘的碗里，示意他闭嘴。

"我和他现在就是各自安好，请你别再提他了。"

"OK，OK，"丁弘耸肩，举起手机要和她自拍，"天底下男人多得是，我帮你介绍几个优秀单身青年。"

她没把丁弘的话放心上，结果回去一刷朋友圈满头黑线。

丁弘居然发了条朋友圈，九宫格合照，其中有一张是和她的。

配的文字里有一句提到——

p6的美女目前单身哦，友情帮她征集靠谱青年！

姜蝶拳头硬了，立刻私聊丁弘让他赶紧删了重发，她现在不想搞男人只想搞钱！她不是说着玩玩，眼下全部心思都用来考虑一个更重

153

要的事情，那就是申请转岗。

每年开春，Von 都会有一次工龄一年以上的设计助理申请转向设计师的机会，提交自己独立设计的作品方案即可，但这个机会得挂钩公司的具体情况，比如该年有设计师离职，那么转岗就会容易些。她打探到明年似乎没有设计师有离职意向，意味着申请转岗的难度大了很多。

除了这个客观因素外，还有别的年限更长的设计助理估计也想申请转岗。粥少僧多，但越是这样，她越想挑战一下。

人不逼自己一把，怎么知道未来会怎么样？

当然还有一个小小的原因，那就是如果真的能转岗成功，工资会肉眼可见地翻番——早转岗！早享受！所以无论怎样，她都得试一试，失败了也没坏处，增长经验嘛。

她放平了心态，刚好趁这段在花都休假的时间找找灵感，开始画设计的草图——趁转岗申请还有个把月的时间。长假休完后，她带着无数被自己否决的草稿回到西川工作。

仲解语的假期比姜蝶的要短得多，毕竟她没受伤，早姜蝶一个月就返工了。对于姜蝶的回归，她展现出极大的热情。

"说好的姐要请吃饭，择日不如撞日，就今晚吧。"

"那我就不客气了。"

"今晚放开吃！"

到了下班点，仲解语叫到车，拉上姜蝶一起走。

她找的餐厅是一家日式居酒屋，有各种新鲜空运的肉类，食材极佳。姜蝶一进店就食指大动，夸赞说："仲姐你真会找。"

"这是蒋阁推我的。"

"……？"

姜蝶神情一僵，还以为自己听错了。

"哦哦，忘了和你说，我下午也问了一下他，毕竟当初是多亏了他嘛，我想也得请人家吃顿饭。他正好有空，最近才出院，还在养身体，不太忙。"仲解语没察觉到姜蝶脸色的古怪，继续说，"我也听说了你们以前是一个大学的,还一起被困,也算是缘分了,一起吃顿饭没关系吧?"

言谈间,有人拉开了居酒屋的门,风铃响动,姜蝶第一时间抬起头,看见了蒋阎。他的下巴好像更尖了一点,但脸色没有在病床上时那么苍白了,他身上穿了一件高领的灰色毛衣,拉开门的时候,掩过脸咳嗽了一声,大概是伤病的后遗症。

姜蝶若无其事地低下头,翻看着早已翻过一遍的菜单。

不一会儿,便听到脚步声过来,她头顶的灯盏被阴影笼罩,宛如庞然的"泰坦尼克号"驶过深色大海,正擦过冰川,下一秒钟,硕大的冰块便砸下来了。

蒋阎开口说:"抱歉,来晚了。"

差点灰飞烟灭,又挣扎着拢住余烬,拼合出淡然的声音,再一次落在姜蝶的耳边,令人难免想起废墟中最后那一幕,显得这一刻尤为难得。

"不晚,我们也才到。你看看吃什么?"

仲解语将另一份菜单递给他。

他坐在姜蝶和仲解语对面的中线上,不偏不倚,接过菜单,扫了一眼说:"沙拉吧,谢谢。"

"啊,忘了你吃东西反流……"

"没关系,是我推荐你的。我吃哪家餐厅都差不多。"他合上菜单,"这里挺不错的,我下属推荐我说这里肉很大份,也新鲜。"

姜蝶全程没说一句话,低下头按着手机,突然道:"仲姐,我看了菜单没什么特别想吃的,能不能换家店啊?"

仲解语一愣:"可是刚才……"

她指着大众点评上一家距离几百米的餐厅:"我们要不试试这个?"

"我是没问题啊。"她压低声音,"可这店毕竟是人家蒋阎推的,这样会不会打他脸啊?"

"不是他自己说吃哪家餐厅都差不多吗?"姜蝶终于看向他,"我们想吃别的可以吗?"

蒋阎看清那家她想换的居然是一家粥店,神色一怔。

他在她脸上巡睃一圈,慢慢点头道:"好。"

他们三人在姜蝶的建议下,换到了附近的粥店,仲解语照着推荐排行榜上的菜谱点了他们家的招牌菜,大份海鲜砂锅粥。

点餐时,蒋阎特意嘱咐道:"里面不要鱼肉。"

仲解语尴尬道:"你不喜欢吃鱼,还是海鲜都不喜欢?"

蒋阎肯定她:"没事,你点得挺好的。"

姜蝶低着头在回复微信消息,蒋阎也不说话,只剩下仲解语调节气氛。

"这次真的要谢谢你啊。"

她其实也有私心,感谢是一方面,当然还包含着试探。

蒋阎是她目前人生里难得一遇的优质股,以后的人生也难遇,要说不动心那才是撒谎,无论如何都想试一试。但她心里也清楚,蒋阎这样的人,要引起他的兴趣很难,所以她也没敢单独邀约,怕太明显了,才攒了三个人的局。

会拉上姜蝶,也是她觉得姜蝶和蒋阎两人间的气氛很古怪,想借机一并试探一下,如果真的有点什么,她可不打算插手。但到目前为止,两人的表现都非常平淡,看来应该就只是不熟的校友关系。

仲解语放下心,拐弯抹角地问:"你来和我们两个吃晚饭,你女朋友会不会介意啊?"

他很快回答:"我没有女朋友。"

"啊?"仲解语内心大喜,压着嘴角的笑问,"空窗多久了?"

蒋阎顿了顿,说:"不记得了,大概有三年。"

仲解语瞳孔地震。

"三年?"仲解语听到这个时间不太相信,瞠目结舌,"你这么年轻有为,家世又好,品性还这么善良,哪儿哪儿都挑不出毛病的人,怎么就不谈恋爱呢?要以事业为重吗?"

他正要回答,姜蝶猛地起身道:"我去下卫生间。"

蒋阎的余光瞥着她离开的背影,听到仲解语还在好奇追问:"还是有别的什么原因?"

他收回余光,摸着手指关节,垂下眼,忽然风马牛不相及地说了一句:"你知道微缩模型吗?"

"啊,就那个迷你的造小房子的模型吗?我在淘宝买过呢,168元包邮!"

一瞬间他的表情闪过无语:"嗯……差不多吧。"

"这个和你不谈恋爱有什么关系吗?"

"做微缩的一个好处,就是你是上帝,可以主宰这个世界。巴黎圣母院已经着火,但它在我手下还能一如当初,保持永恒。"

仲解语愣愣的:"我还是没明白。"

他很平静地说了句让她无言以对的话。

"我的心脏就是一个我可以主宰的微缩模型,我把我爱的人亲手放在里面。虽然我知道她已经不想再回来了。"他指了下胸口,"可是在这里,她是永恒的。"

66

这餐饭吃得很仓促,姜蝶从卫生间回来后,发现原本一直在活跃气氛的仲解语非常自闭。她此刻当然没心思活跃了,人已经麻了。

蒋阎明晃晃地把"唯爱前任"四个大字"刻烟吸肺",她当然要离"二手烟"远一些,免得伤身,一点想试探的心思都不再有。

仲解语兴致缺缺地开始边吃边玩手机,突然说:"啊,我朋友有急事喊我,我感觉我得赶去那边看看!"

姜蝶放下勺子:"那我们就到这里吧。我吃饱了。"

她看着姜蝶碗里只吃了一半的粥:"没事没事,你们再多吃点啊,我先走一步。"

说着,仲解语就叫上车迅速离开,四人桌边只剩下他和她。

姜蝶即刻起身去拿包,他也跟着起身:"我送你。"

她客客气气地回道:"不麻烦,我去坐地铁。"
他叫住她:"姜蝶。"
她停下脚步,平静地看向蒋阁:"怎么了?"
"你在病床边和我说的那些话,我听到了。"他说,"我有在听你的,最近都有在好好吃饭。"
"好好吃饭你还选刚才那家店?反流应该低脂饮食吧。"
"我想你会爱吃。"
姜蝶沉默了一下:"我以为我那天说得够清楚了。我真的不怪你了,我们都放下,重新开始各自的人生。"
"嗯,我知道。我还看到丁弘帮你'征友'的朋友圈了。"他笑了笑,"你别介意,想到你只是我的惯性动作,就和反流一样,需要一段时间去戒掉。"
姜蝶心里堵得慌,再也没法这么心平气和地和他交谈下去。
"再见。"
她又说了一遍,匆匆推门离开。

姜蝶抓着包,加快脚步往地铁站走去。
结果她发现,蒋阁没有离开,不远不近地走在她身后。
她憋着,视若无睹,但在黄线外等待时,视线还是会忍不住飘到玻璃反光上,那里倒映出隔了一个门站着的蒋阁。
列车久未到站,姜蝶终于忍不住向他走去,这回口气强硬了一些,说道:"你不是有车吗,为什么来坐地铁?别说你不是在跟着我。"
他坦然道:"我是。你晚上一个人回家不安全。"
"……我刚说的话你都当耳旁风了是不是?"
"你就当我是最后一次惯性动作吧。"他垂眸,那双望着她的眼睛似乎有许多话想要脱口,最终只浓缩成短短的一句,"毕竟,我们的终点是一家乱七八糟的粥店也太煞风景了,对吗?"
"随你吧。"
姜蝶干脆彻底挪开距离,走到了隔好几道门的黄线外。

几分钟后列车进站，深夜的地铁没多少人，空位有很多。

姜蝶走到角落的位了坐下，塞上耳机，依然是熟悉的法语听力。外语这种事不进则退，需要常年多听多说保持熟悉，她没说的环境，那么听这方面至少不应该落下，所以习惯了在上下班坐地铁过程中没事就拿出买的课来听。

但这截路程，耳边说了什么，她几乎全都没听懂。

地铁到站后，姜蝶快步走出车厢，没去看身后。

冷清的地铁站门口摆了个手抓饼摊，她一出站就闻到了浓郁的里脊肉香气，没吃饱的肚子咕咕地叫着抗议。姜蝶迟疑了一下，一想到身后的蒋阎，打消了滞留的念头，绿灯一起，抬脚就走。

上楼到家后，姜蝶没有第一时间开灯，而是静悄悄地走到落地窗边，躲在窗帘后面向下望。拜楼下的路灯所赐，蒋阎清俊的身影影绰绰照进眼里。

送都送到了，怎么还不走？难道要亲眼看着她把灯打开确认到家吗？

姜蝶收回视线，立刻按亮灯，不再关心地开始卸妆、洗澡。

她护完肤从卫生间出来，故作随意地从落地窗前绕回房间，顺便往下望了一眼，看见那个位置已经空无一人。

看来是走了。这个念头刚冒出来，玄关的门铃声就响起了。她这回学聪明地凑近猫眼一看，顿时无语：哪里是走了，分明是上楼了。姜蝶没开门，对着门外道："你怎么还不走？你到底要干什么？"

"提醒你一下。"蒋阎的声音在门外响起，"有东西挂你门上了，记得拿。"

接着，猫眼一空，这回是真的走了。

姜蝶皱着眉头，转身也进了房间，愣是不想开门看他拿来的东西。她撕下面膜，躺在床上按摩了十分钟，越按越焦躁，呼了一口气，"噔噔噔"跑到玄关将门打开——门把手上，挂着一袋她刚才眼馋的手抓饼，夹着培根、里脊、蛋、生菜，在入冬的天气里香气四溢。

姜蝶怔住，这个挂袋子的手法，猛然让她联想到中秋节那一袋来历不明的速冻汤圆。

原来,那也是他放的。

姜蝶将手抓饼取下来,直接拎到垃圾桶前。

扔进去前的那一刻,她的手顿住了,小指险险地钩住即将脱落的袋子。

最后,这袋手抓饼的落点不是她的胃,也不是垃圾桶,而是搁置在冰凉的岛台上一整夜,直到热气散尽。

入冬之后,姜蝶的生活又开始忙碌起来。

公司要开始年终的库存清点和整年的销售复盘,以及制订明年的新企划,这期间就会派人去欧洲考察,而姜蝶破例得到了这个资格。

乏味的生活突然多出一件令人无比期待的事,那些恼人的思绪都可以暂时放一边。

他们这次的路线是先和总部来的人在法国会合,然后去意大利,最后从德国离开。

姜蝶起初还很兴奋地想,说不定可以抽出空闲时间回巴黎的学校看看,结果连续的转场和开会耗去了大部分时间,别说回学校,连午饭都是在车里对付着吃三明治。

从巴黎到意大利都是很紧的行程安排,但是到汉堡就好了很多,行程到了尾声,他们上午开完会,到晚上坐飞机回程前,有一整个下午可以自由活动。

姜蝶和这些一起来的同事都不太熟,他们算前辈,都有自己的约,她只好自己一个人漫无目地乱逛,打算去仓库城附近看看。

仓库城原来是一个港口,光是站在桥墩上吹着下午一点的风、眺望江岸,其余什么都不做就很令人享受。

今天是工作日,街上闲逛的人并不多,因此姜蝶很快就注意到某一处红砖建筑前聚集的人流。

"Wunderlan..."

姜蝶念着红砖上的金色字母,一段支离破碎的记忆从脑海里闪回。

感觉已经是很久远的时光了,他们一起坐在车里,蒋阎撑着胳膊将她拢在怀中,手指撩着她下巴上的肉,她嫌痒打掉他的手,另一只胳膊举着相机,对准他。镜头将他那双潋滟的眼睛放大,他微微眯起眼,凑近,让她的心承受不住地跳快。

他说得信誓旦旦:"下次带你去,这次太仓促了。"

当时,他说要带她去的地方,就是她面前的这座博物馆,毫无指引,也不是特意,命运没有任何征兆地将她带到了这里。

姜蝶转过身离开,结果脚步绕了一圈,又迷路似的绕到了原地,鬼打墙一般。

算了,来都来了,人们最惯用的四字蹿上脑门。下一次来德国也不知道是何年何月,何必错过一个值得观赏的经典景点?姜蝶想通后,干脆地买票进去了,并为自己的明智决定鼓掌。里面的模型实在是让姜蝶大开眼界——不仅有世界各地的名胜景观微缩,还有无数的交通微缩模型:铁路、飞机场、运河里的船只⋯⋯其中最长的铁路模型长度都打破了吉尼斯世界纪录。

这些小小的交通工具真的在它们的空间里运转着,有秩序地启程、中转、到站,经历着日升月落。没错,令姜蝶瞠目结舌的是这些模型还有白天和黑夜的设置,间隔十五分钟,日头就会落下去,霓虹的光彩接连亮起,构成一个完整的世界。

她看得津津有味,曾经唯一一次亲手制作微缩模型的手感也跟着被唤醒,不知道那个模型现在怎么样了,姜蝶在人来人往的博物馆里开始走神。

最后她在这个博物馆消磨了整整一个下午,仍意犹未尽,真的有一种自己是上帝,观察着一个个运转的星体的感觉,所有的喜怒哀乐都变得与自身无关。

只是,这份平静没有维持到最后。

她在准备离开时,饶有兴趣地停在一座正在举行演唱会的体育馆微缩模型前。这个微缩的规模做得相当庞大,还原了一个巨型的体育馆。

复杂的程度也令人叹为观止,完全仿照演唱会气氛的霓虹灯光,主舞台上亮着LED大屏,内场座无虚席,两旁的看台上密密麻麻地坐满了各种形态动作的微缩小人。

工作人员看她凝神观赏,走过来用英文介绍说:"有兴趣放一个属于你的微缩小人进去吗?"

她指了指看台上空着的位置。

"啊……难道这些小人,都是来这里的游客放进去的?"

姜蝶突然反应过来,怪不得内场座位是最先被占满的,坐不下的小人好多都站在内场或者席地坐着,原来是前人都想占着好位置啊。哪怕不是真的看演唱会,但属于自己的小人也必须得有排面,不知怎的,有点可爱。

工作人员点头道:"事实上,这个微缩模型是一个公益项目,只要你愿意捐款,多少都行,你就可以选一个代表你的小人放进来。这笔钱我们会捐给儿童慈善基金。"

姜蝶一听,这是好事啊,连忙点头说"好",干脆把自己身上兑好没用掉的欧元现金一股脑儿拿出来,捐给了博物馆。接着,她在工作人员的指引下,从一筐还没被挑走的微缩小人里选一个。因为时间有限,她来不及精挑细选,随手拿走一个顺眼的,站到了体育馆面前开始愁眉苦脸地想该放哪里。她俯下身,手伸到内场又缩回来,不舍得自己的小姜蝶站着。毕竟这个演唱会要一直开下去,小人岂不是要站好多好多年?腿都得站废了。这么思索着,姜蝶俯身去观察看台上哪里还有空的位子,想让小人坐下,视线一排排扫过去时,目光停滞在某两个座位上——那两个小人模型,和旁边的都不一样——他们穿着宇航服,其中一个,做得丑丑的,手上还捏了面带蝴蝶纹样的旗帜,空着的另一只手,被旁边的精致小人紧握。

他们本该待在坑洼的月球上,却不知怎的出现在了千里之外的汉堡微缩博物馆里。

是谁将他们放进来的,可想而知——这个礼物一直只在蒋阎手上……他是用怎样的心情,将这两个小人放在这里的呢?

姜蝶维持着俯身的姿势,面庞被蓝色的幽光笼罩。

循环的十五分钟到了，白天与黑夜交替，霓虹色的蓝光随着LED屏闪动，一场热闹的演唱会开始了，好像另一个平行世界被开启。

　　在这个世界里，他们不曾分开，她没有和别人看演唱会，被别人甜蜜地亲吻额头；他也没有独坐看台，远远旁观。

　　在这里，他们依旧属于彼此，埋在各色人种的角落里，不起眼地坐在对方身旁，双手交缠。

　　不去月球了，要降落在有你的人间。

　　这里是永恒坚固的小人国，开着永不散场的演唱会。

　　于是，缩小的他们安静地躲进这里，就能永不分开。

67

　　姜蝶从欧洲回来后，收到了一个大好的喜讯。

　　卢靖雯和文飞白领证了，等文飞白过年回花都就办婚礼，婚期定在大年初五。

　　姜蝶夸他们这个日子选得贴心，她正好在花都不用开工。但即便她开工了也一定会特意飞回来的，这个伴娘的位置必须不能少了自己。

　　婚礼前一天，姜蝶就住到了卢靖雯家里，因为明天的婚礼将是一场甜蜜战役，她们一个主将、一个小兵都需要起得很早。两人约定早早睡觉，结果一躺上床，她们就开始不停讲话。这个房子是卢靖雯婚前买的小公寓，两室一厅，她爸妈住在另外一间，姜蝶只好和卢靖雯挤一张床，就好像回到了大学时代。

　　那时候姜蝶在外面玩晚了回去怕吵到姜雪梅，就会跑去卢靖雯的宿舍，也是这样挤一张床，有一搭没一搭地聊天说话，最担心的事是明天起不来床无法准点到。而现在呢，担心的事就变成了房贷、工资、皮肤……很多事在急速地消耗着天真，只是当她们额头挨上额头的一瞬间，那些烦恼又变得不值一提。

　　卢靖雯因为明天结婚的事还在惴惴不安，呢喃道："虽然证早领好了，但是总觉得不算数。只有想到明天，才会真的觉得要结婚了。"

她叹了口气,"怎么说呢,觉得好复杂,也有点担心。"

姜蝶捏了捏她的手给她打气。

"能修成正果是好事,也许婚姻会有新的困难,但也会产生新的羁绊。任何事情都有两面,我们能做的就是慢慢去接纳。"

卢靖雯看了她一眼,笑着说:"好啦好啦,你这话说得差点让我以为躺我身边的是我妈。"

"你嫌我说教是不是?"

"不是啦!就……感觉你比之前活得更明白了,我得向你学习。"

"你学我干吗,要房没房,要人没人,你才是人生赢家。"

卢靖雯欲言又止:"飞白邀请了邵千河之后才知道你俩分手了,你都没提前跟我吱一声,不然我肯定就不让飞白邀他当伴郎了。"

"没事啊,我和他是和平分手的。"

"……那有些话,我觉得现在可以跟你说了。之前看你恋爱挺稳定的,就没提。"

卢靖雯的话让姜蝶一震。

"不会有比照顾初恋还爆炸的事吧?"

"啊,不是关于邵千河的。"她支吾着,"其实我就是想和你坦白,你去巴黎交换那一年,不是让我帮忙照顾阿姨吗,但其实蒋阁也帮了很多忙,他说阿姨是世界上对你来说最重要的人,所以你不在的时间,他帮忙照顾一下是应该的。

"他是真的说到做到了,但他又不想直接让阿姨知道,免得她跟你说,所以基本都是通过我。"

卢靖雯拿起手机,点开和蒋阁的聊天记录,往上滑滑滑,让姜蝶看到他们的对话。

姜蝶首先看到卢靖雯的备注就笑出声了。

——伤姐妹心的狗男人。

她拉黑蒋阁太久,再看到这个账号时有些陌生,头像换了,不再是停着蓝色蝴蝶的那张,而是一张黑白的电影剧照,就是她当时没能看到尾声的《罗马假日》。

画面里,派克手插着兜转身,背后赫本已经离开,偌大的宫殿空空荡荡,所有的不舍和爱意都戛然而止。

这是他们故事的最后一个镜头,被他用来做头像。

姜蝶眼睫轻颤,视线下移。

对话框里,卢靖雯和蒋阁的对白无趣且重复。

伤姐妹心的狗男人:我买了腰贴,邮到你宿舍了,麻烦查收。
Lulu:OK。

伤姐妹心的狗男人:我帮阿姨预约了体检,可以麻烦你陪她去检查一下吗?时间是明天上午八点。
Lulu:OK。
伤姐妹心的狗男人:谢谢。
伤姐妹心的狗男人:[链接]
伤姐妹心的狗男人:这是情侣自由行套餐,你和文飞白拍了后选择我付款就可以。
Lulu:谢谢老板……其实真没必要!!我本来就该帮忙陪的嘛。

伤姐妹心的狗男人:[链接]
伤姐妹心的狗男人:[链接]
伤姐妹心的狗男人:这两件羽绒服哪件比较适合姜阿姨?
Lulu:1吧,感觉更保暖也更优雅。
……

诸如此类的对话。

向下好多都是这样,姜蝶滑得手酸时,看见了蒋阁掺杂在其中的、一句略显小心的请求。

伤姐妹心的狗男人:她在巴黎怎么样?
Lulu:挺好的。

伤姐妹心的狗男人：方便我看一眼她的朋友圈吗？

Lulu：……好吧！

卢靖雯将姜蝶的朋友圈截图给他看。

当时她设置的是三天可见，唯一的一条就是她拍的街角咖啡店，定位伦敦。

蒋阎过了很久回复，发过来一份文档。

姜蝶点开文件一看，里面列满了密密麻麻的伦敦游玩攻略。

伤姐妹心的狗男人：都是我去过亲测好玩的，可以转发给她，就说是你做的攻略。

卢靖雯不忍道：其实邵千河在带着她玩，用不着你这个了。

蒋阎间隔很久，回了一个"OK"。

姜蝶看着这个"OK"，关上了屏幕，无言地把手机递还给卢靖雯。

卢靖雯接过时忍不住说："我不会劝你们复合啦，你们分开必然有你们那时无法解决的问题。裂痕是真的，但爱也是真的，至少那些爱，我希望你能看见。"

姜蝶打了个哈欠，含糊道："好晚了，再不睡新娘子明天起来脸会肿的……"

第二天，闹钟在清晨五点准时响起，大家度过了兵荒马乱的一个早上。中午随便吃过东西后，所有人都要赶到酒店提前彩排。彩排完毕之后，姜蝶这个伴娘得和伴郎共同负责宾客的姓名登记和收红包。

文飞白那边的伴郎是邵千河，当初他们还以为两人没有分手才邀的约，觉得这样方便，现在反而成了一种尴尬。但邵千河还是若无其事地主动和姜蝶在忙碌的间隙聊天："身体已经完全恢复了吧？"

"谢谢你那时候还特地赶过来看我，已经好了。"

"我一直都很有责任感好不好？"他垂眸打量一眼她身上的礼服裙，笑着说，"还是第一次看你穿得这么正式，很漂亮。"

"你也是，第一次穿得这么人模人样。"

"啧,这听起来不像好话啊。"

"我说真的,穿西装能掩盖下你的散漫,以后多穿穿吧,这是专业建议。"

"真的吗?我这样比较帅?"他开玩笑地点着从二楼扶手直梯上下来的男人,"那那个人帅还是我比较帅?"

他点到的人虽然只露出上半身的黑色西装,但挺直的脊背和锐利的肩线将西装撑得格外出众,让人一眼就能看到他,仿如雪地里的一株黑树。

"要听真话吗?"姜蝶耸肩,"好歹是前男友,为了给你个面子我还是闭麦吧。"

然而当电梯下行到底,邵千河笑不出来了。姜蝶跟着看过去,嘴角抽了两下,也笑不出来了——这个人是她的前前男友!

蒋阁朝着两人走过来,看向姜蝶道:"是在这里签到吗?"

"……对。"

蒋阁是文飞白的同班同学,又是他现在的上司,被邀请也是理所当然的。只是没想到,他会真的特地在大年初五从西川赶来参加婚礼。他将手上的信封递给邵千河,这是他随的红包。和前面每包的厚度比起来,薄薄的就像只放了一张,过于拿不上台面了。然而邵千河接过来时,信封晃荡了一下,他才知道里面装了一张卡。

他挑眉道:"兄弟够意思啊。"

蒋阁面无表情道:"不是你兄弟,别再乱叫。"

这期间,姜蝶低着头两耳不闻窗外事似的写下蒋阁的名字。

等再抬起头时,蒋阁已经进入了宴会厅。

邵千河探究的视线落在她身上。

"怎么这么看着我?"

他笑了笑,说了一句让姜蝶愕然的话。

"你现在故作镇定的神情,和三年前我们撞上他在你公寓楼里那晚上一模一样。"

宾客全部到齐后，文飞白和卢靖雯的婚宴就正式开始了。

姜蝶坐在最近的一桌，看着卢靖雯从长廊的最边缘出现，慢慢走到璀璨的聚光灯下。虽然彩排时已经看过一遍了，但此时再看，心情截然不同。先是姜雪梅的婚礼，现在又轮到了卢靖雯——都是她生命中无比重要的人。目睹她们获得幸福，是比自己身披婚纱更幸福的事。

颤抖的脚跟隐在庞大的白色纱裙之下，卢靖雯一步一步地走到了文飞白跟前。他们背后的大屏幕上，开始播放主题为两人恋爱回忆录的VCR。

之前彩排的时候为了惊喜考虑，没有放这个VCR。大家都是第一次看，仰起头，聚精会神地见证他们从大学走进社会这一路的历程——认识以来的第一张合影，再到恋爱之后的第一张两人自拍，接着许许多多一起经历过的事情。其中，姜蝶还意外地看到了自己的身影，以及蒋阎的。那是一张四人的合影，在盐南岛的海滩边，他们坐在帐篷里。蒋阎原本低着头在处理微信上的工作，抽空漫不经心地扫两眼大屏，但在看到这张照片弹出来的电光石火间，他仰头的姿势定住了。

这张照片里，姜蝶正在偷看他，而他从来没见过这张照片。

当时他们自拍了很多，他每一张都偷偷存了，可以肯定发在群里的没有这一张。

他不知道的是，姜蝶怕自己拍出来不好看，事先让卢靖雯把照片都传来，她精挑细选了一遍。插入VCR的这张，正是当年被她排除在外不许发的，因为觉得自己的眼神太过赤裸。

那么克制不住地想靠近，可又不敢过分明显而显得小心翼翼，该如何用贫乏的词汇去形容她的眼神？蒋阎大脑一片真空，在看见照片的瞬间变成了失去语言能力的废人。

也许上帝的心情特别好，见证新人的婚礼，最顶峰的甜蜜瞬间，世界都美好到冒泡，于是一视同仁，眷顾地横扫到当年的他们，永恒的影像得以让他重温她的爱意。

虽然是延时的，只是一种反刍。

红毯上飘过的玫瑰花瓣重新长成花蕾,放到结尾的《罗马假日》播出第一条字幕,散场的音乐节又从前奏响起,而已经不会再拥抱的爱人,也在漆黑的帐篷里第一次凝视彼此。

VCR转到了下一帧,回溯的时间被纠正,魔法被打碎,一切美好如泡影消失。

可蒋阁怔怔的,在这满堂的喝彩里,居然再度看到了,姜蝶穿过众人,穿过时间,微转过来的眼睛。

68

姜蝶在看到照片的那一瞬间,也被猝不及防地击中面门。

原来那时候的自己,是那么那么喜欢他的吗?

她觉得好陌生,又仿佛有种被洞穿的心颤。

身体快于意识地在人群中搜索到蒋阁后,她才后知后觉地明白自己在做什么,立刻把目光移开了,举起手边的红酒喝了一大口。

台上文飞白和卢靖雯已经交换完戒指也互相亲吻完,准备下台来轮番敬酒,姜蝶作为伴娘得跟着,必要时刻帮忙挡点酒。

但姜蝶如同被打了鸡血,不仅疯狂挡酒,不需要帮忙挡的时候也跟着在旁边一起陪着喝。卢靖雯吓到小幅度捏她:"你这酒量行不行啊,悠着点!"

姜蝶笑道:"今天你结婚啊,我高兴。再说了,我这快三年都没喝大过,你放心。"说着又干了一杯以示自己完全没问题,卢靖雯撇撇嘴,随她去了。

敬到蒋阁那一桌时,因为多轮酒精灌下去的关系,姜蝶的脸上盈满了一种不自然的绯红,给人一种仿佛是见到喜欢的人在害羞的感觉。

蒋阁因此而不知所措了一秒。

下一秒,他微微皱起眉头,在姜蝶仰头要喝的当下一把夺过她的杯子,抢先一步喝掉。

周围的人都古怪地看着他们。

169

姜蝶愣了下，口齿不太利索地说："蒋总酒瘾好大，自己的不够，还抢别人的酒喝。"

他抽了张纸巾擦掉嘴边因喝得过快而留下的酒渍，没接她的话茬："少喝一点。"说完这四个字，他就坐下了，姜蝶也跟着新娘新郎移动到下一处。他说的这四个字姜蝶完全没听进去，反其道而行之，喝得根本没个控制，结束敬酒后，还觉得不够尽兴似的在位子上独酌。

她告诉自己，只是因为太开心了，偶尔放纵一下有什么不可以？这么大喜的日子。

婚礼的酒宴一直持续到晚上十点，大家陆续离去，姜蝶作为伴娘的职责也到此结束，和卢靖雯、文飞白道别。卢靖雯原本还担心她喝太多，但看见她离开宴会大厅的姿态还蛮正常，也就放下心了。

结果卢靖雯目送着人还没走出两米，姜蝶高跟鞋一歪，整个人滑倒趴到地上，旁边的椅子被她碰倒，发出刺耳的声响，引得还没走的人纷纷看过来。邵千河离得最近，正想着搭把手把人扶起，已经有人更快一步，将姜蝶打横抱起。而令邵千河完全止住动作的，是姜蝶瞬时环抱上蒋阎脖颈的手。

醉意似乎让二十岁的姜蝶上了身，逼出了她埋在最深处的本能。熟悉的薄荷冷香将她包围时，她浑浑噩噩地缠上去，忘了今夕何夕。蒋阎却因为她这么一个简单的动作，差点失手将人摔下去。

邵千河见状，用玩笑化解自己的尴尬："你行不行？不行我来。"

蒋阎神色怔忪，继而将人紧紧地往怀里一裹。

"这两年麻烦你了，"他深吸了一口气，然后平静地抬起眼，看向邵千河，"帮我照顾她，但也到此为止了。"

他对着文飞白和卢靖雯挥了挥手，说着"我送人回去"，很干脆地抱着昏昏沉沉的姜蝶离开了酒店。

代驾已经开着车在街边等待，蒋阎将姜蝶小心地放在后座上，自己也坐到她身旁，让师傅按原地址走。接着，他按下车门边的按键，前后座中间有一块挡板缓慢落下，将他们两人同司机隔开。整个世界缩小成二分之一：我和你，以及我们之外的别人。

蒋阎靠过去，枕在姜蝶的脑袋上，一只手圈着她，轻轻地拍着她的肩头。车子隔音极好，听不见外面的任何响动，映出霓虹灯的车窗在车轮的飞转中浮过两张神色不一的脸。

他眯起眼睛，再学着她，慢慢闭上，近乎无声地念道：

"原来你也在想我吗？"

他微微勾起嘴角，仿佛因为这一认知而感到喜悦，笑容却比哭还勉强。

"即便……只是那时候的我。"

车子开到他在花都的公寓，蒋阎将已经睡着的姜蝶抱进家门。

他在路上就下单了卸妆油和化妆棉等护肤用品，抵达家里时，那些东西也一并送到，正好可以用得上。其实他对卸妆一窍不通，三年前姜蝶喝断片那次，她因为是去和卢靖雯逛街就顶着张素颜，他把人带回来也只是帮忙洗把脸。这一回，她脸上化了很浓的伴娘妆，还贴着假睫毛，但这个撕下来会不会把眼睫毛也连带着撕下来？

蒋阎把人放在沙发上端详，拧起眉认真思索着这个问题，打开手机搜：假睫毛怎么撕不会疼？

接下来的每一步，他都宛如婴儿学步，笨拙地依靠着搜索完成，一分钟就能卸掉的全脸妆愣是磨蹭了整整半个小时。最后他用热腾腾的毛巾敷在姜蝶脸上时，她咕哝一声，他跟着笑了一下，双手撑在沙发的扶手两边，"强迫症"犯了，凑上去检查有没有没卸干净的地方。

鼻尖对上鼻尖，只有些微的空隙时，他凝视着她湿漉漉的眼睫，呼吸开始隐秘地波动，不知道下一步该怎么办，想抽身，却不舍得，于是保持着这种近乎于呆愣的、近距离的沉默。

先一步打破沉默的人是姜蝶，她皱了下眉，忽然翻了个身，伸手去抓礼服背后的拉链，嘴里咕哝着"好紧"。她穿着束腰的礼服，小肚子因为今晚喝了过量的酒被撑得鼓鼓的，看上去很像揣了个小皮球。

蒋阎脸上不由得漾起笑，抬手想帮她松开。他开始只是为了替她解开纱裙,让她好好休息,但真的上手的刹那,一切都变味了。礼服外圈的白纱摩擦着掌心,粗糙的触感直接穿透皮肤的纹理,落在他的心脏。蒋阁下意识地舔了下唇,手指逆流而上,摸到了拉链的金属外壳,触感生冷,却更让人起火。

昏黄的灯下,轮廓分明的喉头轻微滚动;拉链拉下来的吱嘎声在静悄悄的夜里就像宇宙大爆炸的声响,炸得他大脑生疼。

他知道自己如果再不住手,一切就会完蛋。

但要怎么住手?大脑里的警报系统就在刚才那瞬间崩裂,他的思维彻底被想念和欲望的病毒霸占,叫嚣着再靠近一点,抱紧她,吻下去,不顾一切,趁宇宙没把一切炸掉之前。

一场山火摧枯拉朽,不受控制地蔓延。

手臂上的青筋因为这股撕扯而凸起,他僵持在半空中时,姜蝶猝不及防地睁开眼睛。她醺然的眼睛让漆黑的房中下起了一小片雷阵雨,他被兜头打湿,所有的焰火熄灭,他屏住呼吸,似乎预料到了接下来自己会被剧烈推开。结果,他的雷达失灵了。

姜蝶愣愣地看着他,眨了一下眼睛,问:"你在做什么?"

她柔软而茫然的语气,让他即刻意识到,眼前的人还深陷在酒精编织的二十岁的幻梦里。在那个幻梦里,他是他,又不是他,所以,他没有被推开。蒋阁发出一声叹息,她疑惑地皱起眉:"干什么靠这么近?"

他声音喑哑:"帮你换睡衣。"

"我自己能换……"

姜蝶大着舌头,这回才将他一把推开,身体的记忆驱使着她走向蒋阁的卧室。蒋阁这下确定她喝得比上次还猛,到现在还未清醒,不然她刚才接的话就该是"我要走",而不是默认要留下来。

他听到里面翻箱倒柜的动静,忽然想起什么,赶紧跟上去,在看到姜蝶只是拉开衣柜上面的门后松了口气。她翻出一件白T恤衫往身上套,脱下来的小礼裙层层叠叠地堆在脚腕。姜蝶刚把白T恤衫往下拉到大腿根,就感觉到身后有人靠近,她想迅速转过身,身体却并不灵敏，因此只是微微动弹了一下，视线跟着笨拙地往下。男人正单膝跪在她脚边，冰凉的手指贴住她赤裸的小腿肚，将她和累赘的裙摆分离，她的小腿肚不着痕迹地颤了两下。

蒋阎轻柔地拿掉裙摆，仍保持着跪地的姿势，抬起头，仰视的目光对上她。

"醉成这样还能自己换？笨手笨脚的。"

他的声音极小，似乎怕破坏这场仙度瑞拉的梦境。

姜蝶定定地看着他，那目光让他瞬间心惊，有一种她已经清醒的感觉。

蒋阎整个人僵住，极为缓慢地站起来。

"姜蝶？"

他试探地叫了一声她的名字。

她"嗯"了一声，眨了下眼，刚才眼神中的那分锐利早无踪影，好似只是他的眼花。

"我好渴哦。"她扬起笑容，没心没肺地嚷着，"我想喝水。"

他迅速松了口气，说："好，我去给你倒。"

蒋阎折返到客厅，又是一阵翻箱倒柜的动静，他尴尬地发现——他的公寓里已经没有杯子了。所有的杯子在当年姜蝶送他酒瓶酒杯之后，就被他全部扔掉了，手边唯一剩下的，就是那只破了个口子的酒杯，他走到哪儿带到哪儿，成了一种习惯。

蒋阎盯着桌上那只唯一残缺的杯子，并不太想让姜蝶知道这件事。

其实这该是很好的手段，就在他们刚在一起那会儿，他的公寓里杯子还没被扔完，留了几个备用的，他却说已经没有了，故意把那只酒杯拿出来给她用。他想通过这样的方式，让那时的她看见他的在乎。

可现在，当这种在乎已经成为一种负累的时候，反而应该藏起来，不必让对方知晓。蒋阎想了想，摸出手机准备下单买矿泉水。卧室里的人却等得不耐烦，光着脚跑出来了。

"水呢？"

他晃了晃手机："正在送，再等一等。"

她歪着头:"为什么要这么麻烦?"

很小孩儿的语气,他听得哭笑不得。

"没有杯子了。"

"这儿不就是吗?"

她指着桌子上唯一的那只酒瓶酒杯。

他一愣,迅速走过去把杯子收起来。

"这个不行。破了一个口,会刺嘴,你不能用。"

"能喝水就行了,我好渴。"

她拨开他的手要拿,蒋阎无奈地将她的手臂连同腰身一起圈进自己的怀里。这一下,她过高的体温蔓延到他的手心。刚才已经熄灭的火焰又开始燃烧,蒋阎的呼吸变得急促。是他糊涂了,山火是不会被扑灭的,更何况是压抑了三年的山火。

那么,我可以拖着你一起燃烧吗?不下地狱,只在篝火边跳舞就可以。

姜蝶穿着他的T恤衫,在这之外,又被他的怀抱紧扣,被上了双重保险,密不透风,无法再脱身。蒋阎低头,下巴搁在她的肩头,头一转,漂亮的鼻尖靠近她细瘦的脖子,即将贴上去的一刹那,心如擂鼓,比第一次在浴缸里时还汹涌,令人窒息。这一次不仅掺杂了紧张、期待,更有害怕。但他还是没有停顿地贴上去了,大脑刚才所下的禁令和克制都被这场山火烧得灰飞烟灭。他的嘴唇停在遮盖着她温热血管的皮肤上方,静止不动。

姜蝶轻微地瑟缩了一下脖子,但没有躲开。

她的身体呈现出非常奇怪的僵硬,但当下,蒋阎以为那仍是酒精的作用。

他钳住她胳膊的手转而摁住她的后颈,力道慢慢变大,嘴唇沿着刚才停止的位置向上,细密地啄吻到耳垂,他终于舍得停下来,微喘息地对着耳朵问:"我可以继续下去吗?"

我可以继续下去吗?

这个声音响在耳畔时,她感觉自己的手脚被绑在电椅上,动弹不得,过着电流,神经顺势麻痹。

其实姜蝶已经清醒了,在刚才进入房间换衣服的时候。她误打误撞地翻开了衣柜的最下层,那里什么都没有,除了正中央的一只盒子。盒子上的Logo她眼熟得不得了——春尾衣良。更眼熟的是打开盒子之后那里面的衣服,正是当年她还一穷二白的时候,咬着牙从奖金里拨出钱买给蒋阊的礼物。只是那件礼物落在了餐厅,她以为就此不翼而飞,而不知怎的,居然还是物归原主,神奇地出现在他的公寓里。她很确定这就是当年她买的那件,因为盒子里还保留着一张手写卡片,分明是她的字迹——

  我最爱的衣服,配最爱的人——穿上之后务必给我自拍三百张!嘿嘿~

傻头傻脑的。

看着那行字,她晕乎乎的大脑清醒了一半,模糊地想起了她和蒋阊一起被埋在废墟下的光景。

快撑不住的时候,他说了什么来着——哦,好像是,他麻烦她找件衣服,要穿着下葬。

原来,就是这一件吗?

姜蝶抖着手,试了好几下,才把柜门关上。

69

她伪装的情绪,在看到那只破了的酒杯后,完全被割裂开。

身体里同时塞入两个自己,曾经二十岁的姜蝶叫嚣着想要抱一抱他,而现在的自己头脑冷静,带着审视的目光,冷静地劝慰着:"何必重蹈覆辙呢?已经一别两宽,不要再踏入同一条河流。"

从前的自己无奈地看着她说:"可你从来没放下过他啊。连邵千河都看出来了,三年前和现在,你的反应都是复制、粘贴,你还要装作若无其事吗?"

那又怎样?她倔强地梗着脖子,现在还不行,但以后总可以。

连旁人都无法拖你出来的废墟,不要指望时间了,你知道自己为什么出不去吗?

为什么?

她拼命地问向曾经的自己——因为蒋阎也一直在那片坍塌的废墟里啊。

在你以为可以跨出去的时候,他拖着你,不让你走。他根本不想走,因为这个人,他的确是爱着你的。

赎罪和愧疚也许可以让他一命换一命,但不需要连死都还要纠缠着穿上你送的外套,那也是他有罪的证据,干干净净没有羁绊地去往下一世不好吗?

是啊,不好吗?

姜蝶嘴唇嗫嚅,没有回答自己,也没有回答蒋阎,双手揪着他的衣衫,仿佛因为某种疼痛而缩起背,一头扎进他的怀里。她开始失态地啜泣,突然明白自己的这种情绪是什么——是遗憾,为决定不爱而遗憾,也为自己想要继续爱下去而遗憾,更确切一些,后者更接近的是不甘心。

她做到释怀和原谅已经是自我认知的最大让步,不甘心就这么轻易投降。

蒋阎愣住了,连声呢喃:"对不起,对不起,是不是我吓到你了?对不起……"

她只是摇着头,无措又崩溃地揪紧他。

身体的本能根本不排斥他的靠近,反而在不断渴求更多,她放任自己抓着他,在这没有空隙的拥抱里告诉自己,没事的,反正我已经醉了。

喝醉的人是不会被责备的对不对?

蒋阎在姜蝶反手抱上来时,浑身僵成一具被美杜莎瞥过后的雕塑,这是他在梦里都不敢有的画面。能被她主动拥抱,如同在机场等来了一艘船,还是一艘挪亚方舟,在他已经步入末日的世界开进来,搭下天梯。

他紧紧地攀住天梯,反手将她抱紧,手臂将宽松的T恤衫勒出一条绞痕,一提臂,将人抱上餐桌。

T恤衫跟着向上滑,露出的皮肤贴着冰凉的大理石,姜蝶咝声吸气,他紧跟着靠上来,两人的额头不算轻地碰撞了一下,还来不及喊痛,就被堵在喉咙里——非常不客气的,饿狠了的一个吻,丝毫没有刚才落在脖子上的轻柔,毛毛细雨突然变成冰雹,大地和天空以这样的方式再度连接。

她支吾着抓住他胸前的衬衫,将那一片扣得平整的领子揪乱,衣物摩擦的声音和呼吸乱缠。他靠在她的头上喘息,真是完美的角度,不需要弯腰,能完全平视地看着她的眼睛。

姜蝶抖着眼睛,汗淋淋地想说停下,但冰雹刚停歇,下一场风暴就来了。他贴着额头,鸦羽般的睫毛扑闪着,乱了节奏地喊:"蝴蝶……"

一个无比久违的昵称。自他之后,再也没有人这样叫过她。

从前每到情动时,他都会这样喊他,带着无比的珍惜。

曾经他们还在一起的时候,他从背后抱着她,一边吻着她的后颈,一边问她:"你见过全世界最漂亮的蝴蝶吗?"

"那是什么品种的蝴蝶?"

他轻笑,手指在她的后脖子打转:"就在我的怀里。"

她被夸得心花怒放,因一句本不该被深究的情话缠着他问:"怎么漂亮呀?难道我还真会长出翅膀不成?"

他便顺势摸到蝴蝶骨:"早就长出来了。"

"隐形的翅膀?"

她开了个玩笑,他顺势跟着笑,她背对他的姿势让她错过了他眼神里的雾霭。

这一次,即便夜色浓浓,他的眼神却无比清晰,尤其是面对面的姿势,那些脆弱、迷恋、阴霾,都一清二楚。

曾经无法宣之于口的东西,都已经明明白白地摊开。他们虽然拥抱得很痛，但抽掉了隐瞒的隔板。零距离当然会痛，骨头挨着骨头，最不堪的部分全暴露在眼下，但也好过隔着一层的拥抱舒服，摸到的全是打肿脸充胖子的海绵。

这层痛觉蔓延到深处，姜蝶在他一声又一声的呢喃里，真的变成了一只蝴蝶，暴风骤雨压过来了，她轻盈不起来，被他的危险气流裹着堕进风眼乐园。

雨滴打湿隐形的翅膀，落在蝴蝶骨上，汗涔涔地往下坠，淌成一条河。

一条他们曾藏在底下接过吻、漫过步，这次注定要让她栽进去第二次的河流。

姜蝶在接近黎明时醒来。

身边的人将她抱得很紧，就像孩子抱着人生里第一次收到的礼物，只是这份礼物是限时的，他耍赖不肯归还，试图用这种方式留下。

她被圈在这个紧到让人发汗的怀抱里，昏沉沉地回忆着昨夜黑暗里发生的一切，头蓦然痛起来，是因为宿醉，也是因为不知道该怎么面对的局面。

其实昨晚他们并没有真的做下去，刹车的人却不是她，而是蒋阎。

他在最后关头意识到手边根本没安全措施，抵着她的额头咬紧牙关，低喃着："这简直要杀了我。"

姜蝶懊丧又庆幸地回过神，幸好最后没做下去，不然是真的收不了场。

总而言之，先跑了再说。

为了不惊动蒋阎，她小心地挪动身体，和盗贼离开全是红外线的博物馆如出一辙，费了老大劲才得以脱身。

离开前她看了眼床上，蒋阎仍维持着同样的姿势，只是双手拥抱的地方空了一截，他胳膊上的睡衣还留着她压出的凹陷的痕迹。

此刻，那睡衣因为她刚才的挪动，手腕处往后缩了一寸，露出他很少很少的一截手腕，白得吓人的皮肤上，露出了一点点疤痕。

姜蝶本只是粗粗一瞥，视线刚要收回来，又落在那可疑的形状上，心脏跳得飞快，甚至比昨晚都快。她迟疑地伸出手，小心翼翼地将丝质睡衣又往上拉了半寸，凸起的肉龙形状跟着延伸了半寸。

姜蝶呼吸停滞。

窗帘没有拉严，黎明不知不觉到来，第一缕曙光破窗而入，鲜明地打在那条疤痕上，显得这伤痕尤为漂亮——破碎的东西，总是带着一股难以言喻的、令人震撼的漂亮。

而蒋阎手上的疤痕，就是一道接近破碎的铁证。

原本准备离开的脚步无法再踏出一步，她不得不想起三年前去找石夏璇时，那个女人对自己提过，说她觉得蒋阎的精神状况不太好，但也没有说他真的有那方面的疾病。这个担忧紧接着被他是十一这个真相所冲刷、掩埋，搁浅着直到今天，再度被择取出来。

只是这一回，似乎并不需要追问，答案太过一目了然、令人心惊。

也令她在明媚的初阳里，突然浑身发抖。

蒋阎睁开眼睛，看到身旁空掉的床铺以及窗外的阳光时，既意外，又不意外——不意外的是，姜蝶肯定会在清醒后离开；意外的是，自己对于她的离开竟然毫无察觉。

他这些年必须依靠安眠药才能入睡，如若不然，一定会睡得特别不安稳，有什么动静就能很快惊醒。但这一觉睡得很沉，所有的声音都被吞没，就连空气的对流都是安静的，不再有风声，因为他不再下坠了。可醒过来的这一刻，挪亚方舟已经开走，消失的重力全部回来了，拖着他继续下沉。

他放空地躺在床上，直到门外响起敲门声。

"醒了吗？起来吃早饭。"

他一时间没动，心里想：也许是久违的幻听又出现了。

然而那声音又固执地敲了两下，就好像到了整点传来的悠远钟响，振聋发聩，世界都被洗礼后得到重生。蒋阎愕然地从床上直起身，赤着脚跑下床，慌乱得连拖鞋都来不及穿，大步流星，打开房门。

阻止他下坠的人，此刻真真切切地站在门外。

她依旧穿着他那件宽大的白T恤衫，脸上因为宿醉显得有些水肿，看到他开门后，迅速移开目光，指了指桌子："我点了早饭，你吃一点。"

他一把拉住要退开的她，弯下身，脸颊贴着她的太阳穴，触碰到实感时，恍惚的神情才逐渐镇定。

"我以为你走了。"

无比简单的六个字，被他说得断断续续。

"……我确实该走的。"姜蝶早已找到一个非常顺理成章的理由，"可是裙子被你放进洗衣机了，我没有别的衣服，你故意的是不是？"

他愣了半响，然后笑道："对，我故意的。"

她在他怀中轻轻挣扎了下："你吃不吃？不吃我自己吃了。"

他终于舍得放开她："我吃。"

他去卫生间洗漱完出来，在姜蝶对面入座。她见状起身，故意错开了一个位子重新坐下，仿佛是为了报复当年他也故意错开她一个位子。但这报复的杀伤力为零，倒不如说，令时光重叠得更加严丝合缝了一些。似乎倒退回三年前，他们这样坐着，用窗户做媒介互相偷看的时光。

只是这回没有月亮，影子消失，他干脆转过脸来，大方又露骨地凝视她，忽然说："怎么水肿得这么厉害，眼睛也肿肿的？"

姜蝶将脑袋往外转，远离他的视线范围。

"有吗？"

"但这样也好看。"

"……"

他边吃边按着手机："衣服我已经托人去买了，一会儿就送上门。这段时间，你就先在这里等一等，好吗？"

姜蝶戳着碗里的蛋，闷闷地点着头。蒋阁看着她这么乖又带着几分别扭的样子，忍不住站起身。姜蝶疑惑地看着他昂头看了眼墙上的钟，比对了下手机，自言自语道："时间是对的。"

接着又跑去拉开门:"布局也对。"

最后他才又坐回原位。

"这么久了,还没跳到下一个场景。"

她一头雾水:"你在干什么?"

"我的梦现在越来越逼真了。"他伸手碰了碰她的脸,"这肯定是个梦啊,梦就该有露出马脚的地方,比如时间肯定是不一致的,或者,打开门,外面应该是一片黑洞。是不是因为你还睡在我身边,所以我能做到这么好的梦?"

姜蝶的嘴角不知不觉地向下撇,喉头哽住,刚在洗手间哭过的眼睛此刻又泛起湿意,但是她努力让嘴角向上提,眼睛亮闪闪的,最后轻松地笑着说:"对啦,就是梦,所以你现在给我多吃点东西,不然我连你的梦里都不来了。"

70

她已经多久没有用这样的语气和自己说过话了?还是在她没有醉,已经清醒的情况下。

蒋阎这一下,更确定是梦境了。

只是这次的梦,也太过有逻辑了,包括他叫人送来的衣服,都在准确的时间到达,接着面临的是她的离开。他突然开始后悔,为什么自己在梦里不能耍赖一点。

直到姜蝶穿好衣服,关上门走了,他开始坐在空荡的沙发上迫不及待地等着醒来,试图在这个梦还清晰的时候将它记录下来,在意识到怎么也醒不过来的刹那间,才惊觉,原来他早已经醒了。

而已经坐上车的姜蝶在这时接到一个陌生号码的来电,不用想也知道这个号码是谁。

她对着手机来电的界面犹豫了很久,那个电话一直未断。

姜蝶在心里默数,三、二、一,来电依旧坚持,她终于按下绿色键,接通了电话。

181

"怎么了？"

她心照不宣地直接问。

对面的人微愣，然后慢慢地说："这是我的新号码。"

"有一件事，我应该谢谢你的。"姜蝶突然说，"我去交换的时候你一直在照顾我妈，我已经知道了。"

电话那头先是一阵沉默，然后叹道："所以你才对我那么温和。"

姜蝶抿了抿唇："昨晚的事，是酒后的意外，你别当真。"

"那么，我们现在可以是朋友吗？"

回答他的，是一句别扭的话：

"号码我存了。"

随即，电话被挂断。

蒋阎握着手机，在原地呆站了一分钟，然后开始在房间内来回不停地踱步。地毯走乱了，她留下的袋子还斜斜地放在角落里，那又怎样呢，一切的不顺眼都变得无足轻重。

他的世界……似乎正在开始慢慢摆正倒影。

姜蝶放下手机，她现在心里很乱。

一方面，她被昨晚的事冲击着，那仅剩的一点不甘心迫使她迅速和蒋阎拉开关系。昨晚潜意识里的自己已经告诉了她答案，她根本无法抗拒他。一旦再这样下去，她只会兵败如山倒。但在看到了蒋阎的那条伤疤之后，她无论如何迈不出这一步。

黎明来临的时候，她在房间里游荡，在床头柜子里发现了一板吃了一半的舍曲林。看着包装上面的文字，是治疗抑郁症的，她抱膝坐在地板上，发了很久的呆。

她刻意不去过问他们分手这两年他的生活，只在心里暗暗想，自己过得这么痛苦，他一定要加倍痛苦才好。可当事实真的以这么残酷的方式摊开在眼下，她才明白自己内心深处有多么恐惧，还有孤独。

这种感觉，让她冷不丁回忆起高中时看过的一场日全食。

那场日全食来得毫无预兆，彼时是上午的最后一堂课，他们正坐在教室里自习，教室里弥漫着隐约的躁动不安。有人计划着一会儿中午吃什么，有人捡起地上的粉笔恶作剧地扔向远处某个人的后脑勺，还有人偷偷传递着小字条聊八卦。至于她，则只顾着埋头解数学卷子上最后一道大题。在那个时候，她的生活中没有朋友，没有趣闻，没有轻松，只有学习。

日食就是在那个很平平无奇的一刻发生的。

天上的阳光忽然被一点一点吞噬，那么明媚的日头，忽然就像被哪个神人抢劫了，套了个黑麻袋就要扛走。

姜蝶耳边的惊呼声此起彼伏，大家伸长脖子看着窗外，然后有人忍不住跑出去，所有人都跟着争先恐后地跑到走廊，想更清晰地观赏这个难得一见的绝景。

她坐在最里侧，不得不等一等。

可这样一耽搁，日全食也差不多到了食甚。

教室里瞬间变成了漫漫黑夜，无人来扫兴地开灯，所有人像迎接世界末日，在走廊上振臂挥手，对着窗外大吼大叫。

大家都好快乐，而姜蝶因为夜盲，此时只能独自坐在教室。

空荡荡的，黑漆漆的，她一个人。

她试图站起身向外走去，哪怕同是黑暗，她都想要试着走到众人身边去。可是刚走出去没两步，她就被一把椅子绊倒了。伤得并不重，也许只是擦破了一点膝盖上的皮，可她却在一片隔绝的黑暗里，捂着膝盖抽了抽鼻子。

阔别日全食多年的一个早上，她居然仿佛又回到了那一刻，体会到世界上唯一的灯泡灭了，她被迫跌坐在教室的水泥地上，所有人在外欢呼的那种孤独和恐惧。因为彼时她知道，没有人会在黑暗中折回来牵她的手。

那样的一个人，后来在她的生命里出现了，该怎么忘掉？

纵然他们之间真的就是一笔糊涂账，毕竟她曾经所处的黑暗，与他有关。

这个人仿佛已经卸下了所有隐藏的底牌，再次出现在她面前，好像没有任何能够炸到她的炸弹。

因为他不打算出手,只想着沉默自爆。

反常的穿着,反流的食管,这些不是他想藏就可以藏起来的。除此之外,他已经做到了最好,不流露任何脆弱。如若不是昨晚意外的酒后乱性,恐怕她依旧不会知道。

可是现在,她依旧只能装作不知道。

总有些东西是他不愿意示人的,明明白白地戳破,只会是一种自以为是的粗暴,但是她总不能真的就这么视而不见。

说不清是因为可怜他多一些,抑或只是把可怜当作了借口,姜蝶表情复杂地盯着手机发呆,点开了微信的黑名单。那里只躺着一个名字,头像也依旧停留在三年前,好像时光在这一片空间里是凝固的,加入黑名单那一栏,绿色的按键还亮着。

她的手指顿了顿,往左滑,那个黑白头像突然从黑名单消失回到通信录的刹那间,停滞在凌晨三点的时针,仿佛也因此开始向前转动了。

她静悄悄地把蒋阎拉回了通信录,以为他不会太早察觉这件事。

结果晚上入睡前,她随手一刷手机,看到微信里蒋阎的新头像顶到最上面时,心骤然漏跳一拍。

他发了一条消息过来。

黑名单假释人员:你的头像是……?

她工作后就把自己的头像换掉了,一开始是为了显得更稳重些,后来又换了好几轮,现在的微信头像是一个双手作揖的古代男人,乍看确实有些令人摸不着头脑。

小福蝶:我们领导讲话不清不楚的,so……

姜蝶打开相册,发了头像原图过去,显出了头像里没框进去的下半截字。

"能给卑职一个明示吗?"

黑名单假释人员:哈哈。

好冷的一个"哈哈"。

姜蝶看着这条稀松平常的消息,好像在这之前的每一天,他们都这么聊天似的。

黑名单假释人员:我有种在和关羽聊天的感觉。

小福蝶:承让了,大兄弟。

蒋阎又回了条"哈哈"。

姜蝶情不自禁地笑出声,但意识到自己笑了起来之后,迅速收起嘴角,面无表情地把手机锁屏。

对话就在此戛然而止。

假期还没结束,但姜蝶提前返回了西川,暂时把花都发生的一切事情抛在脑后。

她得把之前申请转岗的作品做最后的修改和完善,再提交。

于是开工前两天,她把自己关在小公寓里闭门不出,一天只吃一顿沙拉,节省下所有的时间用在修改方案上。

她这次以"万花筒"为思路,设计了一套方案。

这是这些天经历的事带给她的灵感,无论是情感上的合合分分,还是精神上多年心头毒瘤的剔除,抑或是身体上在鬼门关走过一遭,每一桩、每一件都给她极大的感触。

大多数时候,碰上的东西不可能漂亮到纯粹无瑕,只是望进万花筒的第一眼,看到的都是它的"芯",那个东西可能是彩色玻璃,是孔雀的羽毛,是璀璨的宝石,是不会凋谢的干花,让人着迷,一头栽进去,却看见棱镜与棱镜之间交错的裂痕,一片片将这些美丽的东西切割。

姜蝶在她的创作阐述里如此写道——

> 它由每一个破碎的支点互相支撑着构建而成,再回过头来凝视那份完整的芯,可能会觉得这份美丽虚假,也许……也会觉得这份由破碎拼凑出来的美丽,其实已经很难得。

最后,姜蝶对设计出来的方案还是挺满意的,信心满满地点了提交,当晚还忍不住激动地发了个朋友圈,拍了方案的空白页,发了个双手合十的表情,希望一切能顺利。

接下来就是等待申请结果下来,这个时间也不是很久,半个月之后,姜蝶颤巍巍地等到了通知。她收到公司人事的邮件,遗憾地被告知,本次申请转岗没有被通过。

总监对她提交的作品的批语是:想法挺有意思,但设计上还有很多粗糙的地方,且总体风格和 Von 的风格不太匹配。但有潜力,继续加油。最后,本次春季转岗只有一名设计助理转岗成功,对方已经在原岗位上兢兢业业做了四年,各方面确实比她更成熟。姜蝶虽然告诫过自己要放平心态,但心中还是会有心血没被肯定的难过。她唯一能做的,就是默默地把那条朋友圈删了,继续若无其事地投入到工作中。

难得可以放松的休息日,姜蝶收到了蒋阎的微信,问她有没有空,有件事想请教她。

姜蝶问他什么事,他说微信里讲不清楚,还是当面聊比较好。

这阵子他偶尔会发一些消息给她,但都点到即止,保持在朋友的尺度上,不会让人厌烦,这还是这些天来他第一次提出邀约。

姜蝶犹豫了一会儿后,回了"OK"。

他约的地点在西川郊外的一个花园饭店,姜蝶没让他来接,自己打车到了那里,由服务员领着走向蒋阎预订的位置。

这个花园餐厅在网上非常热门,有沿路的白色长廊和洁白的大理石地面,还有各种植物精心搭配起来的花圃,中央的喷水池弥漫着带有香氛的水汽,如梦似幻。

可奇怪的是,长廊两旁的草地上,那些位子居然都空无一人。

网红餐厅,不应该啊。

"今天人很少哦?"

她随口问了一句,领班微笑着回答:"并不是,蒋先生今晚已经将餐厅包了。"

姜蝶闻言大吃一惊。

不就吃顿饭吗,怎么这么大动干戈?今天也不是什么大日子。

领班带着她穿越无人的静寂大堂,来到后方的庭院。茵茵草地在夕阳落下去之际亮着橘色的小灯,中央搭建着一座很小的T台。

姜蝶对眼前的一切一头雾水,身旁领班已经悄然退场,只剩下她一个人。

她拿出手机正想给蒋阆发微信问到底是怎么一回事,T台上的灯"啪"的一下,全亮了。

寂静的院落里响起了德彪西的《月光》。

钢琴声起起伏伏,姜蝶愕然抬头,一抹颀长的瘦削身影从T台的旁侧现身,姿势有些僵硬地缓步走到她的跟前。最令姜蝶震惊的是,他身上的那件睡莲衬衫,赫然是她以他为灵感亲手打造的"凤眼"。

"怎么会在你手上?"

蒋阆解释道:"我回了一趟学校,向你们院系主任借出来的。"

她一脸不可思议:"你借这个干吗?又搞这些莫名其妙的……"

"我想对一个设计师来说,如果能有一场自己的秀,看着模特穿上自己的心血,应该是一件非常开心的事情。"他站在台上,蹲下身,和她平视道,"虽然现在,你还不是设计师,我也压根不是模特,但我们就当提前为你以后的秀场演练,增加经验怎么样?因为我知道,你一定会有这么一天的。"

姜蝶抿了抿唇,神色复杂。

"你是不是从仲解语那里知道我转岗失败的事情了?"

他默认,向姜蝶伸出手。

"模特已经走完秀,那么现在,是不是该轮到我的设计师登场谢幕了?"

姜蝶看着蒋阆伸过来的手,恍惚地想起那一年在巴黎,她坐在台下,望着辉煌的T台,明亮的聚光灯打在春尾衣良身上,在姜蝶之后的人生里投下浓墨重彩的影子。

从那时起她有了追逐的目标,梦想有朝一日也能有这么辉煌的一天。

虽然现阶段,她连设计师都不是。

明明连设计师都不是，却又有了这么一座不伦不类的迷你T台，是眼前的人不声不响在这座花园里花心思搭建的。

他无比坚定地告诉她，这是为未来彩排。

连她自己都不确定的未来，在他口中就这么言之凿凿。可这份坚定总是能令她受用，无论是三年以前，还是现在。

"不要……好丢脸。"她遵循第一反应脱口而出。

蒋阎无奈道："我刚才连猫步都走了，你能有我丢脸吗？"

姜蝶瞪大眼："你那叫猫步？"

"那不是吗？"

"我愿意称之为AI步。"

他沉默了。

"这样吧。你再走一次，这次要正儿八经的猫步，然后介绍一下我，我再上去。"姜蝶起了捉弄他的心思，"不然我现在上去不符合流程。"

他看着她脸上陌生又熟悉的神情，呆了一下。

随后他起身说："那你不许笑。"

"绝对不笑。"

他给已经离场的领班发了条消息，音乐停了一下，接着又从零星的钢琴声开始。姜蝶仰着头，注视着蒋阎重新站到台边，挺了挺背，往这儿走过来。她本来说好不笑的，却在发现他居然同手同脚地走T台之后破功。蒋阎还没意识到，飞过来的眼神万分疑惑，姜蝶赶紧拿出手机录下了这段史前人类学走路的珍贵影像。

她对着后置镜头，看着夜色噪点下，因为她的一句话而不得不露出窘迫的蒋阎，一时间胸口酸胀，五味杂陈。

镜头后的他越走越近，镜头最后卡到了他的胸口，还有他伸过来的修长手指。

"现在有请我们这一次秀的设计师——姜蝶。"

姜蝶深呼吸一口气，将手搭上他的手，虽然只是借力地轻轻一碰。蒋阎望着搭在手上的掌心，手指下意识地蜷缩了一下，想抓住，又抓空。姜蝶走上T台，对着空无一人的草地和桌椅，笑容满面地鞠

风眼蝴蝶 . 完结篇

了一躬。

做个白日西沉的梦,似乎也没什么不好。

"谢谢大家赏脸前来,我以后一定会设计出更优秀的作品,不辜负大家对我的期待。"

说得有模有样,好像大自然的每一分子都是她的观众。

话音一落,啪啪啪——旁边的人开始面容严肃地捧场鼓掌。

姜蝶睨了他一眼:"你是模特,不能鼓掌的,不专业。"

他便放下手:"好,对不起。"

姜蝶语气一滞:"……没事,没真的怪你的意思。"她岔开话题,"彩排结束了,可以去吃饭了吗?好饿。"

她走到台边刚想往下跳,突然被蒋阎从身后轻柔地抓住手腕。

就好像一阵风吹过来,将她捆住了。

姜蝶身体微顿,无言地侧身看向他。

衬着背后一连串的橘色小灯火,在日落之后的灰蓝夜色下,蒋阎的面色显得有些许模糊。

唯独声音是清晰的,温柔中又有些小心。

"不是要专业吗,那设计师别忘了和你的模特牵手谢幕再走。"

71

吃晚饭的过程中,姜蝶总会时不时地想起蒋阎最后过来抓她手腕的那一下。这是他们在彼此都清醒、没有意外发生的情况下的一次牵手。那瞬间,她依然能感到心跳加速,手抽回来的时候掌心汗津津的。她悄悄在裤子上擦掉,汗液没有蒸发,黏黏地挂着。

见姜蝶没有再吃的心思,蒋阎放下刀叉,干脆道:"吃完的话我就送你回去吧。"

"不用,我可以自己叫车。"

说着她打开叫车软件,蒋阎伸手过来,压住她的手机屏幕。

"现在已经挺晚了,又是郊区,我不可能让你坐陌生人的车回去。"他手指摁了下锁屏,"作为朋友,送一下很正常不是吗?"

姜蝶抿了抿唇,又不死心地尝试叫了一下车,在看见需等待四十二分钟的提示后,无奈地取消。

车子在国道上行驶,姜蝶安静地坐在副驾驶座上,侧脸看着车窗。蒋阎本来想按开广播,但看她戴上了耳机,便收回手。

"还在听法语吗?"

姜蝶"嗯"了一声,迟疑了下,问道:

"你呢,现在还做微缩模型吗?"

他打着方向盘摇头:"很久没碰了。"

"集团的事很忙吧。"

"不忙。"

刚才吃饭的时候姜蝶就发现他手机在不停振动,不断有微信进来。这会儿他刚否认完,结果一个电话又打进来。手机倒扣着在嗡嗡振动,他腾出一只手挂断,没有接的意思。可打电话的人非常固执,再次打进来。

最后还是姜蝶忍不住说:"你要不要接一下?"

他顿了顿,这才戴起耳机接通。

姜蝶的余光瞄到蒋阎的神色出现了一瞬间的恍惚。

这通电话很短,也就几十秒,最后蒋阎回答道:"好,我马上过去。"

姜蝶很识趣地主动开口:"有急事吗?你放我在路边下车就行。"

"没事,我送你到家再去。"

"真的不用,你有急事就去啊。"

蒋阎没有应声,还是按照既定的去往她住处的导航路线行进,只是捏着方向盘的手指暗自用力。姜蝶注意到他的异样,不自觉蹙起眉头频频看向他。行到一处红灯时,他还在往前,猛地急刹车停下,额头上沁出了一层冷汗。

他的异样已经非常明显,姜蝶无法坐视不理,忍不住出声问:"是发生了什么不好的事吗?如果你想倾诉,可以告诉我。"

他闻言转脸看向她,嘴唇颤了两下,用一种喜悦又悲哀的语调说:

"楼宏远死了，就在刚才。"

深夜的太平间，笼罩着一股惨白的阴郁。这里刚刚被推进一具崭新的、名叫楼宏远的遗体。自从他脑出血偏瘫之后，方便起见，蒋阎将他移送到了西川的医院。而就在刚才，他再一次突发脑出血，却没能再抢救过来。

姜蝶知道后，坚持让蒋阎先拐道来医院处理这件事。

"那家医院附近我记得有家药店来着，正好我的维生素吃完了，能过去买一点。你就把我放那儿吧。"

无论楼宏远和蒋阎之间的关系有多复杂，唯一的亲人离世，总归是难以承受的事情吧。她担心蒋阎的情绪会很不稳定，借口跟了过来。

到达医院后，她真的跑去旁边的药店买维生素，为了圆上自己刚才的借口，也为了给蒋阎留出和楼宏远告别的时间。等她磨磨蹭蹭地买完东西，就看见蒋阎已从医院里出来了，正站在大门口的台阶上抽烟。

他们久别之后，这是她第一次看见他抽烟。

她原本只打算远远地看一眼，确认下他的状况就走，但脚步在原地转了一圈，还是鬼使神差地走过去，走到台阶下，仰起头，看着他开口："我以为你已经戒掉了。"

蒋阎抽烟的动作停住，一口白雾从他嘴边散开，烟云过尽后，她还是站在那儿，没有消失。就在刚才，她下车之后便匆匆离开，连句再见都没有说，他以为她已经头也不回地走了。

她能陪他走过到医院的这一小段路，使得迎接楼宏远死亡的路上不是他一个人，他已经觉得很难得了，她却一直没走。

她还在这里，在薄薄的夜色下，穿着初春的薄毛衣，鼻头有点红。

向下燃烧的烟头烫到虎口，蒋阎被这点热意惊醒，将烟撇弃，大跨步走下台阶，一把将姜蝶拥入怀。

姜蝶还没反应过来，就感觉到腰被揽住，整个人被往前拉了半寸，同时闻到了他身上还来不及散开的烟草味。

"难闻。"

她低喃了一句。

"不再抽了。"他说,"这是最后一次。"

两人沉默地站在空寂的路灯下拥抱,确切地说是她单方面被紧抱,好像这样能塞满他某一部分正在抽离的空虚。

"节哀顺变。"

姜蝶想了想,不知道该怎么表达合适,还是说了这最普通的四个字。

蒋阎笑了:"悲哀吗?我可能悲哀的是……他怎么现在才死。"

又沉默了一会儿,姜蝶轻轻挣了一下,说:"很晚了,我该回去了。"

只是没能从他的怀抱里挣出来。

"再陪我去一个地方好不好?"

"现在?"

"对,现在。"

姜蝶叹了口气,说:"那就去吧。"

两人回到车上,蒋阎没告诉她要去哪里,一路把车开得飞快。

沿路风景倒退,远离高楼和灯火,夜车在寂静中行驶了一个多小时,逐渐开到了二十多公里外的老城区。

这里是西川最边缘的地带,也是曾经的贫民窟。因为最近几年新区改造,许多年久失修的自建房被慢慢拆除,但那些瓦片、沙砾都还在,灰暗地覆盖了大半边街道。至于没被覆盖的另外半边,还有执着的老人不肯搬走。

姜蝶打了个哈欠问:"为什么要跑这么远?"

"我住在这里的时候,还叫楼洛宁。"

姜蝶的脑袋突然清醒。

"我们要去……你那个家?"

"那里早拆了。"他转动方向盘,车子拐进胡同,开至尽头,"现在来,是为了还愿。"

姜蝶凭借着并不明亮的路灯,辨认出车前方是一座老旧的、敞开的寺庙。

车子终于熄火，停在这里。

姜蝶一下子就懂了他话里的意思。

"你许的愿望……"

"从前楼宏远喜欢让我去买酒，我家到小卖铺的途中，就会经过这里。"蒋阆顺着她未完的话往下说，"有一次，他打了我一顿，我的耳朵有一只被他打到暂时听不见声音，具体是哪只我已经忘了，只能听'嗡嗡嗡'的响声，好像有无数蜜蜂在我耳边飞。然后他打完就口渴了，又让我去买酒。

"我就拎着白酒走进这家寺庙，把白酒贿赂给佛像，祈求它：在他打死我之前，他先死掉可以吗？"

他的话碎成粉末，飘在空气里，姜蝶呼吸间，胸口不知不觉被堵住。

但蒋阆的轻笑打破了略显沉肃的氛围。

"看来那瓶酒还是成功收买它了。"

他作势要下车，姜蝶忽然说："我可以不跟着下去吗？里面太黑了，我就在车上等你吧。"

蒋阆点头："好，那我很快回来。"

他打开手机的电筒，独自朝着寺庙走去。

这条路，他已经很久很久没有再走过，脚下每踏一步的吱嘎响声，都像是童年那些阴魂笼罩的日子在回放。

寺庙很小，里面供奉着两座佛，前后各一座，背靠着背。他还记得自己祈求的是背面那座稍矮一些的。因为当时他觉得两座佛像相比，那座小一点的可能年纪更小点，愿意听他的祈求。

蒋阆走到蒙尘的小佛像前，学着当年的姿势，在冰凉的水泥地上跪了下来。

他摁灭手电，在黑暗中仰头看着佛像，轻声说："谢谢你。"

当时，佛像寂静无声。

可这一回，它有了回响。

有脚步声和不知什么东西碰撞的乒乓声从门口传来，白色的手电光在空气中乱挥，姜蝶压低的声音有些慌张地响起："你人呢！"

"我在这里。"蒋阁立刻从背面的佛像那儿走出来,"怎么从车里下来了?"

他注意到姜蝶的手上不知何时多出了一个白色袋子,刚才的乒乓声就是从这儿传出来的。

她从袋子里将那东西掏出来,蒋阁一看,居然是白酒。

"我坐着无聊就下车走了走,看到了你说的那家小卖铺,居然还开着。"她耸了耸肩,"你那个佛像不是酒鬼吗?我干脆也来拜一拜,求个发财什么的。"

蒋阁失笑。

"你还挺聪明,知道给他买两瓶。"

姜蝶却把其中一瓶推给他,装作只是顺手。

"这是给你的。"

"给……我?"

蒋阁没有准备好,险险地接过酒瓶,面色愕然。

"那些束缚你的东西已经彻底消失了,也包括遗憾。"姜蝶擦过他的肩往前走,一边轻描淡写地说,"给自己全新的人生许个更好的愿望怎么样?"

她走到了佛像前跪下,在黑暗里问:"需要拧开来洒在地上吗,还是保持原包装它会更喜欢?"一副学术探讨的口吻。

他在她旁边跪下,一本正经地严肃回答:"我当时好像没打开。"

"你要是打开的话,说不定愿望会更早实现呢。"姜蝶侧头看了他一眼,"我要许愿了,你也快点许,许完早点回去。"

"好。"

两人像两个小孩,跪在不怒自威的佛像前,闭上眼,双手合十。

寂静的老城区从街角传来野狗的吠声,隐隐约约地飘至姜蝶耳边,但她心无旁骛地闭着眼,睫毛轻颤,一看便是在全神贯注地祈祷着什么。蒋阁悄无声息地睁开眼,凝视着她的侧脸。

微冷的穿堂风吹进庙宇,黑暗里,男人蓦然侧过身,单手撑在粗糙的水泥地上,倾过半边身体,另一只手撩起挡住她脸颊的发丝,嘴唇同这阵冰凉的春风一起,贴上她柔软的脸。

姜蝶登时睁开眼睛,失语地转头看向他,瞪大的眼睛里写满了对这场偷袭的惊异和控诉,但是,没有厌恶。

他细微地观察着她的神色,松了莫大的一口气。

好像垂在头上的那把刀,已经悬到了脖颈的绒毛之上,他吻下去的时候,几乎都感受到了刀锋的肃杀,可还是不知死活地吻下去了,在彼此都清醒的这个时候。

姜蝶看着他,双唇一动,刚想说话,蒋阎却不给她机会,身体探得更近,这一回,他直接地追着张开的嘴唇吻了上去。她的话被堵回,身体情不自禁向后缩。可她退一步,他就进一步,直将人抵到了背后的佛龛上。

背后就是佛像,它肃穆地垂着眼,正凝视着两人逾矩的纠缠。姜蝶想到这里,不由得绷紧手指,但没有推在他身上,只是紧抠着地,整张脸在漆黑里红到爆炸。

嘴唇被吻到发抖时,他终于结束了这个漫长的吻。

蒋阎没有收回身体,依然离她近在咫尺,压着声音,似乎怕神明听见他的胡话。

"这个酒神真的挺灵的。"他的眼睛盯住她慌乱躲避的眼睛,"我刚才向它许愿,说我的人生没有更好的愿望,就希望我吻向旁边这个人的时候,她不要拒绝我。"

姜蝶偏过头。

"在佛像面前那么轻浮会被雷劈的!"她臊到极小声地说,"能不能许个正经的愿望?"

"可是我真正的愿望神明无法实现,能实现它的人只有你。"

蒋阎在她的耳边说。

"火箭修好了,我们还能一起搭着它奔向月亮吗?"

他的声线在佛像面前无比郑重,因为太过郑重,每个字都无比紧绷,显得有些颤抖。

"或者是水星、火星、太阳……甚至是黑洞,我们都一起去,好吗?"

72

姜蝶没有说好，也没有说不好。

可这个反应在蒋阎看来，大概已经算是最好的答案了。

不光是重逢以来，哪怕他们最开始在一起的时候，姜蝶都没见过蒋阎把开心的情绪这样外泄，他笑眼弯弯的，十足孩子气，也有一些傻。

回程的路上，姜蝶有种不知道该怎么办的心态，重新塞上耳机缩在位子上闭眼装睡，结果这一装，直接真睡过去了。

漫漫长途，车内的暖气，耳机里法语舒缓的腔调，还有脑子里胡乱的思绪，都成了催眠的助攻。

蒋阎将暖气调大了一些，时不时抽空看两眼姜蝶，伸手抚摸她的颊边，眼神有一分不易察觉的羡慕和安心。

毕竟，能随时随地睡着，在他看来是一种不可多得的状态，他希望她能一直保持下去。

车子在接近凌晨时开到了姜蝶的公寓楼下，他没有吵醒她，照例驾轻就熟地将人抱上楼。走到门口时，他一边抱着人，一边勉强地腾出手去掏她包里的钥匙。这个姿势不太稳当，姜蝶的通勤包又大，蒋阎捞半天没捞出来钥匙，倒是一错手，不小心把包摔地上了。蒋阎看着散落一地的包内杂物，有些许头疼地蹙眉。他干脆先在地上找出钥匙，把人放进屋里，再回过头收拾，将东西一一放进包里。

其中有一本红白相间的书倒扣着摔出好远，蒋阎最后走过去拾起它，将它翻过来时，整个人久久地站在原地没有动。

这本书的名字，叫《我有一只叫抑郁症的黑狗》。

书封右边底下有几行小字：当你身边的人得了抑郁症，你可以为他做什么？

姜蝶迷迷糊糊醒过来，以为自己还在飞驰的车上，一激灵睁开眼……是自己的公寓，她已经被蒋阎送回来了。她摸索着拿起手机一看时间，4：33，还可以睡个回笼觉。

姜蝶眯着眼点开微信，有各种消息，但没有蒋阁的。

他居然没有留下只言片语就走了。

姜蝶内心说不上来是什么感受，倒是有一种意外的、很熟悉的感觉，仿佛回到当年自己一股脑儿想靠近他的那个时候，他随随便便的一条消息就可以牵动她的神经。睡意不知不觉消失，姜蝶起身去卫生间，打开客厅的灯时，不小心叫出声——沙发上不声不响地坐着一个人。

蒋阁随即出声说："我吓到你了吗？"

姜蝶拍着胸口问："你怎么没走？"

蒋阁认真地抬起眼凝视她："姜蝶，我有一件事想问你。"他把桌子上的书拿起来，"你为什么会买这本书？"

姜蝶愣怔住。

"……我随便买来看看的。"

毫无防备之下，她胡诌了一个毫无说服力的理由。

蒋阁直接挑破道："难道不是因为我吗？"

姜蝶犹豫着，不知道自己到底该撒谎说不是，还是该顺着把问题挑破。

但她的犹豫已经告诉了蒋阁答案。

他放下书，两只手并起来交叉着，有一些神经质地摸着自己的指关节。

"怪不得，很多东西都解释得通了。"他挺直的背脊一松，往后陷进沙发里，"让我猜猜，你是什么时候发现的……"

他沉默一会儿，闭上眼睛，缓缓道："大概是文飞白婚礼那天晚上吧，对吗？"

姜蝶靠在墙边，无意识地咬着唇"嗯"了一声。

蒋阁重新睁开眼，拍了拍沙发，对着她道："过来坐吧，站着多累。"

她依言坐过去，拉近和他的距离，长呼一口气。

"既然说开了我们就好好聊聊吧，关于你的病。"她一顿，"你愿意说吗？"

197

"其实不必对我这么小心翼翼的。"蒋阎轻松地笑了笑,"有一件事我希望你知道,那就是你完全不必对我的病负责,我手腕上的疤呢,也和你没有任何关系,它只是发病时克制不了的生理反应,而且只有那一次,后来再也没有过了。"

"我这两年一直在吃药、看医生,情况挺稳定的,舍曲林我已经在慢慢减少用量了,只是到停药还需要一个过程。"

虽然他这么说,但姜蝶根本不可能就真的认为他的病和自己毫无关系了,表面上却点点头说:"那就好。"

蒋阎盯着她的眼睛:"在寺庙里我最后吻你的时候,如果你不知道这些,你会不会还是会直接拒绝我?"

姜蝶被他的眼神洞穿,大脑一片混乱。

会吗?她在心里同时诘问自己。如果不知道,她可能在花都的那天早上就走了,他们更不可能有后来这些心平气和的交流。

她低下头,回避了蒋阎的视线。

答案其实昭然若揭。

空气变得沉闷,没有流通的风,也没有下下来的雨,一切都好安静。

姜蝶无法忍耐这种近乎死寂的安静,抬起头刚想说点什么,就被蒋阎再一次吓住了。他的眼眶周围很红,但是还在极力忍耐着什么,于是周边的皮肉都被这股力道拧紧,泛起明显的痕迹,仿佛即将冲垮这片脸颊的山洪被硬生生阻截,以致眼中蕴含的神情堪堪维持住了波澜不惊的平静。只是还有一点点山洪的分流侥幸逃脱,在眼眶里若隐若现。

他很勉强地笑着:"不要可怜我,也不要把我当一个病人而感到为难。你是完全自由的,你说过我不要被过去困住,那么我希望你也不要被我困住,不要被你的善良困住。我们之间,你再好好想一想。

"我希望你靠近我的唯一前提,是你对我仍有心动。"

说完,他起身离开,带上门的动静悄无声息。

姜蝶望着空荡荡的拐角,有一种"他终于走了,或许不会再回来"的预感。

自那天起，两个人又莫名地失去了好不容易建立起来的联系。

姜蝶知道，蒋阎是在给她留出空间，等待她最后的答复。

她又恢复了之前的两点一线——公司，公寓，朝九晚不知道几点，但这样忙碌的生活都无法填满她不知道从何处漫出来的空虚。这天周五难得下班早，她想着要不要去做个按摩，仲解语在工位后对她挤眉弄眼，示意她看微信。

姐就是解语花：福蝶福蝶，江湖救急！

小福蝶：咋了？

姐就是解语花：陪我去吃顿饭，我请你，顺便帮个忙，演场戏。

小福蝶：演戏？！

姐就是解语花：之前夜店碰上个男人烦得我要死，我已经使出无数方法拒绝这个烂桃花都没啥用，只能麻烦你出面！

小福蝶：……

最后姜蝶还是同意了，帮女孩子出头这件事又不难，还能免费蹭到一顿大餐。

那位传闻中的烂桃花早一步到了餐厅，没有想到仲解语会多带一个人过来，脸色一僵说："我用的是团购券，只够两人份的……你多带个人怎么没和我提前打招呼啊？"

仲解语无奈道："今天没想让你请。"

姜蝶有模有样地在他对面坐下，扬了扬下巴，另一只手还非常细节地抓着仲解语的手。毕竟也是有过"营业"经验的人，她对这种戏码手到擒来。男人眼神扫过她们交缠的手，已经有所警觉地看向她。姜蝶迎上他的视线，拿出正宫的气势开口："其实你挺好的，肯定会有别的女孩子喜欢你，但解语不会。"

说着，姜蝶挺了挺胸。

"……"

最终一番纠缠下来，那男的愤而离席。

仲解语松了一口气，招呼姜蝶吃饭，结果吃饭途中仲解语又收到了对方的微信。

她翻了个白眼："我的老天,他说我不喜欢他是因为还没和他试过。我要是有他这种自信,什么男的泡不下来?那个蒋总早被我拿下了。"

姜蝶的叉子划拉了一下盘子,发出刺耳的声响。

仲解语看过来:"怎么了?"

"没事没事。"姜蝶状似随意道,"你和蒋阁……?"

"啊我就是随口一说,早没那个心思了。"仲解语叹了口气,"给你个忠告,过分自信的男人碰不得,但是,有白月光的男人也同样碰不得。"

姜蝶心里一惊:"这你都知道?"

仲解语放下刀叉,清了清嗓子,模仿着蒋阁当时的语气,说道:"我的心脏就是一个微缩模型,我把我爱的人亲手放在里面。虽然我知道她已经不想再回来了。"她还学着指了下胸口,"可是在这里,她是永恒的。"

"哎哟我的妈,我当时鸡皮疙瘩都起了一身。"说完,仲解语搓了搓胳膊,"这句话我一直都没忘记,真的有惊到我。其实我一直觉得一个人去谈论'永远'这种词是挺可笑的,我只能说我永远热爱爱情,但我不会去说我永远爱一个人,被一个人捆绑住一生和被爱情捆绑一生是完全不同的概念。你说是不是?"

她正期待着姜蝶给予自己一些反应,却见她双眼放空。

"姜蝶?"

然而,眼前的人久久没有回过神来。

千里之外的平溪。

这儿是一个边陲小镇,依山傍水,但很清贫。镇上没多少青年人,一把竹椅,一个老人,一轮落日,组成一幅静止不动的画面。打破这幅寂静的,是巷口两个跳皮筋的孩子。

蒋阁到达时,被安排住在沿河的吊脚楼,这是平溪唯一设施还算不错的招待所,说是不错,也只是针对窗外的景色而言,里面的设施说是民宿更恰当一些。

毕竟这儿的旅游业还没开发起来，地形崎岖，高铁未通，导致平溪和外界的沟通总是很缓慢，连带着经济也落后许多。

蒋阎来这里，自然不是为了旅游或者商业开发，而是之前他在儿童基金会捐了一大笔款用于平溪公益小学的重建，这次他们特意邀请他前来参加新校舍落成的剪彩仪式。

他过来并不是想揽功，就是想看一看这所小学建成的模样，确认没有偷工减料，也算额外给自己放两天假。

最近的一段时间，他比之前更疯狂地投入到集团的运作中，没有任何喘息的时间。

可即便如此，他还是会神经质地时不时看一眼手机，看看置顶的那个人有没有给自己发消息，但是没有。

这就好像是一场漫长的审判，他畏惧最终的判决，可又受不了这种悬而未决的凌迟。

剪彩仪式将在第二天清晨举行，大家都提前一天到，基金会的创始人怕蒋阎在这鸟不生蛋的地方无聊，推荐他去离平溪不远的平谷转转。

他说这个时节，平谷正迎来大规模的蝴蝶爆发，是难得一见的奇观，成千上亿只毛虫，将会在两三天内陆续地羽化成蝶。

每年蝴蝶爆发的规模不一，大爆发得间隔六七年，错过这次，也许就要再等六七年。所以剪彩仪式选在这两天，也是讨个好彩头。

蒋阎原本兴致缺缺的，听到创始人说"蝴蝶爆发"几个字，突然提起神来，问他怎么走，结果中午聚餐都干脆缺席，直接动身去了平谷。

平谷距离平溪大约有两小时的车程，主要是山路不好开，越野车只能匀速慢行。蒋阎倒是不介意，他已经很久没有这样纯粹地放空过了。

车窗外全是单调的、重复的绿色，沿途已经能依稀看见蝴蝶的踪影。

他一直觉得，人类走神的时候是最接近神的瞬间。大脑无所思，无所想，也无情，如果有神明，大概就是这样子的，不会被这些所累。

但这样超脱的状态没有维持很长时间，工作微信又不停地发进来。

他揉着眉心，开始和秘书沟通积压的工作。他来平谷前人也不在西川，去了一趟纽约谈合作的项目，以及找寻之前承诺给母亲的古董花瓶。

完成所有任务,连时差都没调整,他就奔波到了这里。

秘书有条不紊地汇报完,蒋阁正欲挂断,对方欲言又止地说:"预约的客人就是这些了,但还有一位,她说不用再预约,之前亲自来公司找过您,我想了想觉得需要知会您一下。"

山路渐陡,他的心脏和身体一起被车子抛来抛去。

"谁?"

"对方没有留下联系方式,但如果我没认错的话,她是您手机屏保上的那一位。"

"好,我知道了。"蒋阁极力平静地保持着和刚才一样的声调,"谢谢你。"

一挂断这通电话,他长长地吸了一口气,做完心理建设,给置顶的头像拨去了这些时间以来的第一通语音电话——很可惜,语音电话未被接通。

蒋阁摩挲着手机,有种不顾一切、放下手头所有琐事,即刻飞到姜蝶身边去的冲动。

车子这时已经缓缓开至平谷,司机是个本地人,操着蹩脚的普通话告诉他:"小伙子,下车吧,这儿就是了。里头全是蝴蝶,可亲人了,谁进去都是'香妃'。"

蒋阁抬起头,"平谷"两个潦草的字嵌在木板上,粗犷地挂在大门口,正中心还挂着一个类似的蝴蝶标本的雕刻模型。

山上雾气蒙蒙,并不是阳光灿烂的日子,他一头扎进去,踏入竹林,却没见到传说中随处可见的蝴蝶。他心里打的算盘是,姜蝶无法亲眼看见这个奇景,那么他拍下来给她看也是可以的,结果在迷雾中转了半天,就看到几只蝴蝶在山路两边打转,完全名不副实。

他没有泄气,继续执着地往丛林里深入。

雾气越来越稀薄,隐隐约约能听到瀑布和溪流的声音。

越靠近,水流到石头上的淙响越发清晰。蒋阁拨开草木,如同穿过桃花源的洞口,眼前豁然开朗。山清水秀,瀑布从望不到顶的悬崖上飞溅而下，大片大片的蝴蝶栖息在山谷里，像一件剪裁精妙的礼服，穿在岩石、树林、河流身上。有一部分毛虫还在迅速蜕变，将这件衣服织得更完整。

蒋阎不由得屏住呼吸，即刻拿起手机想打视频电话给姜蝶。

可惜手机信号微弱，这是一通根本打不出去的视频电话。

"……"

黑屏上映出蒋阎有些懊恼又有些许落寞的神色。

天空远远地飞来一只黑鸟，起先只是一个小点，慢慢地越来越逼近，从上俯冲而下，蜻蜓点水地从山泉中掠过，刹那间，惊飞所有蝴蝶。

"狂随柳絮有时见，舞入梨花何处寻。"可在这里不是，蝴蝶不愁看不见，成群结队地飞舞，米白的，嫩黄的，颜色饱和度不一，却又完美融合，宛如神迹。

蒋阎站在这片蝴蝶雨中，举着手机拍下每一个瞬间，仰头到脖子发酸。虽然不是实时，但延迟的也没关系吧，只要她能看见，一定会喜欢。

瀑布的淙响掩盖了正在轻轻靠近的脚步声。

"新闻上说这里蝴蝶大爆发了。"

脚步落定，背后一个人轻声开口。

蒋阎瞬间转回身，对上姜蝶的眼睛。

他们彼此凝视，空气安静，蒋阎听见她继续说："但我不是为了看蝴蝶来的。"

他喉间微颤。

"那是为了什么？"

姜蝶再没说话，上前两步，扑进他的怀抱，撞得蒋阎毫无防备地倒退两步。

平谷的毛虫们苦尽甘来，在生命最绚烂的这一刻爆发。漫天的蝴蝶下，他心口缺失的那一个也混在其中。

他同样也等待了很久，终于等到她飞上他的指尖，飞回他心脏的巢室。

73

姜蝶决定来平溪的前一天晚上,失眠了一整夜。

她其实在决定去蒋隆集团当面找蒋阔的时候,就已经做好了心理建设,但在得知他并不在公司,为了剪彩仪式去了平溪之后,鼓起的劲儿又突然一泻千里。

有时候,有的东西,需要一鼓作气,再而就衰。

她对秘书说不需要留自己的联系方式,扭头脚步匆忙地离开。

或许这就是天意吗?老天在告诉她,你们不适合重新开始。

她失神地逛着超市,失神地拎着食材回家,失神地边开着电视边煮饭,最后一尝,咸得一口都吃不下去。

得,把盐当糖全放进去了。

只是为了增加点动静而打开的电视此时正好在播新闻报道,位于平溪附近的平谷将会迎来时隔七年的蝴蝶大爆发。从未注意过新闻的姜蝶蓦地抬起头,她抓着手机,回味过来时,已经鬼使神差地订好了前往平溪的火车票。平溪距离西川特别远,坐火车需要一天两夜,中间还需要中转,整整需要三十六个小时。

而出发时间,就在三个小时后。

姜蝶告诉自己,我只是去看一场难得的蝴蝶爆发。

可是当她真的站在蒋阔面前,凝视着他琥珀色的眼睛时,却不舍得再看见那眼神里流露出任何飞溅的水流碎片。

胸口几度起伏,最后她开口说:"但我不是为了看蝴蝶来的。"

"那是为了什么?"

听着他微颤的声音,她无法再用语言回答他。

她的身体给予了他颠簸在火车上一天两夜后的最直接反应——一个拥抱。就像那年他们在普吉的酒吧里听到那首名叫《拥抱》的情歌,声嘶力竭地唱着。在这个当下,只要抱紧我,其余什么都可以不必说。

反应过来之后的蒋阎,如梦初醒似的将人紧紧抱住。

两个人久久停滞,好像天地间两株枝头缠绕在一起的树,引得纷飞的蝴蝶好奇地栖息,它们落在头顶、肩膀,萦绕在身侧,不愿离去。

"你知道你这次来意味着什么吗?"蒋阎拥着她,在她耳畔问。

"我知道。"

他似乎被这简短却饱含坚定的三个字震住,姜蝶感觉到他抱着自己后背的手指因此而变得绵软。

"很惊讶吗?其实我也很惊讶。毕竟……曾经完全摧毁了我对于情感的信任的人是你。"姜蝶挣脱开怀抱,仰起脸注视他,"可是,在后来不断重塑我对于爱的认知的那个人,也是你。"

当时她为了他去书店挑选与抑郁症相关的书时,为了满减凑单,同时还买了别的书。

这段时间,她偶尔翻开那本书调剂,读到了一段内容。

上面说——

你害怕雾吗?有一首诗,叫《雾中散步》。雾中散步,真正奇妙。谁都会有片刻的恍惚,觉得一切都走到了终结,也许再不能走下去了。其实我们的大限还远远没到呢。在大限到来之前,我们要把一切都做好,包括爱。①

她才恍然:原来自己一直走在这场名为爱的迷雾中。

她以为那些浓烈的爱意早就蒸发了,可只有当恨意散去后,才发现那只是落潮。

但是她偏偏不愿意对自己诚实,拿各种理由遮遮掩掩,推给醉酒,推给他的病,最后还要推给自然景观,好似有了遮羞布,就不用面对自己最诚实的情感了。

内心深处,她或许还在计较着这场已经称不上纯粹的爱情。

---

① 出自《写在五线谱上的信》。

可当一遍一遍目睹他的爱意,就好像自己被大火烤着,皮被一层一层扒下来。那些不甘心最后都被炙烤成一片灰烬,压在最底下的不舍得现出原形。有不舍,就证明还有爱意,无论是过去积压的,还是现如今再度萌生的。

她就像是站在跑步机的皮带上,或者是上行的扶手电梯上,抑或是机场的自动传输带上,脚下的路在不由自主地往那个人靠近。

无论她怎么后退,最多只能缓速地在原地打转一阵子,最后还是会被载着驶向有他的终点。

如果,相爱注定会落雨,把体面的人打湿,谁都别想漂亮上岸,那么区别在于,落在有些人头顶的是绵绵细雨,温和的,甩甩头就会即刻蒸发。

可席卷她和他的,是一场陈年台风,不仅打湿表皮,连灵魂都开始渗水,印出对方的湿痕,需要用余生才能烘干。

爱的背后总有残缺,但也许,爱恰巧是愿意默许那点残缺的。

他们从平谷返回到平溪时,日头已落,镇上灯火寥寥。

蒋阁一路紧紧牵着她的手,两人下了车,沿着狭窄的小巷走回临河的吊脚楼。因为平溪的夜晚根本没有值得逛的去处,只能选择回住处。

沿路的人家门口挂着油黄色的灯笼,照亮两人交握的手。蒋阁已经握得他们手心都被汗粘在一起了也不愿意放开。

姜蝶轻晃着他的手臂讨饶:"松一下吧,我又不会真的变成蝴蝶飞走。"

"你用这个语气再说一遍。"

"干吗?"

"太久没听你向我撒娇了。"蒋阁用拇指轻轻摩挲她的手,然后说了一个数字。

姜蝶没反应过来。

"什么?"

"我们分开的日子。"

"……"

姜蝶记得他们在砂锅粥店吃饭的时候，蒋阁回答仲解语的明明是——"不记得了。大概三年多。"

"你上次可不是这么说的。"

蒋阁笑了下，说："是不是营造的假象还挺成功的？我当时不想再给你压力。你想有全新的人生，我唯一能做的就是不绊住你。"

姜蝶的心又被这句话不轻不重地捏了一把。

"对不起。"

她突然低下头，说了这三个字。

蒋阁脚步一滞："你在吓我吗？"

姜蝶愣愣地，被他的反应阻断了接下来本该说的话："啊？"

"千万不要跟我说，你是突然后悔了。"

姜蝶心里明白过来，这短短的几个小时，蒋阁的内心根本没有他现在所表现出来的平静。

人被求之不得的幸福砸中时，心里是不踏实的，所以他才会这样死抓着不放开。

姜蝶安抚地捏了一下他的手心。

"我是想对你说，对不起，我并没有你想象中勇敢。我总是习惯做一个逃兵，如果……"

"没有什么如果。"他蓦地打断她的话，"在那个当下，我们能做出的那个选择就是我们，我们可能不好，但那也是我们。无论如何，我都会爱你。"

姜蝶深深地吸了一口气。

她知道自己终于被接住了。

而她也想要接住对方。

"蒋阁。"

"嗯？"

"十一。"

"……"

"楼洛宁。"

蒋阎紧抿着唇。

姜蝶站定，面对面仰头认真地看着他，昏黄的灯光下，她的眼睛里映着两簇温暖的火苗。

"无论你叫哪个名字，我都会爱你。"

蒋阎的动容刚持续了一秒，就看见眼前姜蝶歪了歪脑袋。

"哦对了，按照约定你还有个名字呢，蒋蝴，糨糊，哈哈哈哈哈。"

她眼睛笑成两道弯桥，蒋阎的心情急转直下，气笑了。

姜蝶越想越好笑，兀自笑个不停，蒋阎上前一步，突然将两人的距离拉成咫尺。

她猛然收住笑，下意识屏住呼吸，眼神上挑。

他垂下眼睛，凑近用鼻尖顶了下她的额头，笑容中多了几分无可奈何的纵容。

"傻瓜。"

"没有糨糊傻。"

"还玩这个梗是不是？"

他眼睛微眯，视线有些危险，若即若离地在她的唇边徘徊。

姜蝶紧张地左右乱瞟，没在巷口瞟到过路的人，这才松了口气，放心地站着没动。

"以为我要亲你吗？"

他看着她的神色，忽然轻笑着发问。

"……？"

姜蝶瞪大眼，一脸"难道不是吗"的表情。

"说你是傻瓜你还不信。"

姜蝶脸色一变，扭头就要走，蒋阎早有预判地抓住她的手，低低地轻叹。

"我的意思是，这个吻一旦<u>落下</u>，就没办法停下来。"

临江的吊脚楼，月影和灯笼的昏黄一齐被揉碎了，涂在波光粼粼的江面上。

一只细白的手伸出来打开窗户，随即探出一张汗津津的脸。汗湿的发丝贴在鬓角，姜蝶趴在窗台边，动静压得很低，茫茫夜色下只剩山水的轮廓在眼前晃动。

她奋力咬住下唇，下一刻被翻了个身。摇晃的水面翻转成天上的月牙，它才刚还湿漉漉地浸在水里，现在却圣洁地挂在云端。

姜蝶被莹白的月光沐浴着，脚趾羞耻地蜷缩了一下，欲逃离窗台，却被一把摁住。

檐角的灯笼被夜风吹过，倾斜过来时，昏黄的灯光照亮了毛玻璃窗面上另一道男人的影子。

他终于脱掉了总是不愿离身的黑色衬衣，手腕上，那道可怖的疤痕若隐若现。

姜蝶原本要逃，动作在瞥见他的手腕后顿住。

她半仰起脖子，极为费力地凑上身，吻了一下手腕上凸起的疤痕。

蒋阎身影微滞，似乎有些不知所措。

他沉默了半响后，给了这个小心翼翼的触碰以回礼，小心地亲着她的鼻尖、肩骨、指关节，选的每一处都是尖锐的、即便皮肤包裹着也能感到坚硬的部位。

可轻柔的吻落下后，这些硬邦邦的部位全都柔化，她的心脏没有了盔甲，被轻而易举地攻陷。

姜蝶摸着蒋阎的发梢，看着他停下来，落在她刺着蓝色蝴蝶刺青的位置。

蒋阎透明又深黑的眼睛忽然抬起，在灯影和夜风中凝视着她。

江水在清澈地涌流，窗台上仰躺着的人忽然动弹，倒伏的发丝垂下窗台。

——蒋阎从亲吻改为噬咬，正正好咬上那块刺青。

隔了两座的吊脚楼里，不知是谁深夜也还未睡，放着咿咿呀呀的民谣，吊儿郎当地传过来，她和他却都听清了歌词——

209

有一天
大火烧着了我们的房子
你会说
好，重新开始

第二天一大清早，姜蝶睡得迷迷糊糊时，被蒋阁从床上提溜了起来。昨晚睡前，他说希望她能陪他一起去参加今天的剪彩仪式。

姜蝶有点犹豫道："这是好事情，我当然愿意陪你去，可是……"

"不用觉得没有资格。"蒋阁平静地扔出惊雷，"这笔款，我是用我和你的名义一起捐的。你本该就站在我的身边，只是在今天以前，我都没奢望过这件事。"

姜蝶讷讷道："这是你先斩后奏的那么多件事中，我唯一欣赏的一件了。"

"那我深感荣幸。"蒋阁抱着她，懒洋洋地同她有一搭没一搭地闲聊，"我早上的时候去看过学校，建得挺棒。我希望孩子们能靠他们自己有更好的未来，不必再仰仗大人或者其他需要委曲求全的东西。只要有可以努力的途径，他们就有一分主宰自己的可能。"

姜蝶枕在他的肩头，闭上眼，嘴里振振有词地念叨："他们的第一堂课会从拆字开始吗？器摘掉两个口，就是哭。希望他们的人生永远都不必拆解到这个字。"

蒋阁望着窗外："也许拆到也未必是一件坏事吧。"

剪彩仪式当天，基金会的创始人和负责扶贫的政府干部都来了。蒋阁原本话就不多，干脆在旁边做甩手掌柜，直接把致辞的重任交给了他们。姜蝶是跟着沾光的，也不发言，老实地待在蒋阁身边。

仪式的尾声，基金会的创始人非要请蒋阁上台，让他最后说两句压轴。

蒋阁无奈地被架上去，凑近话筒，看着底下的一批孩子，突然紧张起来，搞得在台下的姜蝶也有点紧张。

最后，他昨晚和她说的那些漂亮话一个字都没蹦出来，言简意赅地就说出一句:"对不起,来晚了。"

底下的孩子们或许并不明白他的意思,愣了半天,确认他没有别的话要说,这才纷纷鼓起了掌。

可姜蝶听懂了。

她先是呆住,接着扬起笑,给了他最热烈的掌声。

两人遥遥对视一眼,姜蝶用口型说道:"不晚,你已经做得很好了。"

无论是对那些孩子,还是对你自己。

蒋阁的眼角微弯,冰川消逝。

他即将走下台时,忽然有些走神。因为他看到孩子们排成的队伍最末端,有个男孩长得非常像十一,或许就是十一。他身材瘦弱,戴着单边的黑眼罩,用剩下那只布满淤青的眼睛和他对视着。

男孩那张总是缺乏情绪的脸终于有了表情,说着:"十一,不要再害怕了。你不再是我了,但你也不要忘记我。"

"再见啦!"

阴郁又孤僻,对世界充满敌意的小男孩,第一次露出不是因为练习而挤出的笑容。

蒋阁目送他扭身从队伍末尾走开,插着兜越走越远,消失在庞然的青山里。

74

她和蒋阁复合这件事,不出几天就被广大亲朋好友知道了。

姜蝶一下飞机就被他们轰炸,才知道平溪公益小学的剪彩仪式上了新闻,而作为捐款方之一的蒋阁,当仁不让地出现在了头版,而她也被框进去了。这还不是最劲爆的,摄影师抓拍的刚好是蒋阁发完言下来后,将她手牵住的画面……整场就这么一个瞬间,拍得真是妙啊。

姜蝶看完新闻真的非常无语,评价道:"这个记者有当狗仔的潜质。"

蒋阁正在往车上搬她的行李,闻言笑着反驳:"他有一双发现真情的眼睛。"

"这和我的意思没什么差别啊，就是你的说辞好听些。"

"差别很大。"他突然严肃，"狗仔都是在挖藏起来的、见不得光的感情，可我和你之间的感情绝不是，我会希望每一个人都知道。"

"……好啦。"

姜蝶猝不及防地被他的话打到失措，掩饰似的拉开车门，先一步坐上副驾驶座。不一会儿，蒋阎齐整地排好行李，关上后备厢，也回到车里。

他侧头看向她说："我让人往我公寓送了餐，离机场也比较近，我们先回我那儿吃晚饭，然后送你回去，好吗？"他补了一句，"是你说我该好好吃饭的。"

有理有据，无法反驳，姜蝶只能说好。

她疑惑道："你在西川是自己一个人住的吗？不回蒋家？"

"我上学的时候就住校，从那个时候开始就不怎么住蒋家了。"

聊及这一部分敏感的话题，他们之间的气氛免不了有些沉闷。

但姜蝶没有再回避，而是说："其实你可以和我讲讲你到蒋家后的生活。你只给我讲过他们给你取名为'阎'背后的用意，还有地震那个时候，你说你庆幸我没去成蒋家，所以……这些年你应该过得挺不好的，对吧？"

"在蒋家的生活嘛……以前我不知道该怎么描述，但现在回想起来，大概就是提早开始上班的感觉。"

他非常冷静地描述："他们给我布置任务，我照单全收，以此获取我的报酬。就算再讨厌这份工作我也不能'裸辞'，因为不会再有第二户人家来接手我这个'童工'。"

"你们的关系现在还是这样？"

蒋阎的手指点着方向盘，似乎在思考怎么说。

"与其我向你解释，不如你看看，怎么样？"

"什么？"

"其实刚才蒋明达有叫我回去一趟吃饭，他也看到那则新闻了，估计是想问我这件事。我没回复他。"他忽然提议，"但或许，如果你愿意,我可以带你一起去。"

姜蝶瞪大眼:"这么突然?!"

"他们也并非我真正的父母,我带你去不是为了寻求他们的认可,而是因为你。如果你想了解的话。"他语气不慌不忙,"所以你完全不需要紧张。"

"可是……他们毕竟也算你名义上的父母,要是他们真的不喜欢我呢?"

蒋阎瞥了她一眼,斩钉截铁地说:"谁会不喜欢你?"

姜蝶纠结着摇头:"我改天再去吧,今天太仓促了,还是要好好准备一下的。"

"好。"

他没有勉强,按照原计划将车子开回了他在西川独居的公寓。

里面的陈设居然和花都的相差无几,一瞬间让姜蝶错以为自己穿越回了花都。

这让姜蝶想到了他那件存放在衣柜里的西装。

"我问你哦。"两人面对面吃着饭,姜蝶做不经意状提起,"我送你的那件衣服,怎么会在你那里呢?那件衣服明明当时被我弄丢了。"

蒋阎一愣,反应过来:"你看到了?"

"我看到字条了,就是我买给你的那件,我以为你根本不知道这事儿。"

蒋阎咀嚼的速度变慢,似乎随之陷入回忆。

"其实那天你断片后我带你回家,换衣服的时候看见你口袋里的票据了。"他缓慢地说,"但当时我以为是你给自己买的衣服,一看衣服不在手上,就猜你落在店里了。那么贵你肯定要心疼,我就又开车回去找了。

"当时店门已经关了,我想会不会是卢靖雯他们帮你拿了,就打算回来。结果车子开过后巷时,我看到店员正在扔垃圾。"

姜蝶瞪大眼,一个不可思议的猜想浮上心头。

"你不会……去翻垃圾箱了吧?"

蒋阎的神情有一丝狡黠。

"后来我和店员讲了下情况，他们交给我一只春尾衣良的袋子。"他嘴角不自觉地微微勾起，"然后我打开袋子，在里面看见了那件衣服。"

那是他看到过的最漂亮的一件衣服——一件深蓝色的男式丝绒西装，胸口还别有一枚银色胸针，独属春尾衣良的标志。

她也忍不住跟着笑起来，嘟囔道："那你怎么不告诉我……"

"我把衣服送去干洗了，想直接穿上给你一个惊喜。"他的笑意微敛，"后来……如果告诉你衣服还在，恐怕你只会要回去扔掉。"

"那确实。"姜蝶故作轻松地笑笑，不想让气氛显得悲伤，于是她提起了当年的那第二件礼物，"那你知不知道我当时把给你的礼物弄丢了之后，我又想准备什么给你吗？"

蒋阎被吊起胃口。

"什么？"

"你凑过来，我告诉你。"

蒋阎依言撑起身，探过大半个餐桌。

姜蝶的耳垂微微泛红，非常小声地在他凑过来的耳边嘀咕了一句话。说完，火速把筷子一搁，恢复正常声调嚷着吃饱了，拉起行李就要跑。蒋阎维持着探身的姿势怔了几秒，慢慢直起身，看着她扑棱的背影，喉间滚动了一下："姜蝶。"

他快速地喊着她的名字，如下了一道定身符。

姜蝶回过头，脸颊红红又故作镇定地看着他："怎么了？"

他笑了一下，那笑的意味透着明知故问的无奈。

"没什么。"他说，"你吃饱了，我还没吃饱，再让我吃一会儿？"

……这个人真是借着他自己的弱点使劲薅她。

姜蝶撇嘴："行吧，那我再等一会儿。"

她放下行李，又不好意思地走进他的书房。总之，直觉告诉她现在不应该和他一起待在客厅。相比之下，书房是最安全的场所。

里面的摆设乏善可陈，她不敢乱动他桌上的文件，只坐在软皮的椅子上刷手机，余光却好奇地瞥着一旁的保险柜。这个东西也太有存在感了,无法不让人好奇里头装了什么了不得的大宝贝。

蒋阎不声不响地出现在门口,冷不丁出声:"密码是0101。"

姜蝶闻言被吓了一跳,直拍胸口。

"什么……"她回过神,"你刚才报的是保险柜的密码?"

他点头。

"这密码会不会太简单了一点?"姜蝶担忧,"你就不怕被偷?"

"他们偷不走,也不会想要偷的。"

"如果是不值钱的东西,干吗要放进这里,障眼法吗?"

"当然不是,放进这里就是因为珍贵。"

"那这样说很矛盾啊。"

蒋阎犹豫了一下,走过来,按下密码,"咔嗒"一下,保险箱开了,空荡荡的盒子里只装着几样东西。

待姜蝶看清那些具体是什么之后,发觉他说得没错,没有哪个小偷会想偷一本胡编乱造、纸页都发黄的初中同学录,还有抽掉两个小人之后空了一半的月球微缩模型。

除此之外,还有两张音乐节的门票,两张汽车影院的电影票,四张往返巴黎的飞机票。票据的纸张有些陈旧了,可边角平整,保存得非常完好。

在他们走散的时光里,一直有人在原地没走,如同城池陷落后潦倒的君王,还固守在城墙之巅,将仅剩的证明这座繁华都市存在过的一砖一瓦抱在怀中。

天地不仁,总会攻陷一个人的一生,可它也仁慈,没有完全隔断人生路,好歹留有一种名为爱的黏合剂,只是能找到它的人少之又少,庆幸的是,他们最终找到了。

姜蝶的鼻腔发酸,指着自己亲手做的微缩模型:"那两个小人,为什么没有了?"

她故作不知道地问他。

而他一本正经地跑火车:"某天他们突然私奔了,我也不知道他们去了哪里。"

她配合着他:"没关系,他们私奔就私奔吧,剩下的时间……"姜蝶凝视着他,语气坚定,"换放大的我站在放大的你身边。"

"那不如,从今晚开始?"他一句话打破了刚才的脉脉温情,又拐回了最开始她想逃避的气氛。虽然,这是她挑起来的,结巴着回答的人却也是她。

"我出来好几天,今晚必须得回了。家里那盆花再不浇水,该枯掉……"

话还未说完,姜蝶的腰被一拦,宽大的手掌垫着桌子和她腰部的空隙,他将人往后逼退,抵在书桌上。蒋阁瓷白的脸凑过来,嘴唇一动,姜蝶以为是吻落下的前兆,结果,却是个假动作。

姜蝶本来都闭眼了,这下恼怒地仰起脸:"怎么又玩这一套!"

他的另一只手轻轻摸着她的后颈,盯着她:"懂刚才你在我耳边说完礼物,结果又要走时,我的心情了吗?"

"……"

姜蝶的气焰恹恹地瘪下去。

他的吻最终一偏,落到她的耳朵上。姜蝶被吻得耳朵麻痒,有耳鸣般的电流声横穿过整片大脑,霎时间头晕目眩。

他在她耳边压低声音放话,哄她别走。

"你走了,花的确不会枯了,枯掉的就会是我。"

姜蝶腰一软,被他的手掌撑着才没有滑下去。

那一晚,她果然没走成。

惦念着家花的蝴蝶被一朵伪装的食人花阻截,他装成奄奄一息的柔弱小白花,将她缠在花心,哄骗她自己更需要灌溉。

她果然被骗得五迷三道,一头栽进去了。

食人花得偿所愿地舒展花瓣,一点一点将她吞下。

自从那天蒋阁问过她要不要去见蒋明达之后,姜蝶的心里就没消停下来过。她知道这一面在所难免,但对于这个人,总有一种非常复杂的情绪。他是一切的始作俑者,可问题又在于,他并没有逼迫他们。他只是自上而下地俯视他们，对两个孩子进行了二选一的抉择，提前让他们领悟到了世间的残酷法则。

而这个自以为是的救世主，如今已摇身一变成为蒋阎的父亲，世界上和蒋阎纽带最深的人之一。

因此，她该用什么样的态度去对待蒋明达？姜蝶真的不知所措。

她还没捋清自己的态度，没想到蒋明达却先来找她了，就在她和蒋阎从平溪回来的一个礼拜之后。

那两天，刚好是蒋阎出差去纽约的日子。

姜蝶下班从大楼里出来时，一辆低调的黑色轿车开到她跟前，车窗降下半边，一股浓重的檀香味从中飘出。

姜蝶疑惑地看进去，车后座上一个精神倦怠的老人正合眼休憩，眼睛都没睁一下，开口说："姜小姐，有没有空去喝个茶？"

他的手心里，依旧有条不紊地滚着两个雕刻着佛像的核桃。

姜蝶认出了这人是谁，和记忆里及刊登的照片相比变化并不算很大，保养得当，只是面容清瘦，由内而外地透露着一股垂暮的气息。姜蝶神色僵硬，一时间不知道该不该答应。他见她没动，这才缓缓睁开眼，一双浑浊的眼睛扫过来，忽地一下，对上她的："难道是在怕我？未来都有可能成为一家人，没必要有这么大压力，上来吧。"

话音一落，司机亲自下车为姜蝶打开了后座的车门。在几秒的僵持后，姜蝶咬了咬牙，上了车。结果，蒋明达却像感觉不到姜蝶的存在似的，又自顾自闭上了眼，只是那手指还在习惯性地拨着核桃，提醒着别人他根本没有睡着，非常有压迫感。

姜蝶静悄悄地掏出手机，点开微信，犹豫着要不要告诉蒋阎这件事。最后，她决定看看情况再说，现在说也是徒增他的担心。

车子在这片寂静里往前行驶，停在了一家曲径通幽的茶馆门口。

姜蝶率先下了车，茶馆门口早有人迎接，将蒋明达从车内扶下，毕恭毕敬地迎着他穿过栽种了竹林的院落，来到一处僻静的包厢。姜蝶一直默默跟在身后，等蒋明达入座后，还保持着防备的姿势站在门口。两人之间，可能她自己都没有意识到，完全复刻了当年他们的初见。只不过那个惶惑的小女孩已经长大成人,身材拔高,姿势挺拔,神情也不再充满紧张,而有一种决定单刀赴会就不再忐忑的英勇。

蒋明达瞥了一眼她的神色,笑道:"和当年很不一样了。"

姜蝶一愣:"你还记得我?"

"我虽然老了,可没有老糊涂。"蒋明达眼睛微眯,似在回忆,"你会遗憾当年我选了他,而不是你吗?"

姜蝶毫不犹豫地回答:"并不会。"

"哦?是吗?"他话锋一转,"所以你和蒋阁在一起,就只是巧合?"

"不然你觉得是什么呢?"

他转而问:"其实你们的人生在菩提种发芽的时候就已经分道了,如今何必再凑在一起?"

姜蝶平静地回答:"如果人生是由菩提种决定的话,那么我的人生早已经停滞了。可如今,我依旧完好地站在你面前。决定人生的是我自己,不是菩提种,更不是你的三言两语。"

蒋明达沉默地饮了口茶,神色看不出喜怒。

半晌,他不再绕圈,开门见山道:"你有这种魄力,我很欣赏。对你的人生来说,这种态度确实有挺大用处。但对于蒋隆集团,你有多大的能量呢?我已经无子嗣,蒋阁要找谁生的都是他的种,说实话我没什么太大兴趣。但他既然要接我的班,那他就更适合对集团有助益的女人,而不是你。"

闻言,姜蝶的平静无法再维持下去。

她上前一步,忽然在蒋明达面前坐下。

蒋明达微微蹙眉,注视着姜蝶忽然撩起半边裙子,露出大腿上的那个蓝色蝴蝶刺青。

她指着这个刺青说:"在这块刺青下面,是我原先的胎记。"

"所以?"

"我花了很长一段时间,接受了我的亲生父母将我抛弃这件事。我用蝴蝶掩盖胎记,是想告诉我自己,我可以主宰我自己的人生。别人都不能,包括我的父母。我同时也接受了,他们并不爱我这件事。

"亲生的父母尚且对自己的孩子如此残酷,那么你对非亲非故的蒋阁……只将他看作是巩固你人生和你集团的一种工具,我也完全理解。"

蒋明达听完她的话,一直耷拉的眼皮慢慢地抬了一下,正眼看向她。

"可这就意味着养父母和孩子之间的关系注定是冰冷和充满利用的吗?我只能跟你说,我妈姜雪梅和你完全不同。她没钱,没什么文化,也没有庞大的集团,但她心里有我,我心里也有她。爱人是人类最珍贵的本事,你是堂堂集团创始人又怎么样呢,根本比不上一个家政妇。"

蒋明达的视线带上怒意,他重重地"哼"了一声。

"听前面还以为小丫头片子活得够通透,到最后说的都是什么?爱?"蒋明达不疾不徐地喝了一口茶,降下心头的火,"爱人是神的权力,不是人的。"

姜蝶面前的茶已凉透了,她抬手一饮而尽,直视蒋明达。

她说了一段话,随即抛开茶杯,潇洒地起身而去。

院落里竹影被风摇晃,沙沙声是这场对话最后的余音。

蒋明达和姜蝶私下会面这件事,姜蝶还没来得及告诉蒋阁,他就知道了。彼时,他在酒店接待完一个客户,刚把人送走,蒋明达的视频通话就突然弹出来了。蒋阁诧异地接通,看见视频那头的背景是蒋明达常去的茶室。

"父亲?"

即便隔着屏幕,蒋阁也能察觉到蒋明达的脸色非常差劲。

这很不寻常,他出声就更加谨慎了。

蒋明达"嗯"了一声:"没打扰你吧。"

"没有,会正好结束。"

"巧了,我这边也正好结束。"

蒋阁心里一凛,预感到这话里的不对劲。

"父亲和谁见面了吗?"

蒋明达皮笑肉不笑:"还有谁?自然是你那位能说会道的小情人。"

219

蒋阎的神色显而易见地冷淡下来。

"我好像和您说过，我会亲自带她来见您。"

蒋明达也察觉到了他语气的突变，脸色更加阴沉。

"没必要一起来。新闻出来那天我就已经知会过你，玩玩可以，要成为蒋隆集团的助力，她不够格。"

"您别忘了，我们都是从一个福利院出来的。"

"橘生淮南则为橘，生于淮北则为枳。"

"那谁是那个枳还不一定。"

蒋明达嘴角的笑容已经完全消失。

"你想暗指我这些年亏待你？"

"不，恰恰相反。您给过我的无可指摘，教育机会、生活环境，都是从前的我无法拥有的，我很感谢您。"

"我也说过你是懂事的。"蒋明达脸色稍霁，"所以有些事情，难道还需要我一而再，再而三地提醒你？"

"如果您是指和姜蝶在一起这件事，那么我现在就可以确定地告诉您，我什么都可以妥协，除了她。不要再在姜蝶和我之间自作主张了，再一再二，若有再三，我就不那么好说话了。"

蒋明达伸手开合茶碗的盖子，一下，又一下，清脆的声响被信号模糊成断续的沉闷声。

最终，他不屑地笑了。

"你现在，是在和我叫板？"蒋明达开合盖子的频率加快，"你看看你现在坐着的这个位置，那都是我赏你的！"

蒋阎没有零点零一秒的犹豫，干脆利落地起身，将椅子往外一踢，椅子"咕噜噜"滚出好远。屏幕里，只剩下熨烫齐整的西装下摆和垂坠的西裤，蒋阎一只手撑在桌上，指头轻叩着桌面，咔嗒，咔嗒，和茶盏的韵律抗击着。蒋阎的脸没有再入镜，蒋明达只能听见他的声音遥遥传来："这个位置吗？您想要，那就还您，毕竟那本来就是您的东西。"语气轻描淡写，更让人怒火中烧。

蒋明达一下子把手边的茶盏掷碎，蒋阎听见了噼里啪啦的动静，眉毛却没抬一下。

他不慌不忙地说:"父亲要保重身体,尤其是注意血压。"

蒋明达喘着粗气:"不许再叫我父亲!"

"好的,蒋董。"蒋阎毕恭毕敬,"但有一件事我有义务提醒下,之前您问我为什么要收购郑氏,我当然不是去做慈善的。您可能不知道,郑氏和成荣集团之间还有一层关系。"

"什么关系?"

"这我不能告诉您。"蒋阎的语气颇为遗憾,"您只需要知道,我和成荣已经签了协议,我救郑氏,她把手上蒋隆的股份卖给我。之前收购度假村,只不过是为了防止您起疑心的障眼法。现在加上我原本手里持有的股份,董事会的位置,恐怕不是我和您解除收养关系就能够脱手的。"

蒋阎此时慢慢俯下身,逼视着屏幕,漆黑的眼睛和蒋明达对视上。他那边明明是白天,却比蒋明达这里的黑夜还要暗沉,以至于那目光里藏着什么,蒋明达都识不清。

"好。好。"死寂片刻,蒋明达颤着的手转起了核桃,维持着表面的得体,"果然橘生淮南。手腕雷厉风行,青出于蓝,尤其是过河拆桥这一招,不得不说厉害。"

"过河拆桥?您误解我了,不是您先提的吗?我其实很想过完桥再加根砥柱的。"

他嘴角带着嘲讽的笑意,眼神却在说下一句时不自觉柔和。

"只要您别为难我的'小情人'。"

——75——

两天后,蒋阎从纽约返回西川。

刚好是晚上的班机,好巧不巧的是在这一天,有一个故人也从国外返回,就是曾经姜蝶在巴黎做交换生的时候,认识的邻居林茉染。

她因为那段激情相逢的恋爱,决定大四毕业后到英国读研投奔男

221

友。结果交换回来没多久,两人就分手了。但她还是遵循了自己当时的愿望,去了英国留学。

  如今毕了业,她决定回国找找工作,理所当然地就回了西川。

  她在朋友圈看到姜蝶也在西川,就联络了她。姜蝶一看落地时间,居然和蒋阎是同一天到,林茉染的时间更早一点。姜蝶就说来接她的机,然后三个人一块儿吃顿饭。

  林茉染和过去相比,穿着、打扮更洋气了,但那股冒失的劲头完全没改,愣是在机场里头迷了路,等这班人都走得差不多了,才迷糊地在到达口现身。

  姜蝶挥着手,被林茉染扑上来抱个满怀。

  "对不起啊,让你久等了吧!"

  姜蝶笑着摇头:"不会啊,他的航班还没落地呢,都说了让你不要着急了。"

  林茉染突然欲言又止:"你说的男朋友……不会还是邵千河吧?"

  "不是。"

  "那最好了,看到他就会想到我前男友,硌硬。"她松了口气,又好奇地追问,"那是谁啊?在西川认识的吗?"

  "嗯……等下介绍你们认识啦。"

  "快,先让我看看照片!"

  林茉染等不及地催促,结果姜蝶一翻手机才发现,他们自从和好后,竟还没拍过一张合照。而唯一的合照……姜蝶翻出那则公益新闻,哭笑不得地说:"喏,只有这个合照,你凑合看吧。"

  "是这个蝴蝶兰?"

  林茉染惊讶地瞪大眼。

  姜蝶以为她在惊讶蒋阎的身份,却听到她结结巴巴地凑近端详,无比肯定地说:"好像就是他吧!"

  姜蝶迷茫:"什么蝴蝶兰?"

  "当时住我们这一层有个帅哥,他搬进去当天我顺手帮他拿了盆蝴蝶兰,就是这个人。他感谢我帮忙,还给我推荐了一家中餐厅。"

林茉染惊呼，"但后来就没再见过他。"

"哦……"

姜蝶回想，大概就是那段时间，他搬来她的隔壁，但在目睹她和邵千河的逢场作戏后就离开了。

原来林茉染会带她去那家中餐厅，也和他有几分关系……世事真是奇妙。

一小时后，蒋阁的航班终于落地。

林茉染陪着姜蝶一起等，看着姜蝶聚精会神地盯着到达口拥出的人流，当一个气质冷感的人从拐角出现时，姜蝶平平的嘴角突然绽开。林茉染转头顺着姜蝶的视线看去，从到达口出来的男人风尘仆仆，脚步径直向她们走来。他的脸上原本无甚表情，但在和姜蝶视线对上的一刻，就好像藏在暗处的满地碎玻璃——它本该是会刺伤人的，可被阳光直射到，就炫目得让人睁不开眼睛。

蒋阁走至二人面前，弯腰给了姜蝶一个脸颊贴着脸颊的拥抱。这一瞬间，两个庞大的人突然在人类世界里缩成两只小小的、爱贴脸磨蹭的小动物。

林茉染头一次感受到自己是多么多余。

她出声打招呼说："嗨，两位，我还在这里。"

三个人回了西川的市中心吃饭，吃完后蒋阁让司机送林茉染回家。至于姜蝶，蒋阁则牵着她的手，一起散步送她回家。

一场青春时代久违的轧马路，从花都轧到了西川。

这一路上，姜蝶都显得有些沉闷。

她脑海里回荡着刚才在机场时，林茉染说的话——

"不过快离开巴黎的时候又见过他一次，就在公寓对面的那个咖啡馆，他坐在窗边喝咖啡。我早晨去买咖啡的时候碰见他了。"

当时，他的手边放着一盆紫色蝴蝶兰，所以林茉染一下子就想起来这个人了。

她犹豫了下，和对方打了个招呼说："嗨，你还记得我吗？"

坐在窗边的青年转过脸看了看她,点头说:"记得。"

林茉染脸上绽出笑:"多谢你推荐的那家餐厅哦,味道很正。"

还让她捡到一个男朋友,某种意义上,他算是自己的红娘。

林茉染的笑意更诚挚了,没急于离开,同他又闲聊了两句:"我以为你已经搬走了,很久没看见你了。"

"我确实搬走了。"他一顿,"也已经离开巴黎很久了。"

"啊……那你这次来,是旅游吗?"

他又望向窗外,摇头说:"我的……朋友,在这里的学业今天告一段落,我来恭喜她。"

"哦,我明白了!这盆蝴蝶兰是要送给你朋友的吧。"林茉染恍然,"但是这个花盆不太好拿,要不要换个包装什么的?拐角有家新开的花店。"

"谢谢,没关系。"

他又轻轻一摇头,抿了口咖啡,话题就此戛然而止。

林茉染努力回忆着当时见他的那幕画面,结语道:"但不知怎的,傍晚我从学校回来的时候,发现那盆蝴蝶兰还在,只是他走了。你说这人粗不粗心,要送出手的花居然都会落下。"

姜蝶缓了半响,问道:"是哪一天,你还记得吗?"

"我在那之后没几天也交换结束了,往前倒推几天的话……大概是五月三十一号吧。"

五月三十一号,那一天,是她在巴黎学习的最后一天。

当天大家还聚了餐,为她饯行,导致她很晚才回公寓。

楼下的咖啡店深夜时分早关了门,如果她早一步回家,走出窗台,探下身张望,大概就能看见黄昏下,进门左数第三排的桌子——那儿恰对着她临街的露台,有一株紫色的蝴蝶兰盛放。

它的花语,是"我爱你"。

这场马路没轧多久,就被一场突如其来的暴雨打乱了节奏。

蒋阎赶紧伸手拦车,但是滂沱的雨中,任站在街头的是人是鬼,出租车全不搭理。还是姜蝶眼疾手快,拉着蒋阎跑上了一辆驶过来的公交车。他们刚挤上去,身后又挤上来很多人,大力推着二人冲到车厢后部。

黏糊糊的潮气钻满车厢,肩头挨着背,脚尖对着脚尖,他们被挤得仓促紧贴。蒋阎用手撑在车窗上,为她辟出一小片"避难所"。

他承受着背后的推搡,有些无奈地问:"你家该在哪一站下?"

姜蝶踮起脚尖,斜过脑袋张望:"好像哪站都不行,这辆车不到。"

"那我们就下一站下?"

"可是外面雨好大。这样吧,我们坐着这辆车,看看哪站附近有避雨的地方再下?不然你也会淋得全身湿答答的,很难受。"

"好。司机应该送完林茉染了,我让他再过来接我们。"

姜蝶点头,蒋阎忽然捏了捏她的手心:"刚才都没怎么说话,是不是有什么心事?"

她刚想说没什么,他紧接着问:"是因为蒋明达来找你的事吗?"

姜蝶微微睁大眼:"他告诉你了?"

"我和他谈过了,关于这件事,你不用再担心。"

"他会这么容易妥协?"

蒋阎没有解释太多,只说:"他当然不想妥协,但我已经不是那个只能被选择的小孩了。"

"你不要一个人逞强!这件事我本来打算等你回来和你说的。"姜蝶非常郑重其事地看着他,"蒋明达说,爱人是神的权力,不是人的。"

于是,那晚离开前,她对蒋明达一字一句道:

"那我就做他的神。"

姜蝶模仿着自己当时的语气,对着蒋阎重述:"我说,他供奉'神明'应该很清楚,神绝对不会抛下它的信徒,对吗?那么我也一样,除非你亲手把我的神龛敲碎。除此之外,再没有任何东西能让我们分开。"

蒋阎怔怔地听着这段话,往事如这场大雨纷至而下,沉渣满地,可是有人一头冲进来,被砸得头破血流后,咬牙拖着他的手,将他

225

带上安全区。

到头来,那只被拖进风眼安全降落的蝴蝶,原来是他啊。

公交车突然紧急刹车,煞风景地播报着下一个站名。众人东倒西歪,姜蝶也跟着摇晃,却被面前的怀抱稳稳拥紧。车外是亮光的广告站牌,雨夜车灯,闪烁的交通信号灯,这些东西像黑色大海上的灯塔,指引着行人回家。

一拨一拨的人流下了车,车厢渐空。唯独他们不再着急,因为,他们已经在这个紧贴的怀抱里找到了归宿落点。

"头发又变长了。"

蒋阎慢慢松开她,摸着她被雨淋湿的发梢,在姜蝶还没反应过来时,将她的头发全数拢进手心,然后从西裤口袋里掏出了一根发绳。

不再是纯黑的,上面缀满了漂亮的珍珠。

"什么时候买的?"

"这次去纽约的时候,在一家店的橱窗里看见的。"他慢条斯理地把发丝扎进珍珠发绳里,"我答应过你,要送给你一根新的,更漂亮的。"

他亲手扎好,将碎发捋到耳后,细细地端详了一会儿:"比我想象中还要合适,好看。"

姜蝶吸了吸鼻子:"什么时候答应的啊,我都忘了。"

手却暗自雀跃地攥紧,不停地反复去摸后脑勺。

他看穿了她拙劣的演技,没有拆穿,纵容地勾起嘴角。

两人并肩贴着雾气弥漫的车窗,望着下一站的站牌。

姜蝶轻轻撞了撞他的胳膊。

"要不要在下一站下?"

"下一站是什么?"

"我也不知道。"

蒋阎存心戏弄她:"那不能乱下,午夜的公交容易开到异次元。"

姜蝶猛捐一把他的手臂:"不准吓我!"

他嘴角还浮着浅淡的笑意,无辜道:"我的意思是,下一站有可能就开到月亮上了。"

闻言,她扭过半个身子,用手掌抹掉雾气,贴近车窗瞧,配合他说:"是吗?可是前面好暗,不像是月球。"

"也许这站点刚好设在月亮背面。"

她收回视线,钩住他的手,亦被他反钩住。

"那就一起在这站下吧。"

既然说好要奔向月亮,无论是背光的阴暗面还是向阳的光亮面,无论是将人吞噬的黑洞还是平静庇佑的风眼,都一起去吧。找一个雨歇的日子,牵手散步,沿路赏花,我们再打一个赌,猜猜花叶下,会不会藏有一只渴睡的蝴蝶。

- 正文完 -

番外四篇 × 看蝴蝶飞过沧海

风眼蝴蝶——.

一 一些 vlog

vlog 001

  如今网红迭出的年代，姜蝶非主业经营的视频号早已被后浪拍死在沙滩上。但是最近，她的老粉居然在视频网站的首页上刷到了挂上榜单的她视频。好家伙！奶奶，你粉的过气网红居然又翻红了？确认不是什么同名同姓的新晋博主，该老粉老泪纵横地点进去，想看看这次更新了什么内容。

  上回突如其来的婚礼可是把她吓得够呛……不知道这回又是什么奇奇怪怪的内容，视频干脆连名字都没取，标题上只有"001"的字样。

  视频开头黑了两秒后，一张熟悉的脸出现在屏幕上，舒服地枕着枕头，眼睛都没睁开，她可能都还没意识到自己正在被拍，睡得香极了。一根极为漂亮的手指悄然入镜，屈着指节，轻轻刮蹭着姜蝶迷糊的睡脸。

  "还不起？"

  镜头后传来压低的声音，听上去有些模糊，但光这三个字，该粉丝就没出息地拖回进度条反复听了好几次，酥得要死。姜蝶却习以为常地"嗯"了一声，一把拂掉作乱的手，雷打不动地翻了个身。圆滚滚的后脑勺对着镜头，没入镜的人笑了一声，说："还有一小时登机。"

  姜蝶径直从床上弹了起来，嘴里念叨着"不会吧"。

  "是不会，我骗你的。"镜头后的人老神在在地说。

  姜蝶这时才注意到镜头，飞速捂住脸，手指又叉开几根，露出缝隙里睁圆的眼睛："怎么回事啊你，怎么举着相机！"

  "你以前不就是这么拍的吗？"

"我已经很久没有重操旧业了！"

"'欢迎大家来参观我的婚礼……'"

那个声音有模有样地学着她不久之前拍的那个 vlog 开场白，被姜蝶扑上来一把捂住嘴巴。相机也被拍落到床角，镜头空荡荡地照着雪白的天花板。

旁边的对话还在继续。

"干吗学我！"

"你那个视频不是前阵子拍的吗？"他笑着说，"这个标题起得真不错。"笑声却并不怎么和善。

姜蝶跟着笑，笑声是截然不同的心虚。

"我那是帮你康复呢，有没有垂死病中惊坐起？"

"嗯，差点拔了针头就去抢亲了。"

"那陈叔会和你拼命的！"她顿了下，顺势问，"如果，那真的是我的婚礼呢？"

视频安静了一小会儿，安静到看客都以为是自己卡了，正要去拉进度条时，男人的声音响起。

"那是在我的如果里不可能发生的事情。"

镜头再一切，掌镜的人已经变成了姜蝶。

她坐在飞驰的汽车副驾驶座上，把镜头当镜子，捋着自己的头发，结果镜头里那根修长的手指又突然伸过来，帮她把碎发捋到耳后。

姜蝶嗔怪地睨了眼旁边："好好开车啦。"

那手顿了一下，乖乖收回去了。

姜蝶却对着镜头露出压抑不住的笑容，凑近小声说："那样开车是危险动作，大家请勿模仿！"

话音刚落，手又伸过来了，盖在她的嘴上禁止她说话，故意扰乱她。

姜蝶转头瞪了一眼。

无辜的声音从驾驶座传来："没开车，红灯。"

下一幕，屏幕里出现了西川的国际机场。

姜蝶将刚打好的登机牌贴上镜头，介绍说："噔噔噔，其实呢，这一次的 vlog 也是关于旅行的，又要去泰国啦！冬天好不容易的年假当然要去热带海岛咯。其实本来没想拍的，但某人却主动开了这个头，那我就别扫他的兴，记录一下这次的旅行好了。"

镜头悄然转向，屏幕里画了一个箭头，字幕打上"就是这个某人"。

即便不用箭头特殊标记，画面上的人完全能让人一眼注意到。他一身黑，高挑清冷，正在不远处的机场门店买咖啡，在往来的人潮里像一张画报。原来这就是那个声音的庐山真面目啊。

一半从来没看过姜蝶视频的路人忌妒地感叹：不是说声音好听且不露面的人大概都长得挺丑吗？这人一直半遮半掩的，本以为肯定是个丑的，但现在，只能感谢这人没有一开始就直接出镜，不然根本注意不到他声音好不好听，光顾着舔屏了。而另一半的老粉，自然就惊了——这位不是曾经在巴黎 vlog 里昙花一现、惊艳四方的"男朋友"吗？后来视频被删除，老粉们大概也就知道是分手了，还觉得可惜来着。

隔了几年再看，好像比当初更沉着，因此当他有所察觉，扬起笑意看向镜头时，令人萌生出了灰飞烟灭的心动。怪不得能一下子又冲上榜，这年头会拾掇自己的美女遍地开花，但会打扮的帅哥稀缺，像蒋阎这类的"极品"更是打着灯笼也难找。

终于露面的蒋阎端着两杯咖啡过来，越走越近，笑道："偷拍我？"

姜蝶理直气壮："一报还一报，谁让你早上先偷拍我的？"

"哦。"他点点头，"早知道早上应该再偷亲你一下。"

屏幕前的路人瞠目结舌，长着这么一张冷淡的脸，怎么说起情话来脸不红、气不喘？！

姜蝶仿佛也被震了一下，镜头一抖。

她左看看，右看看，确认没什么人注意角落里的他们之后，迅速地仰起脸，亲了一口蒋阎的下巴。

"一会儿记得报复回来噢。"她小声咕哝。

接着，一个机械音说完"Two thousand years later"（两千年之后），画面已经从西川国际机场转到了曼谷的国际机场。

机场内来往的人还穿着臃肿的大衣棉袄，但隔着一扇落地窗，街头的人身上都只有薄薄的一层短T恤衫，拉活的司机穿着裤衩蹲在棕榈树的阴影下抽烟，暴晒的阳光照得人眼睛都眯成了一条缝。

姜蝶他们早就把夏装穿在里面，落地后直接将外套一脱，完美融入当地。

只是考虑到之后大衣塞进行李箱很占空间，姜蝶干脆没怎么带夏装，想着直接在当地买。于是吃过晚饭，姜蝶就拉着蒋阎上了夜市。这期间她把相机关了，专心致志地空出双手用来淘货。

走上热浪翻滚的街头，这里承载了太多他们复杂的回忆。

曾经，他们走在安帕瓦的水上集市上，一前一后，四周灯火通明。

当时蒋阎的周边围满了人，她好不容易挤到他身边，却还被他甩了冷脸。

姜蝶回想起这些，忍不住撇了撇嘴，忽然将手从蒋阎的手心里抽走，后退了一步。

他疑惑地转过脸："怎么了？"

姜蝶开着玩笑说："重温一下当年我们的距离。"

他观察着她脸上的神色："闹别扭了？"

她哼唧一声："当年那么辛苦找你当模特被你拒绝，想起来当然不爽。"

"那你今天随便提什么要求，我都会答应，好不好？"

蒋阎语气很软地哄她。

姜蝶只是想顺势逗他一下，没想到还免费蹭着一个无理要求，心下一喜，嘴上却一本正经地说："那好吧，那我得考虑一下提什么要求。"

她刻意忽视蒋阎已经递过来的手。

"在我没想出那个要求前，我们不能牵手。"

蒋阎微微一笑，很有办法治她。

"那我补一条，这个随便什么要求限十分钟之内想出来。"

"你刚才还说了是'今天'。"姜蝶不服,"堂堂 CEO 怎么能出尔反尔?"

"那些称谓都无所谓。"蒋阁面色不改,"此时此刻,我只是一个很想和你牵手、最多只能忍十分钟的男朋友。"

姜蝶被这句话击毙,哑口无言。她说着"好啦好啦我马上想",耳根发红地加快脚步扎进夜市。

本来想着随便找个理由敷衍过去,但在眼神扫过某个摊位时顿住。

最上排角落里挂着两件短款 T 恤衫,左边那件是深蓝色的,上面印着月食的图案,而右边那件是紫色的,胸口是一只展翅的蝴蝶——两件衣服如此巧合地相邻挂着。

姜蝶兴奋地扭过头,指着那两件 T 恤衫说:"你看这两个元素是不是很贴合我们!"

蒋阁也颇为意外道:"嗯……挺巧的。"

"我们到现在为止都好像没有一套情侣装。"姜蝶神色一亮,"要不就买这两件吧!"

"我不排斥穿情侣装。但是……"他神色严肃,"这两件都是女装,而且,露脐的。"

姜蝶愣住,然后肩头开始抽动,狂笑道:"我知道我的要求要提什么了——明天我们就穿着情侣装上街吧。你穿这件月食 T 恤衫,我穿这件蝴蝶的!"

蒋阁的半边脸颊显而易见地抽动着。

"你认真的?"

姜蝶拿出手机看了看,忍住笑:"喏,你刚刚亲口说的,十分钟。我确实是在这个时间内提出来的!难道你又要反悔?"

蒋阁深深地吸了一口长气:"买吧。"

他从牙缝里挤出两个字。

姜蝶在他答应的这瞬间再度破功,笑抽过去,脑海里已经有了画面:蒋阁宽阔的身体将窄小的 T 恤衫撑得变形,露脐的部分可能不光是露脐,甚至会将他那一大片精薄的腹肌全露出来……

234　　风眼蝴蝶．完结篇

姜蝶摸了摸鼻子，不怀好意地买下这两件T恤衫，挥着袋子心虚地强调："我可不是和你开玩笑哦，你要说到做到。"

蒋阁动气地笑了一下，然后将手再次伸到她面前，笑意也慢慢变软。"那么，这一回可以和我牵手了吗？"

两人又逛了一会儿夜市，准备打道回府。

在街边拦的士时，蒋阁兴致不高，姜蝶以为他是在介意自己对他的过分要求。

她小心翼翼地蹭着他的肩头道："其实，你要是真的不喜欢……"

蒋阁却摇头："我不是在想这个。"

姜蝶微怔："那你在想什么？"

"我在想……"蒋阁冰凉的手指在热带的晚风中轻轻摩挲着她的指节，"这条街道，从前的那个夜晚，是不是你和他也并肩走过？"

虽然蒋阁没有指名道姓，但彼此都心知肚明那个人是谁。他们复合之后，似乎都对这断裂的几年里发生的事情有意回避，尤其是她曾经的交往对象，蒋阁几乎绝口不提。可也许是这个异国的夜晚令人触景生情，一些深埋的话也变得容易脱口。姜蝶的手指一僵，小心翼翼地回缠："你在吃醋吗？"

他大大方方地"嗯"了一声，转过脸来凝视她，倾下身，额头轻撞了一下她的："但是我告诉我自己，或许这是必要的。我要给你去尝试别人的可能，这样你回过头看我的时候，就不会有遗憾。"

姜蝶愣愣的，心头莫名其妙有些酸楚。

"那你呢……你中间不去找别人，你不遗憾吗？"

"你怎么会问这么傻的问题？"蒋阁匪夷所思地说，"我唯一可能的遗憾，是你最后没有回头。"

姜蝶不知不觉垂下头。

如果没有回头，他们现在会怎么样呢？

也许她还是独自一人，或许他也是。两人身在同一座城市，却像在南极、北极，不会有交集。句点就画在那年的台风天，所有的伤疤和隐痛都随着时间平息，但就像洗掉文身的皮肤恢复不到最初的光滑，于是若干年后，摸着皮肤上那些残留的疙瘩，回忆起自己曾经很爱却又恨过的一个人，被岁月远远隔开。

想到这里，姜蝶胳膊上不由得泛起了细小的疙瘩。

她情不自禁地向蒋阎的身边靠拢，看着自己被路灯拖长的影子和蒋阎的嵌在一起才停下，说："这样吧，我今晚也答应你一个要求！"

他颇为意外道："什么都行？"

"嗯，什么都行。"

蒋阎沉吟半晌，说："那我们去个地方。"

"哪里？"

他没回答，收回了拦车的手，拉着她过了马路，走向斜对角的一家店。

虽然姜蝶看不懂招牌上的蝌蚪文，但看到了深夜招牌上璀璨的霓虹灯，画着的极具暗示性的图标，还有橱窗里的某种服装……姜蝶石化。

"阿 sir，你认真的吗？"

她发出了和他刚才一样的灵魂质问。

蒋阎俯身到她耳边，压低声音说了一句。

"当年没来得及送给我的礼物，这一次可以送给我吗？"

救命。

姜蝶被这句话激得转身就想逃，却被蒋阎一把揪住后衣领。

他嘴角挑起笑："还是说你穿哪件都可以，让我帮你挑？那我可能一件打不住。"

"好了好了好了！我自己来！说到做到！"

姜蝶定了定神，硬着头皮往店里冲。

她本想随便拿一件就跑，但又怕瞎拿得太露骨，到时候回了酒店不好收场，于是故作淡定地仔细看了一圈，这一看，脸绿了大半——只能说热带人玩得很野……姜蝶视线刚扫上去，就被蒋阎从背后捂住眼睛。

他那不和善的笑意又涌出来了。

"让你挑衣服，你看哪儿呢？"

姜蝶连连摆手："我眼睛大，余光扫到不怪我啊。"

他叹了口气，直接将人带出店门，将她的嘴巴捏成小鸭子嘴，不容反驳地说："在这里等我，我帮你挑。"

"注意尺度——！"

她被捏成O形的嘴，负隅顽抗地喊出这四个字。

蒋阎被她这副样子可爱到"扑哧"一下笑出声，慢腾腾收回手插进口袋说："好吧。"

然而，呵呵，男人的话根本不能信。

蒋阎拎着黑色的袋子从店里出来时，姜蝶还心存他会手下留情的期待，觉得蒋阎应该是非常有下限的人，那些妖里妖气的衣服他肯定不屑一顾！

结果，结果……姜蝶实在不想回忆后来。

总之，那一晚，她自食其果地穿上了那套衣服，被折腾到第二天都没能从酒店出去。因此，蒋阎也趁机逃过了穿情侣装上街的惩罚。她后知后觉地窝在蒋阎的怀里，突然反应过来。敢情不是自己摇身一变魅力太大，以至于他把持不住才这么失控，而是——

"你是不是不想穿那件月亮T恤衫才故意这么搞的？！"

"怎么会？"

他亲了亲她的额头，嘴角轻轻扬起风轻云淡的得逞笑容。

vlog 002

既然来到泰国，他们也懒得多折腾，下一个地点就直奔蒋隆集团旗下的度假村。"自家"的酒店，不住白不住。

两人第三天从酒店慢悠悠出来，从曼谷坐渡轮去苏梅岛。

姜蝶本来还想逼着蒋阎陪自己穿情侣T恤衫，结果一照镜子，看见自己锁骨和肚子上都有痕迹，顿时死了心。

"你就是故意的。"

姜蝶愤恨地从行李箱里拿了一件碎花长裙搭丝巾，又套了件轻薄的短开衫，把能遮的地方都遮了。蒋阁还在那里装愧疚，手指从下而上点着他的罪证，赔罪说："是我不好，我们去度假村之后我穿给你看？"

姜蝶拍掉他的手："免了，我怕你又花样百出欺负我。"

蒋阁举手投降："是你把我想得太坏。"

"呵呵。"

姜蝶翻了个白眼，戴上遮阳帽，胸一挺，气鼓鼓地出了门准备去码头。蒋阁便掌着镜，将她全程不理人的后脑勺拍进来。于是，屏幕前的粉丝们也跟着看后脑勺看了半天，但并不无聊，反而津津有味，因为蒋阁总会时不时地拿话逗她两句。

"旁边有家炭烤肉串，吃吗？"

那个后脑勺跟着往旁边看去，镜头后传来微不可闻的笑声。姜蝶听到笑声，随即把头往旁边一扭，重重冷笑两声顶回去，继续步履不停地往前走。蒋阁又幽幽地说："噢，你右边有一家虾饼，好像是网上挺有名的一家。"

后脑勺顿了一下，似乎在暗自挣扎，最后还是受不了诱惑，小幅度地往右边晃动。镜头不由自主地开始抖，是拿着相机的人憋笑憋的。姜蝶终于回头，眼刀凌厉地扎过来，蒋阁的表情顿时恢复得风平浪静，姜蝶说："你刚刚是不是又在偷笑？"

"没有啊。"

"你幼不幼稚？"

"那你可以不要跟我这个小孩生气了吗？"

姜蝶噎住。

蒋阁把相机往她手上一塞，说着"等我一下"，镜头就照到他的身影往刚才提到过的摊位走去，过了一会儿，拿了满手的零食小吃回来。

"一会儿可以在船上吃。"

他把食物推给她，姜蝶没出息地把脸埋进香喷喷的袋子里，一个模糊的"好"字从咬上虾饼的唇缝里溢出。

蒋阁一边接过相机让她放心吃，一边拿手指揩掉她嘴边沾上的油渣。

他全程目不转睛地盯着她吭哧吭哧吃完,然后才笑道:
"这位成熟的大人只顾自己吃,不给幼稚的小孩分一口吗?"
姜蝶一愣:"袋子里还有呢!"
蒋阎左看看,右看看,随即又瞥了眼镜头。粉丝们就看到屏幕一黑……蒋阎忽然拿手掌盖住了相机镜头。过了片刻,他的手掌移开后,两人若无其事地保持着刚才的姿势,只不过蒋阎的嘴角多出了可疑的油渍。他慢条斯理地抽了张纸巾擦掉,煞有其事地点头说:"这个虾饼确实挺好吃的。"
骗鬼吗?!你手上另外一只袋子根本没打开过好不好!有本事偷亲嘴就有本事给我们看看啊!
屏幕里一条条弹幕哀号着飞过。

渡轮在傍晚时分靠岸苏梅岛,姜蝶跟着蒋阎下船,酒店已经派了专属的双条车来接他们。上一次来她还是觍着脸借场地的乙方小虾米,完全没有这么好的待遇。
姜蝶在车上悄悄地问蒋阎:"那这一回我是不是可以免费做SPA啊?上回我去做了一次,太贵了,我肉体爽但心疼。"
"你都是老板娘了,为什么不行?"
"哝……你这样说我会膨胀。"
蒋阎笑着拍了拍她鼓起来的肚皮:"吃这么多,是挺膨胀的。"
姜蝶的笑僵住,一把拍掉他的手:"这小肚子一会儿就会消的。"
随着两人的闲聊,双条车驶进了度假村,弯弯绕绕,往海滩的方向驶去。
海滩是隶属度假村的私人海滩,沿岸有几幢小别墅,是度假村内的顶级套房,比起姜蝶上次来时住的双人标间,完全不是一个量级。从房间的落地窗往下望,近处是被郁郁葱葱东南亚植株包裹的爱心泳池,远处是白沙滩和幽静的海水,黄昏将它们染成瑰丽的橘色。姜蝶赶紧跑到阳台摆造型,趁着最后一点夕阳光,赶紧让蒋阎帮自己拍一组大片。
蒋阎得令后举着相机,非常专业地上下左右变换角度给她拍照。

239

姜蝶期待地小跑过来，探过脑袋说："让我看看！我今晚的朋友圈就指望这组图了！"

结果一看预览，她嘴角一抽。

"天哪，我肚子鼓得这么明显？"

姜蝶头一次直面自己的小肚子，内心一紧。

她仗着自己吃不胖的体质，一直胡吃海喝，虽然这些年肚子在吃完的第一时间总会圆滚滚的，但好在过会儿就消下去了，肉肉来无影去无踪。她以为会一直这样，但随着年纪上去，好像肚子的回弹能力慢慢下降了……

蒋阎很无奈地说："我换了很多角度，爱莫能助。"

"你别再强调了！"姜蝶含泪从箱子里掏出泳衣，"我去游两圈，晚饭不吃了。"

"不行，饭一定要吃。"

他神色严肃。

姜蝶委屈："那我先游，游完再吃。"

他这才退步："可以。我先去处理一下工作的事，然后我们一起去吃饭？"

姜蝶点头，他抬步要往二楼走，被她拉住说："你干吗不在客厅？这样我还能看见你。"

他有些伤脑筋地说："那样也不是不行。但本来十分钟就可以处理完的邮件，在客厅就需要一个小时了。"

姜蝶"啊"了一声："客厅网很慢吗？"

蒋阎失笑："那多出来的五十分钟，我肯定会控制不住去注意你啊。"

姜蝶支支吾吾地撒开手，"哦"了一声，嘴角翘得老高，一头扎进泳池，水花溅得四处都是。

姜蝶抱着要减小肚子的雄心壮志，在并不大的爱心泳池里游了四五个来回。

游到后半截，整个人累得不行，她攀上泳池里放置的火烈鸟泳圈，躺在上面，望着头顶逐渐亮起来的星空发呆。

二楼的阳台，蒋阁拉开门出来，向下探身看了一眼。

"累了？"

他掐着时间出来，似乎算准了她撑不住几个来回。

姜蝶望着横插出来的人影，他覆盖了原先的夜空，却似乎是更令人安心的风景。

她望着他笑，懒洋洋地打了个哈欠："好困啊……"

"撒娇也没用，起来吃饭。"

他不为所动，转回身子，随即走下楼。

姜蝶跟着翻下泳圈，泅在水里往岸边游去。

看着蒋阁从客厅里走出来时，姜蝶停止动作，还待在水里。

蒋阁走到岸边，俯视着她，有些无奈道："真不想吃晚饭？"

"吃呀。"她伸出湿答答的双手，"就是想你把我拉起来嘛。"

蒋阁警惕地顿住动作。

大概是想起了某一年的泳池边，明眸巧笑的一只蝴蝶从水里探出脸，黑色的湿发搭在脑后，身上的白色罩衫张成一朵白色睡莲花，就那样坏心眼地伸出翅膀，将他从泳池边拽下来。

那瞬间，他干涸的世界从此漫入水波。

这些回忆蹿上来，他逐渐恍神的刹那，再度被姜蝶抓到把柄，拉下水。

她双手攀上他的后脑勺，迅雷不及掩耳地在他的唇畔印下一个吻。

"终于舒服了。"姜蝶小声说，"那一年把你拉下来很想做但不敢做的动作，总算补上了。"

蒋阁轻轻抚着嘴唇，垂眼看着她。今晚是个月亮圆满的日子，但月光再亮，也不及他看向她时熠熠的眼光。蒋阁深呼吸一口气，忽然背过身，上了岸。姜蝶一头雾水地看着他的背影，不知道自己该不该追上去。总不至于生气吧？当年他们什么关系都还没有的时候，她那样冒犯他他都没生气。

她在泳池里犯嘀咕时，蒋阁拿着浴巾去而复返。

"你拿这个干什么?"

蒋阁没回答她的问题,说:"你先上来。"

姜蝶乖乖地上岸,刚爬上去,就被他手上的浴巾兜头包住。

"这是我当年想对你做的动作,今天也补全吧。"

"哈?!"

姜蝶从浴巾里探出脑袋,满脸问号。

"你那时候衣服都湿了。"蒋阁清了清嗓子,偏过脸,"我当时想做的动作,就是找块浴巾把你包起来。"

姜蝶长长地"哦"了一声,往他身上招呼,装模作样地问:"为什么呢?"

一脸"我魅力好大"的骄傲表情。

蒋阁将她不安分的双手反剪到身后,微笑道:"你怎么可以不穿泳衣下泳池?那样太难受了。"

"搞半天你是'强迫症'犯了?"

姜蝶垮下脸,从他身前挣脱,作势不高兴地要走。

蒋阁极小声地说了一句"笨蛋",拉住浴巾垂下来的两边,将姜蝶又拉回跟前。

他出人意料地弯下身,借着浴巾的遮挡,在她的唇上蜻蜓点水地一吻。

"上午是虾饼味。"说话间两人的嘴唇轻微摩擦,他在浴巾下和她额头抵着额头,轻笑着说,"晚上呢,是氯水味。"

"还不都是你偷袭……"

姜蝶碎碎念,表面控诉实则撒娇。

蒋阁一本正经地问:"那我需要提前招呼吗?我想吻你的时候就说,姜蝶,我现在要吻你?"

"那倒不用。"

"好。"

他刚说完,延绵的吻又猝不及防地落下来。

气候的湿热加剧了这个黏腻的吻,姜蝶闭上眼睛,睫毛轻颤。

她头顶着浴巾，周遭的视线都被阻隔，漆黑一片，就好像钻在狭窄的防空洞里同他接吻。外头是潮闷的热带雨林，昆虫的鸣叫在棕榈树上响起，却又好像是从她躁动的心头传出来的。

vlog 003

两人从酒店出发来到苏梅岛的街上觅食时，早已经过了饭点。两人都洗了澡换了行头，清清爽爽地来到当地一家很有名的餐厅。这家餐厅分为三层，每一层都有一个对应的名字，分别是：Sun、Moon、Star。Star 位于顶层，一个晚上只接待四桌，用完餐后还可以在躺椅上仰望星空和月亮，用餐环境一绝。但是姜蝶更喜欢 Moon 这个昵称，拉着蒋阖来到中间这一层。

她打趣说："和月亮来月亮餐厅吃饭，边吃还能边看月亮。"

蒋阖笑了："这听上去像是什么绕口令。"

这个餐厅对"选择恐惧症"非常友好，它的菜单上只有两款套餐，一款是龙虾，另一款是牛排，虽然两者价格都不便宜。

姜蝶摸了摸自己稍微瘦下去的小肚子，心有余悸地说："你吃什么？要不我们俩就点一款套餐吧，还能省钱。"

因为蒋阖的食管反流并没有完全好，两人一起吃饭时，他吃不下的那些东西几乎都是姜蝶撸起袖子解决的，她怀疑自己这些天鼓起的小肚子和这个脱不了干系。

蒋阖念着菜单上的菜名：前菜，汤，主食，饭后甜点，两个套餐的各念了一遍，问姜蝶："那你要选哪个？"

姜蝶的唾液随着他念出来的菜品名字不断分泌，她咽下口水，最后愁眉苦脸地妥协："算了，来都来了。反正也就两套，都要吧！"

蒋阖一脸计划达成的表情下了单。

姜蝶哀号："我求求你别选这么诱人的餐厅了！我真的想减肥！"

他沉默了一会儿，很认真地看着她说：

"我反流很严重那段时间，一天中除了晚上睡觉，最讨厌的就是饭点。那个时候我就会想,为什么人不能像手机或者汽车一样,充一下电或者加一桶汽油就好?为什么必须得吃饭。"

姜蝶讷讷地闭上嘴巴,认真听他讲。

"早饭我都忽略不计了,一般中饭也是,我不会感到饿,哪怕到了下午两三点也没有感觉。然后快到晚上时我就觉得必须得吃一点东西了。"他按了按眉心,"每次花很长一段时间忍着恶心吃完的时候,我心里的那种恐惧感才会下去一点点。因为这一天最艰难的任务完成了。"

姜蝶听着皱起眉,不由自主地去拉他的手。

蒋阎安抚地贴了下她的掌心,放缓语气说:"所以在享受到吃饭的快乐的时候,不要去为难自己,身材比起健康是次要的。我很喜欢你吃饱饭的样子,看着你大口大口吃饭,我的胃口也跟着好了很多。"

姜蝶知道这时候说什么安慰的话都非常苍白,直接用行动证明自己听进了他的话。上来的每道菜,她全都干干净净吃光,没有刻意剩下。结果,吃完之后,她的肚子很有骨气地又涨成皮球。但看着蒋阎的胃口确实慢慢好起来,她也就随它去了。为了消食,两人又来到了苏梅岛的夜市中心闲逛。这儿和普吉差别不大,到了夜晚,满街都是霓虹和酒吧,空气中全是不安分的荷尔蒙在作祟。姜蝶的脑海中突然冒出一个奇怪的点子,但又觉得有点过火,犹豫了一路。

还是蒋阎看出她的纠结,直接道:"怎么了?"

"我在想,我们要不要也去酒吧坐坐?"

蒋阎意外道:"你不排斥?"

"现在好多了。"

"那可以,反正有我在。"

姜蝶却吞吞吐吐道:"可是那样不够有趣。"

姜蝶卖关子地把这部分对话剪掉了。最后,呈现给镜头的,只有她自己手持着镜头走进酒吧的画面。屏幕前的粉丝们一脸疑惑,蒋阎人呢?紧接着,他们就看到蒋阎也走进酒吧。只不过,他没有走到姜蝶身边,而是远远挑了个吧台的位子坐下,两人互不搭理……不会吧,这是吵架了吗?

244　风眼蝴蝶.完结篇

皇帝不急急死太监，虽然这都是已经发生过的事了，但大家都莫名揪心，生怕他俩一言不合又分手了，毕竟有"前科"在。

弹幕一片"求求你们不要吵架啦"，姜蝶适时凑近镜头，未卜先知地隔空回应："其实我们现在在玩角色扮演！我和男朋友现在的角色是，在这个酒吧一见钟情的陌生男女。嘿嘿。"

她浮出两声偷笑，刚提议这个的时候，蒋阎脸色一黑，想都不想说"不玩"。她撅着嘴说："你就不能让我爽一爽？"

蒋阎误会了她话中的意思，瞳孔微缩，一脸"你怎么能这么理直气壮想甩开我花天酒地"的震惊和委屈，姜蝶反应过来他误会了，连忙摆手，然后缠住人胳膊撒娇。

"我不是那个意思！"她着急忙慌解释，"你一进去肯定很多人搭讪你，结果你一个不理。大家都在猜你会被谁拿下的时候——噔噔噔，我就光荣登场了！我说的爽是这个意思，嗯……你可以理解为，女孩子的虚荣心。"

蒋阎慢慢松了口气："哦……换种说法，其实就是秀恩爱，对吗？"
姜蝶比了个拇指："阅读理解满分。"
于是，他答应配合她，就变成了现在的局面。

果不其然，姜蝶看见蒋阎一进来后，从门口到吧台的十几步路，就已经有好几拨人围上去，男女都有。姜蝶内心感到很愉悦，人类不能免除的恶劣天性在提醒着她，此刻这个别人求而不得的男人是她的，只是她的。但同时她也有一点点隐隐约约的不爽：怎么自己就没被搭讪呢！天平直观地倾斜，免不了会让人萌生几分危机感。

结果她刚胡思乱想到这些，眼前就横插进一个男人，小心翼翼地问："你是中国人吗？"

这人的出现打乱了姜蝶要去"搭讪"蒋阎的节奏，她一愣，回道："呃，是的。"

"我刚才注意了你好一会儿，看你一个人才敢来搭话。"他挠了挠头，"如果你不介意的话，可以和我们一起玩。"

姜蝶想也不想地摇头说："不用啦，谢谢。"

她略微紧张地瞟了眼吧台的方向，蒋阁正在往她这里看，脸上毫无笑意——完了，不会吃醋了吧？

那男人又想起什么似的赶紧说："你别担心我是坏人啊！不是看你落单才来找你，是怕你一个人玩无聊。你看，我朋友们都坐在那儿，男女都有。"

他指着卡座上的一群年轻男女，其中有个女生正站起身，朝着蒋阁走过去。

姜蝶视线紧跟过去，结果看到两人交谈了一阵子之后，蒋阁居然……跟着起身了！

弹幕此刻和姜蝶的脸色一样震惊，全部都是"不会玩脱了吧"。

蒋阁目不斜视地跟着那个女生来到了卡座，间或低头按着手机。

姜蝶愣愣的，那个男人以为她在考虑，又试探问了一句："所以，要不要过来一起坐坐？"

姜蝶从震惊里缓过劲，从牙缝里挤出一个字："好。"

她刚想跟上去兴师问罪，就察觉到口袋里的手机一振。

来自置顶的某人微信。

糨糊：既然要玩，不如玩更大一点？

姜蝶塞回手机，和他不动声色地对视一眼，暗中达成了某种一拍即合的默契。两人假装完全不认识地融入到这帮年轻男女中，成对角线坐下。

其中拉姜蝶过来的男人给大家介绍了一圈，说："我们是玩潜水认识的，这次来苏梅岛潜水，你呢？"

姜蝶据实回答："我休年假，就来放松放松。"

有人插嘴道："你一个人玩不无聊吗？明天要不要和我们一起去潜水试试？"

"不啦，谢谢，我年假没几天，明天就得回去了。"

"啊……好可惜。"

"那这位帅哥要不要和我们一起去潜水呀？"

刚才邀蒋阁过来的女生顺势接过话，把话题引到了蒋阁身上。

他也跟着回答:"我的假期也到头了,明天得回去。"

"啊……"

那女生露出不满的神色,掏出手机说:"那我们先加个微信吧,我把你拉进我们潜水群,等以后有机会一起出来玩。"

姜蝶保持微笑,看着那女生把二维码递过去。

蒋阎抱歉道:"我的手机没电了。"

这个借口怎么听上去似曾相识?

姜蝶一挑眉,就见那女生略感疑惑地说:"哦,那好吧……"

"没事啊,那就今晚玩儿尽兴呗!"有人出声炒热即将冷掉的气氛,"要不要玩真心话大冒险?"

"好土啊你。"

"老土的近义词就是经典,你懂啥!"

两个人互怼了一番,最后决定换一个新颖的玩。说是新颖,其实也就是和真心话大冒险比,本质还是一个老套的酒桌游戏,叫"折手指"。

玩法就是,按顺序每人说一件自己做过的事情或者某项自己所拥有的条件,在场的人若没做过或者不满足条件,就得折下一根手指。若在场的人都满足条件,那么说条件的人就得折下一根手指。

谁最先把手指都折完,谁就得喝酒。

大家一致点头。

"我就来个简单的吧,我现在是单身。"

姜蝶犹豫了下,不着痕迹地偷看斜对面的蒋阎,发现他默默地折下了手指,于是也没撒谎地折下来。把他们叫到这桌的男女都在格外关注这轮他们的动作,看到两人都不满足单身的条件之后,无疑都非常失望。

那个刚才要蒋阎微信被拒的女生却在失望后感到宽慰,不是自己魅力不够大,而是对方心有所属,独身在外还能抗拒诱惑,这不反而证明自己眼光不赖吗?!

一圈下来之后,一个看上去很野的短发女生率先折完了所有手指,被迫喝掉了一整瓶啤酒,一局游戏就这么结束了。

玩了两圈后,大家就失去了新鲜感,最后又换回一开始嚷嚷的真心话大冒险。

玩法就还是转酒瓶,首先转到的就是最开始提议的男生,他选了大冒险,被起哄着站起来唱一首《向天再借五百年》。

这人仗着是在泰国酒吧别人听不懂中文,也不怕丢脸,扯开嗓子唱得鬼哭狼嚎。

众人大乐,抽第二个人时,酒瓶好巧不巧地指向了蒋阁。

他也说:"我选大冒险。"

大家知道他不是单身,故意挑了个他做不到的大冒险为难他。

"那你选在场的女士,随便谁,热吻十秒钟,做不到就得把这一列的深水炸弹都干掉哈!"

在他们都以为他会投降,等着看好戏时,蒋阁却没将手伸向酒杯,眼神慢悠悠地晃过一个个座位,最后停在姜蝶身上。众人大惊,姜蝶费力地憋住恶作剧的笑。

他一本正经地问道:"不知道这位女士愿不愿意配合我?"

视线全砸到了姜蝶身上。

她装出一副心虚的模样,左右摇摆道:"我愿意是愿意啦,但……万一被我国内的男朋友知道,他一定会和我分手的。"

蒋阁气定神闲道:"没关系,我会替你保密的,毕竟我也有女朋友。"

最开始要蒋阁微信的女生震惊地脱口而出:"渣男贱女!"

此时的屏幕上,已经被满屏知情的"哈哈哈哈"弹幕占据了。

这哪是渣男贱女,分明是戏精夫妻。

这场荒唐的玩闹持续到深夜,两人前后脚出了酒吧,在街头的拐角重逢。

姜蝶还没出戏,阴阳怪气地说:"你背着你女朋友来找我不太好吧。"

他揪了把她的鼻子:"那你呢,你不要你男朋友了?"

姜蝶扬起笑:"要啊,我男朋友打着灯笼都难找,千金不换。"

他遗憾地说:"那看来我们今晚就只能到此为止了。"

"那……再见！"

两人互相挥了挥手，姜蝶背过身往前走去，蒋阎还站在原地，插着兜看她离开。姜蝶走出长长的一段距离，脚步一顿，又转回身飞奔着扑到蒋阎身上。

蒋阎接住她，还在打趣："怎么又回来了？"

她嘴角一撇："我还没听到你夸你女朋友呢。"

"她啊——"蒋阎拖长音调，"对她我没什么好夸的，你想要让我换成你，我也可以。"

他的胸口迎来一记毫不手软的重捶，蒋阎被打得一边咳嗽一边笑。

两人回到度假村后，姜蝶累得腰酸背痛。本来计划去做个 SPA，但发现时间已经过了。

她颇为遗憾地自己按着腰，怀念上一次那个技师高超的按摩手法。

蒋阎洗完澡出来，就看到她趴在沙发上长吁短叹，走过来问："怎么？"

"没算好时间，按摩来不及了。"

"这还不简单？我让其中一个加一会儿班，专门服务你一人。"

姜蝶一听，上班族的共情之火燃起来了，拍着沙发摇头："那怎么行！你们这种剥削劳动者的无耻行径得收敛一下！"

"那怎么办？人我都叫来了。"

"啊！你什么时候叫的？"

"刚才回酒店的路上我就提前通知了，知道你想做又赶不上。"

姜蝶不知道该不该夸他贴心："没事，那也让人回去吧。"

"可是他本人不想回去，比较想为你服务。"

姜蝶终于听出了不对劲，对上蒋阎促狭的脸。

"你说的那个技师……不会是你吧？"

蒋阎欠身鞠了一躬："虽然还是实习不能上岗的菜鸟技师，但想必大度的姜小姐应该不会介意吧。"

直觉发出危险信号，姜蝶一骨碌想从沙发上起身，却被蒋阎利落地按回去。

他从上方贴近,轻声问:"不能给实习技师一个机会吗?"

姜蝶的耳郭被近在咫尺的声音激得一抖,还未出声,他就一锤定音道:"不说话就是默认了。"随即按在她肩上的手一松。

姜蝶立刻直起身,目视着蒋阎返身进了浴室。

她在沙发上坐立难安,大脑告诉她赶紧跑,再不跑一会儿渣都没了,身体却很诚实地抓着一边的抱枕,无意识地抠着边角的流苏,似乎在期待着接下来某个菜鸟的"服务"。

内心天人交战还没结束,蒋阎已经拿着一瓶全是蝌蚪文的精油出来了。

他扬了扬手中的精油:"就在这里做吗?"

姜蝶问:"真的要做吗,你行不行啊?"

蒋阎神情一敛,居高临下地说:"趴好。"

他的声音好像带了魔咒,姜蝶咬紧下唇,依言侧过身趴下。她今天穿着露背的绑脖吊带衫,不需要特意更换衣服就能按,但后背那根系在腰上的带子还是很碍眼。姜蝶闭上眼睛,感觉后背一凉,湿润的液体倾倒下来,顺着凹下去的脊柱线流淌。皮肤因为这突如其来的触感下意识地紧绷,她情不自禁屏住呼吸,等待着他的触碰。接下来她却没有感受到任何动作,只有湿滑的液体在光裸的肌肤上安静漫延。

房间里没有任何其他声响,黑色的寂静里能听到的是夜风吹动窗帘挂在露台植株上的轻微撕拉声,也能感到客厅里冷气朝着后背吹得冰凉。

周遭的细微响动拉长了这份难耐,姜蝶疑惑地刚要睁开眼回头,背上一根手指猝不及防地压下来。他没有压上整个掌心,而是只将一根手指沿着背部凹陷的线条轻轻移动。

姜蝶感觉到痒,抖了下背,向下压着脸闷声道:"你这技术真的很不专业,哪有力道这么轻的?"

"嘘……"他低声说,"耐心一些,这才刚开始。"

他的手指从系带头触到了尾巴,指头一挑,将那个并不复杂的结干脆挑开。

"要由浅入深。"

连篇鬼话。

姜蝶腹诽,在感知到背上摇摇欲坠的系带散开,随着腰线滑下去后,终于忍不住睁开眼睛。眼睛突然看到光线有些眩晕,她还没缓过劲儿,蒋阎另一只干燥的手抚上来,捂住她的眼睛。

"客人有什么不满意的地方吗?"

"我不要按了。"

"那很抱歉,我的技术没有让你满意。"他的另一只手还在她的背上蜻蜓点水,故意地撩拨着,"能不能再给我一次机会呢?"

姜蝶没说话。

蒋阎似笑非笑地盯着他手指经过的地方,她的皮肤忽而变红,好像他的手指是移动的蒸汽机。只是他笃定的神情也就维持到这里了,姜蝶忽然抬手,把自己绑脖的最后一根系带也解开。

整件衣服薄薄地掉落下去,丝质的面料让它好像没有任何摩擦力似的滑落在地。

她挪开他的手,仰躺过来,直视蒋阎眨了下眼睛。

"如果背部不得要领,不如试一下正面?"

vlog 004

姜蝶的年假至此快到尾声了,这是他们待在苏梅岛的最后一天。

这一天,是泰国每月只举行一次的满月派对。月圆之下的狂欢,在晚上举行,并且会持续通宵。因此他们白天不想太累,打算只在海滩边晒晒太阳养精蓄锐,度过一个闲散的下午。

姜蝶在私人海滩上躺了半天就心痒难耐了,因为蒋阎抱着笔记本电脑在躺椅上聚精会神地处理工作,没怎么搭理她。

她摘下耳机,严肃地盯着他看。

蒋阎抽空侧过头道:"坐不住了?"

姜蝶很乖巧地说:"你很忙就不要管我了。"

蒋阁迅速发送完邮件,将笔记本合上,叹了口气:"你想去哪里玩?"

她眼睛弯弯地从躺椅上直起身:"我们去公共沙滩玩吧。那里有好多项目啊,水上摩托什么的,还有滑翔!"

"你想玩滑翔?"他眉头一皱,"那个太危险了。"

"不危险啊!"她拉着他的袖子开始撒娇,"明天就要回去了,最后一天试下刺激的才过瘾嘛。"

蒋阁看着她眼巴巴请求的神色,最终妥协道:"好吧,那我们一起。"

姜蝶揶揄:"是不是你自己被我说得也想玩?"

蒋阁脸一黑。

他之前见过海滩边有人玩滑翔伞,人已经成了天空中的一只风筝,在视线里缩成一个小黑点,但那嗷嗷的惊叫声却极有穿透力,近在咫尺一般叫得人心惊胆战。蒋阁在心里认定这不是什么好活动,其实非常不愿意去,但此刻怎么也不能承认自己是因为心里发怵。

公共海滩边正在有人做准备,蒋阁领着姜蝶站在不远处像两个间谍密切观察,他还在试图给她洗脑:"你看,飞那么高,到时候在天上你后悔也下不来。你再好好想想。"

他寄希望于姜蝶在目睹这项恐怖活动后能打消念头,结果那人和教练双双起飞之后,姜蝶的眼睛越发亮晶晶。

"我们等会儿可以和教练说飞得再高一点吗?"

蒋阁脸色隐隐发青。

"我一定要试一下!"她握紧拳头,"谁说蝴蝶飞不过沧海的?我就可以!"

他听着她的话,觉得好笑,于是只能随她去:"好吧,那到时候你在前面,我在你后面。"

"你就是自己想玩!"

蒋阁掐了一把她的脸:"小没良心。"

那人结束了滑翔之后,两人穿好了安全设备,一前一后地上了滑翔伞。姜蝶跃跃欲试,双脚踩在柔软的沙滩上激动地蹦跶。她的身后,蒋阎一言不发地抓着绳索,手背因为用力过度还凸起几根青筋。姜蝶见身后异常安静,便转回身瞅他,猝不及防入目一张铁青的脸,仿佛他即将要跳海,而不是飞翔。

姜蝶忍不住笑出声:"你是在害怕哦?你恐高?"

他嘴角一扯:"你看我像害怕的样子吗?"

"挺像的。"

蒋阎沉默。

姜蝶觉得这样逞强的他尤为可爱,认真提议:"你要是害怕就别玩啦,我一个人真的OK的。"

"不用,我不害怕。"

他立刻出言否决。

姜蝶自然是心软得一塌糊涂,和他讨价还价:"或者我们俩换一个位置?我在你后面。这样你会不会比较有安全感一点?"

蒋阎干脆松开绳索,将她的脑袋扳回去。

"恰巧是你在前面,我不会害怕。"

姜蝶一愣,但不知道愣的是蒋阎终于承认自己的软弱,还是承认她在他视线所及的位置能给他带来安全感。

在她愣神的工夫,滑翔伞的教练吆喝着从后面攀上来,像一只灵活的猴子三两下就跳到了他们上方,掌控着巨大的伞面朝正前方的大海飞去。

伞晃晃悠悠越升越高,烈风从每一个毛孔穿过,带来海洋的气息。姜蝶深吸一口气,兴奋地一直睁着眼,看着底下的人越缩越小。

她忽然福至心灵,大声说:"你看到底下了吗,是不是很像微缩模型?"

蒋阎"嗯"了一声,说"是挺像的",附和得特别快。

姜蝶听着他的语调还算正常,这才放下心。

在他们上方的教练熟门熟路地掏出一根自拍杆,上面绑着运动相机,默默地将二位翱翔于天际的英姿拍摄下来,当然这些素材不是免费的纪念品,都是为了宰客准备的摇钱树。

有些人会对自己的回忆极为不自信，在各个难能可贵的瞬间不只要用自己的眼睛和大脑将之记录下来，还喜欢用全知视角把一切定格住。

要说贪心吧，是贪心的，可人的一生中，想奋力留住的瞬间其实非常少，如果有那样一个瞬间，想要拼尽全力记录也不奇怪。

于是教练一游说，姜蝶就动了花钱的心思，就算不为了留念，把这些剪进 vlog 里也很有必要。但蒋阎却持反对意见。

"他卖这么贵，添点钱都能再玩一次了。"

"你怎么比我还抠……"

"钱要花在值得的地方，你花这么多钱买几段视频，还是极有可能被海风刮得不像样的视频，多不划算。"

"你不解风情！我买的又不是漂亮！"她翻着白眼，"算了算了，你说的也有道理，浪费钱。"

蒋阎见姜蝶没再坚持，默默松了一口气。

两人回度假村的别墅休整了一下，在日落时分启程准备去参加传说中的满月派对——Full Moon Party。

这个派对本质上就是一个电子音乐沙滩派对，举行的地点也不在苏梅岛，而是在距离苏梅岛十五公里的帕岸岛。坐摆渡船只需半个小时，非常方便。

传闻，在1987年，来自意大利、瑞士和英国的三个背包客在帕岸岛游玩时，为了庆祝生日，一路开着车，放着张扬的音乐，吸引了不少路人聚集到新月形状的海滩边，无意间举行了一次小型的生日派对。

那一天，刚好是满月的日子。而那一晚充满酒精、音乐、荷尔蒙的美好回忆，让人将这个活动保留了下来。于是慢慢地，演变成了如今的电子音乐派对。

在通往派对现场的街头，酒吧的门前和小摊上都提供酒桶和各种口味的廉价鸡尾酒，来参加派对的人可以付钱拎上一桶酒再走。这些地方人头攒动，少不了酒客饕餮。

除此之外，最受欢迎的就是卖荧光颜料的地摊。

穿着比基尼的美女们把荧光颜料涂满自己的后背、小腹、锁骨，画上各种独特的形状和标志，有骷髅，有天使，还有笑脸……男人们也不遑多让，在裸露的小腿和手臂上裹满荧光粉。

当然，无论男女，脸都是被描画最多的重点部位。

姜蝶拉着蒋阁站在一处卖荧光颜料的摊位前，也想凑这份热闹。

"你想抹什么颜色？"

她侧头询问蒋阁，他脸上透着几分不情愿，但还是选出了她最爱的颜色。

"蓝色。"

"嘿嘿，你不说我也会选这个的。"

姜蝶如愿以偿地向摊贩要了荧光蓝的涂料，两人窝在稍微清静些的椰树底下准备将颜料涂上身。

但是，画什么呢？这成了个大问题。

姜蝶首先想到的是属于彼此的意象，蝴蝶和月亮。

但蒋阁却提议说："要不简单些吧。两个数字。"

一，和十一。

姜蝶一怔，然后笑着点点头："好啊。"

她伸手，捧住蒋阁的下巴，另一只手开始在他的侧脸上作乱，画下一抹气势如虹的"1"。

"我不该是十一吗？"

"这个'1'不是你的身份标志，而是代表着，你属于我。"姜蝶得意扬扬地收回手，"满月派对上这么多俊男美女，我当然要给你打下我的标记。"

蒋阁眉头一挑，抬手跟着扣住她的下巴，固定着她仰头的姿势，在她的侧脸上画下"11"。

他满意地颔首："我也标记好了。"

两人脸上印着两个蓝色的荧光数字来到了海滩边，发现他们还是过于保守了。

令人眼花缭乱的荧光点亮了灯火寥寥的海边，好像百鬼夜行，各色男女随着 Drum and Bass 的节奏扭动身体，手上拎着的一桶桶酒迅速见底。

姜蝶他们没那么野地拎着按桶计算的酒，只是每人手上各拿着瓶啤酒，一边喝到微醺，一边牵手在迷乱的节奏中碰撞。

热闹劲爆的上半夜转瞬即逝，下半夜的时候，海滩边升起了一小簇一小簇的篝火。不认识的，认识的，总之都是蹦累的人自觉坐着围成一圈，继续摇头晃脑地喝酒。

沙滩上的音浪还在震天响，姜蝶手中的啤酒跟着见了底。

她拍了拍蒋阎，示意让他去买酒。蒋阎不放心，拉着她要一起。姜蝶摇了摇头，指着篝火边的一个座位，表明自己在这里等他，她蹦得实在一步都不想走。

蒋阎拗不过，严肃强调这里人多混乱，她必须待在原位上绝对不能离开，嘱咐完很迅速地跑开去不远处的摊位上买酒，还时不时扭回头看。他这一次干脆拎着一桶酒回来，明明速度很快了，结果看清位子上的人后，心陡然落空一拍——坐在那儿的是一个陌生人，姜蝶消失了。

蒋阎的呼吸在这一刹那接近停滞，脸上荧光的"1"愈发衬得脸色苍白。汹涌的人潮声被大脑消音，心脏怦怦怦怦剧烈的跳动声占满全部感官。他慌乱地把酒桶一扔，在汹涌的声浪里一边大声叫着姜蝶的名字，一边推开人群，把平静的篝火周边搅动得乱七八糟。手机拨打的视频通话一直无人接听，他差点握不住，捏着手机的五指都在显而易见地发颤。

不远处的海岸线上，此时突兀地炸开了一束蓝色烟花。

蒋阎下意识望过去，在看清烟花底下的人之后，强撑的神经终于断了弦。消失的姜蝶被烟花溅了一身，毫无察觉地蹦起来挥着手，示意蒋阎自己在这里。她刚才说脚酸不肯走都是骗人的，就是为了特意支开他，跑去买烟花。

蒋阎满头大汗地朝她跑过来，脸上的焦急还未退去，神色里隐藏着愠怒。姜蝶由远及近看清他的表情，下意识地缩了缩脖子，但是当他停在她面前时，那点愠怒还是消失得一干二净。

256　　风眼蝴蝶·完结篇

他没怪她为什么乱跑，开口平复呼吸，慢慢道："幸好你没出事。"

姜蝶这才倍感难为情地觉得自己太冲动。

她低下头认错："对不起，你别生气啊。"

蒋阎看了眼她脚边的烟花："今天是什么纪念日吗？"

姜蝶抬起眼小心端详他的表情，发现他的脸已经被疑惑占据，仿佛在说："明明每个纪念日我都记得，今天到底是什么？"

"今天就是很普通的一天啦。要说特别，大概就是满月派对？所有的荧光、电子舞曲、酒精，这些浪漫都是大家共有的。"姜蝶边说边打了个酒嗝，"可我想给你只属于你、独有的一束烟花。"

蒋阎承认，刚才自己的气愤是强压下去的，并没有消散，但在听她打着嗝心虚又诚挚地说出这番话后，是真的生不起气来了。他抱起里面已经尽是灰烬的空烟花筒，说："那我得拿回去做纪念，纪念惊吓变成惊喜。"

"还在怪我啊？"

他轻轻摇头，终于笑了。

"我是在想，我们应该把玩滑翔伞的那些视频买回来。"

尽管那样，你应该就会看到我因为害怕而闭着眼睛，胡乱回答你的可笑画面。

可是，他在看到蓝色烟花的这一刻，也明白了无论如何想要留住一帧已经变成过去完成时的画面的心情，无论这一帧里藏了多少瑕疵。

大脑的底片在珍贵的人、事面前总是显得不够用，回忆会衰老，万物会失真。即便如此，我也无法避免想做一个和你永恒的俗人。

vlog—005

这场混乱的满月派对，一直持续到了天明。

等再晚一些太阳完全出来，码头便会很拥挤，大多数游客会在那个点离开帕岸岛。于是趁着天空露出鱼肚白，日出还没到来之际，姜蝶和蒋阎提前从沙滩离开，坐度假村的私人船只返回了苏梅岛。

灰蓝色的清晨，天色介于黎明和夜晚间，让一切都有一种暧昧的浑浊。姜蝶累到浑身绵软，一上船，就攀上蒋阎的肩头，把他当抱枕一样靠着。

海水开始涨潮，船的引擎还没启动，船身被海浪拍得在水上慢悠悠地浮荡。

姜蝶闭着眼，听着水流的声音，困意逐渐涌现。

蒋阎瞥了眼她耷拉的眼皮，很小声地低语："你眯一会儿，到岸了我叫你。"

她迷糊地"嗯"了声："那你不困吗？"

他摇头："还好。"

姜蝶撑起眼皮观察了下他的神色，明明是很疲倦的，可他却说自己不困。她的困意全无，心头涌上一股无力的焦躁。

为什么这世界上有这么残忍的病，看起来不动声色，却无形中剥夺人的生理本能，让吃饭睡觉这些基本的、本该是愉悦的行为成为一种酷刑？

她拍了下自己的脸，忽然道："我不想睡了，我们在船上看日出吧。"

他一下子就感受到了她的用意，摸了摸她的头："没事，睡吧。"

姜蝶攀着他的胳膊，固执地摇了摇头。

只是人越提醒自己不能睡着时，困意反而会成倍来袭。

不知不觉，她还是一头栽倒在蒋阎肩头。

船只开始发动，往苏梅岛驶去。还未停歇的声响逐渐被抛在身后，迎接他们的是蔚蓝中带着金黄色的大海。

太阳逐渐出来了，正在海平线探头探脑。

她感觉眼皮被覆上一层炽热，就好像黑色的梦境被微波炉加热了一下，暖烘烘的，她舒服地咕哝了一声，身子不由自主地更靠近枕着的肩膀。

随即，眼皮上又感觉到一个非常轻柔的、微润的触碰，仿佛是带着水汽的海风拂过眼睛。

靠岸之后，姜蝶懊恼地坐起来，怪自己居然还是睡着了，错过了难得见一次的海上日出。

蒋阎笑着揉了揉她的眼眶："狗有一种品种叫蝴蝶犬，我觉得猪应该也有一个品种，叫蝴蝶猪。"

姜蝶掐了一把他的手心："你别以为我听不出来你是在嘲笑我。"

蒋阎做无辜状。

"那你有没有录下来视频？给我看看。"

他点头："录了。"

"赞！"姜蝶比了个拇指，"还可以剪进 vlog 里！"

她眼巴巴地探过头，翻着相机里他刚才录的素材，期待着一幕霞光万道的晨曦。

但是，这是什么鬼东西？

视频里，出现两个黑洞洞的鼻孔，镜头慢慢下移，是微张的嘴唇，还咂巴了两下。姜蝶额头青筋一跳，蒋阎居然录的是在船上她累极而有些大大咧咧的睡姿。她咬牙切齿地兴师问罪："这就是你录的'日出'？！"

蒋阎眼疾手快地抢回相机，防止她删掉，然后一本正经地说："这的确就是日出……"他有些不太好意思，后半句囫囵地略过。

但姜蝶还是听清了。

"如果我对你而言是月亮，那么……你或许就是我的太阳吧。"

他们的航班在晚上，因此返回苏梅岛的度假村之后，还可以睡一小会儿。姜蝶好说歹说让蒋阎在床上躺下，无论睡不睡得着，最起码保持静止的姿势也算是一种休息。拉着他上床后，她也缩在他身边继续这场被打断的睡眠。

房间里很暗，窗帘遮光的效果非常好，完全感受不到外面的天光已经烈得人睁不开眼。冷气呼呼地吹，伴随着均匀的呼吸，两个人手脚相挨着，逐渐入眠。

到下午时，先醒来的人是姜蝶。

她下意识地摸到枕边的手机一看,差不多到了他们出发的时间了。身边蒋阎难得已经睡着,模样很安静,姜蝶突然不忍心叫他起来,但没办法,再不起就得误机。

她伸手推了推他,一般来说,蒋阎的浅眠会让他立刻醒过来。这一回,他给予的反应却是喉头发出一声轻哼,眉头不自觉地皱起。姜蝶意识到不对劲,伸手去探他的额头。冰凉的冷气下,他的额头像一块热炭。她心头一惊,慌里慌张地下床翻出了房间里的急救箱,拿出体温计夹在他腋下试温,几秒钟后,电子体温计上显示的温度为38.2摄氏度。

坏了,怎么突然高烧?!

姜蝶六神无主了一会儿,冷静下来后给前台拨了电话,让他们帮忙联络苏梅岛当地的医院。她打电话的工夫,蒋阎被动静吵醒,叫了她一声。

她仓促地挂了电话,走到床边,又担心地摸了摸他的额头:"你知不知道你发烧了?"

他愣了下:"怪不得我睡得那么沉。"

姜蝶内疚道:"肯定是这几天你又要陪我玩又要工作,昨天还通宵,累到了。"

她可以请出年假,专心腾出几天玩闹。可蒋阎不行,他手底下管着这么大的一个集团,没有所谓的真正可以放松的时间,这次能陪她出来,已经挺勉强了,笔记本电脑几乎都不离手。

蒋阎摇着头,从被子里探出手抓住她。

"还好,几点了?我们该出发去机场了吧。"

"现在还去什么机场?给我去医院!"

"傻瓜,你今天年假就到期了,明天不去就算旷工。"

"你才傻瓜吧?!这个时候还想着我旷不旷工!"姜蝶强硬道,"我和领导请个假就行,没事的。"

蒋阎眼睛一弯,揶揄她:"领导一定会觉得你乐不思蜀了。"

"所以你必须明天就好起来,不然我被公司扣的钱都算你头上。"

蒋阎晃了晃她的手:"那扣多少都行。"

"……"

"只要你哪里都不去,就在我身边,就这样一直在这里。"

姜蝶抽回手,拍了下他的脑门。

"我看你现在已经烧糊涂了,幼稚鬼。"

一个小时后,姜蝶如愿以偿地让蒋阎乖乖地躺在了病床上打点滴。

他发烧后的状态和平常不太一样,很孩子气,一直抓着她的手,以至于她都抽不开身去干点别的,只能干坐在病床边。好不容易等人再次睡着,姜蝶才蹑手蹑脚地走出病房,跑到外面的街上买了一份西瓜果切。这算是她坚持的小小迷信吧,只要吃了这份西瓜,烧就能很快退掉。她拎着西瓜回到病房时,蒋阎不知何时醒了,茫然地睁眼看着天花板。她拉开房门,他迟钝地转过头,慢慢露出一个笑容。那笑容非常酸涩,又带着说不清道不明的庆幸和安心。

"你知道吗?我刚才恍惚间醒过来,看身旁空无一人,还以为自己躺在县城的那间病房里。"他嗓音干涩,断断续续,"我听见你说我们再不相欠了。你要往前走,让我也往前走,不再有交集。"

姜蝶握着袋子的手一紧。

"我有点害怕,以为后来的一切都是我因为不甘心做的一场长梦。等梦醒过来,一切都恢复原样。"

"你是真的烧糊涂了。"

姜蝶故作轻松地走过去,把西瓜拿出来,插上牙签,试图用手上繁忙的动作掩饰心头被这番话冲击的酸涩。他侧过头,专注地注视着她的一举一动,心里后悔自己刚才脱口而出的那番话。兴许的确是烧糊涂了,听上去有些矫情的脆弱就这么摊开来,他自己都觉得难看。

"去买西瓜了?"他干脆不着痕迹地转移了话题,"还和当年一样。"

她接过他的话:"这很灵的。你坐起来一点,我喂你吃。"

"好。"

姜蝶调整了下床的角度,让蒋阎半直起身,然后将插好牙签的西瓜递到他嘴边。他张嘴乖乖吃下。

她伸手拭掉他嘴边的痕迹,就在他以为刚才的话题已经翻篇之际,她突然指着墙上挂着的时钟,说:"那是什么?"

"钟?"

姜蝶摇头:"那是一个圆。"

蒋阎沉吟:"所以?"

"圆,这就是你给我规划的形状。从今以后无论我走到哪儿,怎么往前,最后都会绕回到你身边的。"

蒋阎含着西瓜,猝不及防呛到了。

姜蝶很不给面子地笑,嘴里念叨:"吃慢一点。"

他无奈地说:"下次能不能吃完再讲?这样有点丢脸。"

她嘴快地回击:"这有什么,你更丢脸的我又不是没看过。"

蒋阎微微睁大眼:"还有什么丢脸的?"

姜蝶捂住嘴,一双眼睛滴溜溜乱转,故意吊起某人的好奇心。

"不说?"

蒋阎抬起虚弱的手臂,精准地挠到她腰侧的敏感点。

姜蝶立刻从病床边蹦起,离他远远的,瞪着他:"生病了还能使坏!"

他见自己挠不到了,转而示弱,放软语气:"那你就告诉我,我还有哪里丢脸了?我一定改正。"

"这又不是你需要改正的点。"姜蝶纠正他的措辞,"明明是你可爱的地方。"

蒋阎冷不丁愣神。

姜蝶掏出手机,调出了一段视频,似乎怕他删掉,远远地放给他看。

视频里,蒋阎正滑翔在姜蝶身后,双眼紧紧闭着。而她兴奋地乱叫,不停问他:"你快看下面,像不像微缩模型?"

他依言低了下头,终于还是没敢睁开眼睛,火速"嗯"了一声。

再次看到这个片段,姜蝶还是忍不住爆笑,虽然偷偷把视频买回来翻看的时候已经笑过一轮了。

"没想到吧,我瞒着你,后来又绕去找那个大哥买啦。看到视频我才反应过来你为什么拦我,怎么这么可爱……"她碎碎念,"我一定会把这段剪进 vlog 里的。"

于是,屏幕前的观众真的在这次度假 vlog 的尾声看见了这个片段。

除了这个片段外,还有在病房里看这个片段的"套娃"片段。姜蝶坏心眼地拿出相机,对准蒋阎,采访他看自己翱翔天际视频的感想。

蒋阎端庄地微笑:"你等我病好。"

镜头心虚地往旁边一歪。

姜蝶清了清嗓子,将镜头对准自己:"家人们,其实挺可爱的对不对?把可爱打在公屏上!"

弹幕非常配合地打出满屏的"可爱"。

她回过头又看向蒋阎,神情正经几分。

"下回就不要逞强了,工作累了就别硬撑陪我去满月派对,害怕滑翔这种运动就直说出来,没关系。"

他固执地摇头。

"我不是因为逞强。"

"还在嘴硬哦?"

"真的。"他风轻云淡地说。

在这之前,我是一个在不断下坠的人。

但因为你,我又可以向上飞了。

二　琐碎日常

─ 001 ─

蒋阎的烧在当晚退下，他们在苏梅岛又多逗留了一天。在他的坚持下，还是在那天晚上坐飞机回到了西川，美其名曰让领导少扣她一天工钱。但事实上，是他那边休息一天积压的工作已经没法儿让他再偷懒下去了。姜蝶担心他的身体状况，想在周末买一堆食材去他公寓给他炖汤喝，结果收到了蒋阎周末要飞纽约的消息。

"你怎么搞的，出差非要这么急吗？"

她语气不太好地打电话过去兴师问罪，其实从泰国回来时两人就起过争执，确切地说是她单方面对蒋阎生气，觉得他不拿自己身体当一回事。

他也没办法，此刻只能好言好语道："有个大项目快签订合约时出现问题，必须得我亲自过去和对方谈谈。"

姜蝶捂住听筒，无奈地叹了口气，对着电话重新道："好吧好吧，皇帝不急太监急，我操心什么呢。"

他玩笑地活跃气氛："哪有太监？明明是皇后来发号施令了。"

她被逗笑："滚啦。"

蒋阎落地纽约后，西川已经是凌晨两点，她强忍着没睡，问蒋阎有没有安全到达酒店，他发了个"敬礼"的表情，让她赶紧去睡。

两人的时间被正好十二小时昼夜颠倒的时差交错开，各自都有工作要忙，除了微信上寥寥的几句闲扯就没怎么互动过，但姜蝶想着原本也没几天，错开就错开吧。

结果，蒋阁这一去，直接过了小半个月。

难得的周末，姜蝶特意熬到晚上十二点，蒋阁那边正好是中午，她抽空给他拨了通视频电话。他过了会儿才接通，姜蝶瞅着他的背景，似乎在移动的车上。

"准备去吃午饭吗？"

"嗯，约了个客户。"

"还有多久到餐厅呢？"

"三十二分钟。"

"哦，那我们还有三十二分钟可以聊。"

蒋阁微微皱眉："我觉得三分钟就够了，你应该去睡觉。"

姜蝶自动将他这句话屏蔽，拿手机在房间内转了一圈，凑近屏幕问："怎么样？觉得眼不眼熟？"

蒋阁面露诧异："你在我那儿？"

姜蝶点头："反正明天不上班，就过来住了。"

"我都不在，你去做什么？跑那么远。"

"就挑你不在才过来的。"

她此时正躺在客厅的沙发上，似乎刚洗过澡，头发还半干不干的，身上穿着他的黑色浴袍。蒋阁看清她身上的装扮，脸色一沉，似乎预感到她的意图。他没吱声，安静地看着视频那头的姜蝶起身，手机被她随手抓起，屏幕倾斜来回晃荡，照着一路的沙发扶手、房门、床脚，以及浴袍下她晃动的腿。

也许是纽约拥堵的车流，也许是屏幕摆动的幅度，也许是那片若隐若现的肌肤，让蒋阁在这一刹那觉得有些晕车。

姜蝶也没说话，仿佛已经浑然忘记自己正在和他打视频，进了卧室后把手机随手往床头一搁，不是平躺，也不是竖放，而是一个不尴不尬的取景角度。可很巧的是，还能让蒋阁隐约地看见屏幕内地板和门板中间的景象。摄像机的前置镜头也不知道是无意还是故意，直对着衣柜，而姜蝶正好站在衣柜前，背对着他，拉开衣柜门找衣服。

她之前也会偶尔来蒋阁这里过夜，所以衣柜的一大半已经被她的衣服占据，包括浴袍，也早有她的专属。可她偏偏穿了他的那件，极不合身，松松垮垮地挂在身上。蒋阆看到她身上那件浴袍的时候，直觉就告诉他，这只蝴蝶要搞事。

果不其然，那件松垮挂着的浴袍忽而从身上褪下。

蒋阆握着手机的指节微微发紧，调整了下坐姿，身体靠向座椅后背，视线却没有离开手机分毫。虽然那端其实没有什么出格画面，只有一双腿和堆叠在地板上的黑色浴袍——白与黑，非常强烈的色差。

耳机里传来姜蝶那头窸窸窣窣翻找衣服的声响，蒋阆空着的一只手轻叩着座椅扶手，耐心等待着她将衣服换完。窸窣声终于停止，他的视野里，那双光裸的腿盖上了白色T恤衫的衣摆，却比刚才什么都没遮盖的样子更加让人挠心。

他叩动的频率无意间变快，泄露了不动声色的焦躁。

随即，姜蝶转过身，靠近床头柜拿起手机，重新对上了自己的脸。

"今天借你的T恤衫当睡衣穿，可以吧？"

她一脸做作地发问，蒋阆意味深长地盯着她。

姜蝶对他的眼神视若无睹，顺势仰躺在床上，调暗床头橘黄色的灯，她的整张脸便跟着暗下去，就好像一场漂亮的黄昏被夜色吃掉了。

"太暗了。"

他终于开口，声音压得很低。

姜蝶凑近手机的听筒，顿了片刻，说："等你回来了，我再调亮。"

"姜蝶。"蒋阆仿佛在暗自咬牙。

她乐得在床上滚了两圈，最后还是妥协地把调暗的灯又调回原来的亮度，泛着得意的同时又藏着落寞的脸无所遁形。姜蝶抱着另一侧空了的枕头，歪歪地凝视镜头，嘟囔道："怎么办啊？好想你。"

蒋阆沉默了半响，安抚她："我大概再过三天就可以回去了。"

"还有三天——"她拖长声音，将脸埋进枕头里，声音闷闷地传出来，"我以为一个世纪都快过去了。"

他轻笑："哪有这么夸张。"

"你居然觉得这夸张？"姜蝶开始胡搅蛮缠，"说明你根本不如我想你那样想我。"

他卡了壳,补充说:"你要原谅我的表达不恰当,我绝对不会比你想我那样想你得少。"

这都什么狗屁对话?如果真的被别人听到,估计只会翻白眼骂两个人白痴,这两个白痴却觉得这段绕口令对话极有分量似的,非要争出个高下。

争到后面,姜蝶话锋一转:"现在还剩几分钟?"

"五分钟。"

"那够唱一首歌的时间。"她兴致勃勃地拍了拍枕头,"你快给我唱一首入睡曲。"

"……"

蒋阁忽然抬眼看了眼窗外,装出惊讶的神色:"好像比预估的少了几个红灯,这就到了。"

姜蝶岂能相信,毫不留情地戳穿他:"别骗我了,赶紧唱。"

他只能采取缓兵之计,沉吟道:"那好吧,让我想想……"

磨蹭着磨蹭着,车真的开到了餐厅。

蒋阁如蒙大赦地将镜头往车外一照,表明这次是真的到了。

姜蝶嘴一撇:"入睡曲都不给我唱,你怎么这么狠心!"

"蝴蝶猪还需要听歌才能入睡吗?我以为说着话就能睡着。"

"蒋阁!"

姜蝶不想理他了,反正也到了他该去工作的时间,索性连再见也不说,一把掐断了视频通话。

但蒋阁说得也没错,她可能真的是蝴蝶猪吧,下视频没几分钟,她就抱着他的枕头呼呼睡过去了。

枕头、床单和被套上都残留着他的味道,被他的气息包围着,很难失眠。

所以,她才跑过来的,他知不知道呢。

隔天,睡到日上三竿才醒来的姜蝶发现手机上多了一条留言,是一段六十秒的语音,发信人自然是她的亲亲男朋友——蒋阎同学。

她睡眼惺忪地点开来,飞散的意识瞬间回神。

开头两秒,是呼吸的起伏,接着,他的声音在空旷的卧室响起——

> 轻抚着你的头,睡吧。我在你梦里。
> 不管醒在哪里,宝贝,我记得你。
> 不知道从哪一天起,再没有你的消息,这世界忽然间不美丽。
> 不管何时何地,宝贝,我爱着你。

录这段歌的时候,他那边大概是露天的傍晚,背景音能听到夕阳下的虫鸣。他估计是怕旁人听见,不好意思地贴近听筒,于是忙碌一天过后的疲惫也暴露了出来,但哼唱的音调依然是缓慢、耐心而轻柔的。

姜蝶翻身下床,赤着脚跑到客厅,把包里的耳机找出来,插上手机,贴着耳朵又播放了一遍他唱歌的片段。她随性地躺回沙发,两腿搭在扶手上,对着手机傻乐,仔细听着他录的六十秒语音,来回跟着轻哼。

直到语音戛然而止,她的哼唱还未结束。骤然听到自己走调到姥姥家的难听声线,她的傻笑僵在脸上,尴尬地闭嘴了。

小福蝶:救命,你怎么在大清早发安眠曲?这样我又要困了。

纽约已经是晚上的12:50,但还不到他的睡眠时间,她发出的消息很快就得到了回复。

半失踪人口:那你就吃点东西再睡个回笼觉。

小福蝶:你果然还没睡。

半失踪人口:睡不着啊。

半失踪人口:我是真的比较需要安眠曲的人。

半失踪人口:你给我唱吗?

小福蝶:不是本人。

半失踪人口:好了,不闹你了,我真的准备睡了。

小福蝶：嗯嗯，快去睡。

小福蝶发来了三秒的语音。

夜色笼罩的酒店房间，蒋阎翻了个身，点开了她发过来的语音。

"你也晚安，我的宝贝。"

002

姜蝶期待着三天后，因此连讨厌的周一都变得生动起来，意味着不能和蒋阎见面的日子又缩短了一天。

仲解语最近一阵子桃花朵朵开，忙着在各种约会中周旋。她本来是小心翼翼地想拜托姜蝶帮忙处理下周一例会的会议纪要，没想到这人笑得跟弥勒佛似的就答应了。

等处理完全部工作，已经过了饭点。姜蝶将就着在楼下的快餐连锁店解决了晚饭，搭乘地铁回家。

这时的姜蝶，还不知道有份惊喜正在路上。

她下了地铁一边走路，一边给蒋阎发消息碎碎念自己这一天的无聊日常，就这么一直发到进门，猝不及防被人抱了个满怀。

姜蝶吓得举起包就要往对方身上砸，但感受到熟悉的气息之后，包依旧往他肩头落下，只是力道轻飘飘的，变成了打情骂俏。

"不是说三天后才能回来吗？又骗我？"

"没有，工作的确还没完，就是抽空飞来见你一趟。"

姜蝶一惊："什么，你还要飞回去吗？"

"嗯，明早的飞机。"

"你就为了飞来……"姜蝶卡了壳，"见我一面？"

"不许说我是多此一举。"他抱着她晃了晃，"我的充电器落在这里了，再不回来充下电，就什么活都不想干也干不了了。"

姜蝶叹了口气，心头一软，还能说什么责怪他任性的话呢？

"是不是还没吃晚饭？刚下飞机就赶过来了吧？"

他乖乖点头。

"你去休息下,我给你简单下点面条。"

姜蝶把人赶到沙发上,卷起袖子,从冰箱里倒腾出剩下的食材,刚好还有半包生鲜面、两只番茄、一小撮青菜、一根腊肠,再加一只蛋。刚被她赶到沙发的人此时去而复返,悄无声息地走进厨房,靠在流理台上看着她。

"我来帮你打下手。"

"不用!"她暗中翻了个白眼,"我早就不是当年那碗白粥的水平了!"

闻言他忍不住笑:"我都没想起,你又回忆起来了。"

"赶紧永久拉黑那段回忆。"

"明明很可爱。"

为了防止他再胡言乱语,姜蝶果断地把手中的青菜和番茄推给他。

"把这些洗干净哦。"

"好。"

他熟练地从她的柜子里抽出一件围裙,望着上面的美羊羊图案,深思似的看了几秒,语重心长地说:"其实我前两次就想说,我们能不能购置点稍微简约一些的、适合我的围裙?"

"可是你也不常来啊。围裙都有两件了,再买多浪费。"

姜蝶眼见着蒋阎妥协地穿上美羊羊,憋不住笑,手直抖。只是,他的下一句话令她的笑蓦地中断。他双手抱胸,挡住美羊羊的漂亮脸蛋,忽然轻描淡写地说:"那如果我们同居的话,是不是就不会浪费了?"

电磁炉上小火慢慢地煮着,姜蝶盯着逐渐沸腾的面条锅,结巴地回答:"你开玩笑还是认真的啊?"

"你看我像喜欢随便开这种玩笑的人吗?"

"不是……"

"其实我已经考虑很久了。"蒋阎神色认真地道,"我公寓离你太远,你只有周末能来住。我到你这里也不是很方便,你这里……嗯,有点小。"

姜蝶露出被扎心的表情。

"距公司近或者沿地铁线的房子就很贵啊，面积和租金成正比，我一个人当然是能省则省，将就着租个小的。"

"但你现在不是一个人了，对不对？"

蒋阁直视着她，她愣愣地点下头。

"所以，我想我们可以找一个位置折中的、去我们上班的地方都比较方便的地方。今后也许出差还会很频繁，这样平日就能见面了。你觉得怎么样？"

"我不知道。"

他微微一愣："你在担心什么？"

"虽然我们没有吵过很凶的架，但万一，要是我们真的吵架了，想摔门走人的时候都没底气欸……"

蒋阁哭笑不得。

姜蝶挥挥手："先不说了，面都要煮烂了！"

这个话题就这样被仓促带过，蒋阁也没有继续追问，大概是想让她在他出差的这几天仔细考虑。

姜蝶也确实在认真考虑，她对蒋阁说的那条理由只是她最不担心的一条，她不认为两人真的会吵到想要离家出走的地步。相反，生活习惯上的差异更让她害怕迈出这一步。比如说吃饭，蒋阁每次都喜欢把爱吃的菜留在最后，有时候她不知道或者忘了哪样是他爱吃的，毫无顾忌地就把他暗自觊觎的那道菜哐哐夹光，徒留他一脸委屈地看着空盘。

饭后的洗盘更让人头痛。她懒得第一时间收拾，吃饱饭就想咸鱼躺在沙发上休息。可蒋阁不是，他受不了脏盘子乱七八糟堆在洗碗槽里，必定会第一时间将它们分门别类刷洗干净放好，然后把残留水渍的台面擦干净。

一次、两次，她可以心安理得让蒋阁负责这些，可一旦同居，她如果总是这样当甩手掌柜，自己会过意不去的，更别说蒋阁会不会因此对她会有怨言。

爱情的杀手是什么？当然就是柴米油盐酱醋茶！

可如果让她勤快起来，她又实在犯懒，说不定到时候心里有怨气的就是自己了。

又比如说洗澡。她头发长，很容易掉，每次洗完澡总能揪下一大把头发，为了避免堵住下水道，她会在淋浴间放置一个垃圾桶，把掉下的头发丢进垃圾桶里。在蒋阎的住处也是如此，但依然还会有漏网之鱼，难缠地挂在瓷砖或者墙壁上。蒋阎是个卫生间使用完和使用前几乎没区别的人，除了玻璃上还残留着水汽。

他很难容忍卫生间变得一塌糊涂。于是，见识到姜蝶洗完澡后卫生间那些"惊喜"的头发，他揉着眉心说："下次你先洗吧，你洗完我再用。"

他可以偶尔帮她善后，但如果住到一起，姜蝶还是要自己清理收拾，但按照她的粗心，肯定会有一两根残留。她怀疑长久下去，他一定会被那些头发折磨疯的。

一个洁癖"强迫症患者"和一个大大咧咧、崇尚乱中有序的缺心眼，住到一起真的是一场修行。

姜蝶不信蒋阎没有考虑到这些，因为他是需要承受更多的那个人。

但即便如此，最先提起同居的人也是他。

姜蝶咬咬牙，心里有了答案。

等到蒋阎再次从纽约回来时，姜蝶去接机，看着他从人流中出来，她小跑过去，开口就是："我最近在 App 上看了好几个房子，等你休息好了，我们一起去看看吧？"

就这样，两人看房就提上了日程。

本来这事儿用不着这么麻烦，蒋阎身为蒋隆集团的 CEO，要什么房子没有？光是他手底下在西川的楼盘就可以随便免费挑。

可姜蝶很坚持，哪怕是租他手里的房子，也要和他对半分摊房租，所以，租房的预算就要考虑到她的工资，挑选的范围就变得很有限。蒋阎由着她，特地挑了一天时间，陪她一家家看过去。

姜蝶对房子的需求没有什么特别的，唯独一点，视野要好，要有落地窗或者露台。兴许是从前在鸳鸯楼住得太闭塞，她对于采光方面就变得有些挑剔。满足她条件的房子并不便宜，因此他们足足看了一天，最后敲定了一套没有任何家具的空房，但有一间朝阳的露台，面积也大，两个人住绰绰有余。

没有家具所以租金便宜，两人当天定下来后，就着手准备放置家具。

蒋阎的那些家具都放在他原本的住所没动，姜蝶则把自己的家具拉过来了，但大多是一些小物件。毕竟作为一名漂荡大城市的上班族，身外之物越少越好，不然只会让搬家徒增困扰。

像是床、衣柜、桌子、沙发等家具，租房时她就要房东自带的，空房一般都不会考虑，不像这一次，他们有意地想布置出属于他们两个人的空间。

蒋阎不得不又抽出一天时间，陪她去逛家居城。

上一次来家居城还是姜蝶自己来的，逛了一整天挑了自己中意的摆件和靠枕，整个购物过程还是非常愉快的，除了总是会在沙发上或者样板间看到你侬我侬闪瞎眼的情侣，这一点让人很不爽。

只不过这一次她终于不用再担心别人"喂她狗粮"了！

当她牵着蒋阎走进卖场的时候，如愿以偿地接收到了别人偷偷打量的目光。不光是单身的，也有情侣忍不住瞟他们。

姜蝶很不好意思地承认，自己的虚荣心得到了极大满足。

蒋阎在她旁边推着车，毫无察觉地将视线集中在旁边的家具上，非常认真地在挑选。

姜蝶突然想起什么，"啊"了一声："对了，我们该重新买两个杯子，那个酒瓶酒杯你不要再用了。"

"好啊。"他开玩笑地说，"要不要买塑料的？下次就算你想摔，也摔不坏。"

姜蝶讷讷道："只要你别惹我，我就不会摔！"

蒋阎双手投降："OK、OK。"

两人来到杯子专区，姜蝶看了一圈，说："干脆就买塑料的吧，我还真有可能失手打碎杯子，到时候又要留下你的杯子做孤家寡人……"

"没关系,那我就让它再'续弦'。"

"呵呵,你敢,我半夜潜进厨房暗杀它。"

他闷笑:"那就塑料的吧,皮糙肉厚,暗杀不掉。"

姜蝶指着边上最朴素的一黑一白:"简单点的怎么样?"

"我觉得不错。"

姜蝶对他的回答很满意,最怕听到"你决定就好"或者"随便,都行"这样的字眼。

一起出来逛的时候,就是要有这种正向的、积极的反馈才会让人觉得是真的在一起参与,而不是拖着一个人形挂件出门。

"好!那就这个了!"

姜蝶把两个黑白配的塑料杯子放进推车里,又着手买了些其他的厨房用具,接着转移到卧室专区。

这里放眼望去全是床,许多逛累的人懒散地躺在这里。

姜蝶知道蒋阎肯定不愿意试谁都可以往上睡的床,于是自己就承担了试床的重任。结果刚选了一张床往上一躺,整个人就跟粘在上面似的不愿意下来。

蒋阎面色略无语:"你才逛了几分钟?"

姜蝶滚了两圈:"这张床很软啊。"

蒋阎走到床头仔细看了下床的质地和价格,严肃地摇头:"再选选吧,这床太便宜了,感觉质量不太行。"

"可是真的躺上来很舒服,床的使用感舒服不就行了吗?!"

姜蝶从床上起来,将人拖到了沙发区。

这里有更多的人在休憩,但蒋阎对沙发的容忍度明显比床要高,也愿意坐下来试一试。

两人走到了角落处的藏蓝色沙发旁坐下,蒋阎评价道:"还挺舒服的,颜色也是你喜欢的,这个可以纳入考虑。"

"我们买个可以延展为沙发床的吧!这样如果我们吵架了,不想和对方睡在一张床上的时候,就可以到沙发上睡。"

蒋阎沉默了一会儿。

"我发现，你一直在考虑我们吵架之后的事情。"

姜蝶声音低下去："这叫 flag，越是这么想，反而越不会真的吵。"

"是吗？"

他语气淡淡的，姜蝶却听出了遮掩住的不开心。

"好了好了，那就买这个好了。"

他没接她的话茬，还停留在吵架上不肯翻篇。

"如果我们真的吵架了，我也绝不会对你甩脸走人，或者不想睡在一张床上。我希望你也能这样对我。"

蒋阎的神色非常诚恳，姜蝶对上他的眼睛，不由自主地点下了头。

她伸手抱了下他的腰，审时度势地贴近撒娇："我不会的。"

蒋阎这才面露几分欣然。

他望了一圈四周，周围人太多，他忽然伸手拿过一旁的导购手册，挡住自己和姜蝶的脸。

姜蝶感觉光线一暗，陈设的射灯灯光被手册拦截住，一个潮湿的触碰落在了她的嘴唇上。

人来人往的大卖场，他猝不及防地亲了她一下。

"这是奖励。"

他说完，收回手册，低下头一本正经地翻开，装作在看。

姜蝶也赶紧坐直身体，慌张地抽过一本相同的导购手册，面容严肃地盯着上头的字。

蒋阎似笑非笑地瞥了她一眼："你拿倒了。"

003

赖床

他们搬入新家后的第一天，姜蝶丝毫没有被换床困扰，睡得昏天黑地。

这也不怪她，昨天累了一整天，把所有家具组装摆放好累得够呛，虽然……她是坐在沙发上指挥蒋阎动手的那一个。所幸隔天是周日，她安心地把所有闹钟都关掉，放心地呼呼大睡。睡得正香，鼻头忽然被人捏住，姜蝶呼吸一滞，拍掉在鼻尖作乱的手，抬起眼皮歪头看向床边的人。

蒋阎已经穿戴齐整，蹲在床边，轻柔地出声道："蝴蝶猪，起床了。"

她抗议："我今天又不上班。"

"我的意思是你起来吃完早饭再睡，我做了三明治。"

"吃吃吃……"

姜蝶睡眼惺忪地抓过蒋阎的手掌往下一咬，报复他叫起床似的，得意扬扬地瞅他："吃了。"

他缩回手，看着自己虎口下方的掌心内侧，多了一道浅浅的牙印。

"看来饲养蝴蝶猪这个品种不能靠三明治。"蒋阎无奈地掐了一把她的脸，"得做好牺牲自身肉肉的准备。"

姜蝶翻了个身不让他掐，哼唧着附和："对啊，蝴蝶猪就喜欢吃人肉，还只喜欢吃姓蒋名阎的。"

露台

露台的装饰是整间房子里最后完成的。

一方面因为姜蝶最喜欢这个露台，就学习蒋阎把爱吃的东西放到最后再细细品尝的独特癖好，特意将露台放到最后去布置。

另一方面，是家具的原因。

她怀念自己曾经在巴黎的那个漂亮露台，想干脆仿照它的样子布置。

只是理想虽好，现实骨感。曾经那些装饰都是她在巴黎的跳蚤市场买来的二手家具，当初回国不便携带，她便忍痛处理掉了，没能带回来。

于是姜蝶抱着碰运气的心态，在网上大海捞针似的想要淘到和当初差不多的茶几和藤椅。这一淘就耗时许久，一直没能淘到满意的。

她妥协地想换成别的家具时，某天下班回家，却看见露台已经被布置好了，还是当年的那副茶几、藤椅，茶几上有一套似曾相识的茶具。这些货品的质感一看就是新的，不是当年被她转手的那些，样式却一模一样。

姜蝶惊讶地给蒋阎打电话。

"露台那些家具，是你买的吗？"

"嗯，还像吗？"

姜蝶匪夷所思，突然反应过来："这些不会是你专门定做的吧？"

"我依照记忆里的样子，做了一套那些家具简单的微缩模型，让工匠参考的。"他不太好意思，"做的时候手很生，还怕还原不出来。"

"我说你这几天怎么一有空就鬼鬼祟祟地躲到书房里。"

"所以还是挺像的吧？"

"一模一样，只有一点不同。"

他不由得紧张："哪里？"

"从当年的一把藤椅，变成两把了。"姜蝶撇着嘴，突然很想很想他，"你快下班回来啊，我在露台沏好茶等你。"

屏保

自从露台装饰完毕，这儿就成了姜蝶最爱窝着的场所。

这儿后来又被她动手改造了一番，放了一个小柜子，上面是一台黑胶唱片机，柜子里面则是蒋阎喜欢听的黑胶唱片。除此之外，柜子上还摆放着一株新鲜的蝴蝶兰。

这天蒋阎没去公司，在家里办公，而姜蝶难得下班回来得早。夏日的天色暗得很慢，傍晚七点，西川的黄昏还未完全落幕，她一回家，有幸看到人和花一起沐浴在夕阳下的画面，静谧得犹如一幅油画。姜蝶屏息着，小心掏出手机，对准蒋阎的侧脸，将他和蝴蝶兰放在一起，按下拍摄键，忘记静音的手机发出咔嚓声响，惊动了低头看笔记本电脑的画中人。他回头，姜蝶又眼疾手快地拍下他回眸的这一幕。

277

后来这一张照片,当了她好久的手机屏保。有一次去开会被对方公司的小伙伴看见,整场瞥了她手机好几眼,散会时忍不住问她:"你的屏保是哪个新生代男艺人啊?太有气质了。"

她愣了下,偷笑说:"这个男艺人很糊的,只有我这一个'铁粉'。"

对方惊讶:"不能够吧……你相信我,这张脸不出一两年,绝对红透半边天。"

"恐怕不行,他糊就是因为他已经有女朋友了,很明目张胆的。"

"这你都知道?"

"对啊,这张照片还是我在他家露台上拍的。"

对方一愣:"不会你就是……"

"哦,不不不,我不是嫂子。"她一本正经忽悠,"我呢,就是一个心碎'私生粉'。"

探戈

还在自己公寓住的时候,姜蝶习惯的饭后消食场所是沙发,懒洋洋地往那儿一躺,磨蹭大半天再起来干点有意义的事情。但搬入这个新房子后,她的消食场所则转移到了露台。蒋阎很有闲情逸致地把黑胶唱片机利用起来,整个空间经常回荡着浪漫的萨克斯。

姜蝶触景生情,情不自禁地把蒋阎从藤椅上拽起,抓住他的手,贴着他的腰,让他跟着自己一起转圈圈。

这是她梦寐以求的场景,昏暗的夜色,客厅的落地灯隐隐地透过百叶窗打进来,和着上个世纪的舞曲,他们交缠的影子合二为一,和蝴蝶兰静止的影子一起,就像一幕老式电影。

他发蒙地问:"这是什么?"

她沉醉其中地回答:"跳探戈。"

"探戈好像不是这么跳的吧。"

"你会跳?"

"不会。"

"那我说这么跳就这么跳。"

"OK。"他耸着肩,"但是,至少男步得让给我吧?"

电影

蒋阎把书房又改造了一下,将之变成了一个小型的私人影院。而影院放映的第一部电影,就是他们从前没能一起看完的《罗马假日》。

这部电影姜蝶是真的没有再看过,自从他们分手后,她对任何能回忆起他的细枝末节都避之不及,这部电影她原以为自己有生之年都不会再去碰,就像当年她以为自己绝无可能再和这个人走到一起。

想到这里,姜蝶调整了下观看的姿势,不由得将头靠上他,有一种差之毫厘就失去眼前这份恬淡的后怕。但在蒋阎看来,这是一个她要入睡的姿势。

他三令五申:"这次你不许再睡着了。"

姜蝶掏出两根牙签:"放心,如果我觉得困了,就把这两根牙签支我眼皮上,绝不睡着!"

他被逗笑:"你以为自己是汤姆猫吗?"

"怎么可能?我是聪明的杰瑞。"

"好了,你这两者都不是。"蒋阎顺手摸着她靠过来的脑袋,侧过脸很自然地亲了下她的头顶,"你是比赫本还要漂亮的公主。"

外卖

蒋阎在家的时候,两个人几乎不会叫外卖。考虑到蒋阎的反流没有好全,外面的食物总归不太健康。他们都是自己做,而且都是以清淡为主,绝对少油、少盐、少辣。等蒋阎出差的日子,姜蝶终于可以点开外卖软件,下单一份垂涎已久的螺蛳粉。

她乐滋滋地等到螺蛳粉送达,窗外突然下起暴雨,"凶猛"的天气却让这份食物带来的幸福感成倍增加。雨天窝在舒服的地毯上,点开一档综艺,吃着臭辣的螺蛳粉,别提多带劲了。

与此同时,在机场候机的蒋阎也给她发了消息,问她有没有好好吃晚饭。

"吃了吃了。"

她随手甩出一张手机里不知道哪天拍的轻食餐,美滋滋地给他发过去。

"非常健康的一餐。"

她脸不红气不喘地嗍下一大口粉,噼里啪啦地按下发送。

然而,她不知道的是因为暴雨,航班被迫取消,蒋阎改签了明天的航班,此时正在回来的路上。

她以为自己完美地躲过了一劫,隔了一会儿却看到手机进来一条消息。

"家里厕所坏了吗?我在走廊就闻到一股味了。"

卫生

姜蝶喜欢外卖,不光是因为它好吃,更是因为它方便。

自己做当然哪儿都好,但洗碗这件事实在是令人头疼,好歹这世界上还有一项伟大的发明,那就是洗碗机。

与洗碗相比,浴室里的头发就很棘手。

用过的淋浴间湿淋淋一片,她才不敢用吸尘器。就算擦干再用吸尘器,这前前后后的捣鼓就要累死人,最方便的还是自己手动清理掉。刚同居的一段时间,姜蝶表现良好,但日子一久,懒劲就上来了。

这一日她洗完澡,擦着头发出来,一脸烦恼地嘀咕:"我在想,我要不剪个短发算了。"

蒋阎在沙发上看书,闻言抬头看她,不解道:"想换个发型了?可以啊。"

"不是……"她欲言又止,"我今天清理那个头发,越清越多。如果工资能和这玩意儿一样就好了。"

蒋阎听到后半句乐出了声。

他不当回事道:"都和你说了,你先洗,洗完放那儿就行。"

姜蝶皱眉:"可是你不会觉得清理那些头发很恶心吗?"

蒋阎不假思索地摇头:"那是你的头发,你身上的每一寸东西组成了你,而你是我的爱人。我爱屋及乌都来不及,怎么会觉得恶心?"

姜蝶心头酸软,有一种立刻冲回卫生间把头发全清理掉,不舍得他受累的冲动。

"所以呢,头发别剪了。"

"嗯嗯!"

她动容地大力点头。

然而,又隔了很长的一段时间后,蒋阎突然装作不经意地提起:"最近天气热了,你这头发要不要剪一剪?"

电动

姜蝶这阵子忽然迷上了用手柄玩单机的惊悚游戏。

这股风是从仲解语那儿刮起来的,说是上班族必备,特别解压。姜蝶被她"安利"了一款游戏,她直接把盘从家里带来给姜蝶,倾情推荐姜蝶去试玩一下。当然,她是不敢一个人玩的,把蒋阎请过来当护身符,缩在他身边,这才极有安全感地打开了游戏。

同时,她还要把灯光调暗,营造出那种氛围。

虽然这款游戏的恐怖点不是日式那种精神入侵式的玩意儿,而是西方的一种叫 Wendigo[①]的怪物,会冷不丁冒出来追逐杀人。

Wendigo 这个怪物并不是游戏凭空捏造的,而是西方传说中由来已久、鼎鼎有名、同类相食之后只有骨架的形色可怖的怪物,在种类上比较接近生化危机的丧尸。

姜蝶对这种怪物的承受能力比较高,但也耐不住一惊一乍。

---

① 北美洲印第安传说中一种食人的怪物。

它突然从屏幕里蹿出来，扑向姜蝶操控的主人公时，手柄提示着她按方向键躲开。姜蝶一紧张，直接按成反方向，整个人惨死在Wendigo爪下。

她气得一把扔下手柄，愤愤道："这手柄怎么关键时刻失灵！"

蒋阖敲了它两下："我敲敲就修好了，你再试试。"

姜蝶给自己做了下心理建设，再度拿起手柄，发誓这次绝对要PK掉Wendigo。只是万分惊险地躲过了刚才自己挂掉的那一环节后，发现下一环节更难，对操作的灵敏度的要求很高，再加上怪物那张令人作呕的脸，紧迫感让姜蝶一下子又慌了神。六神无主之际，蒋阖从旁转过身，将她半抱住，手完全覆在她的手上，就着她的手指在手柄上哐哐一顿按。

姜蝶只觉得眼前一花，这一关神不知鬼不觉地就过去了。

第二天回到公司后，仲解语很期待地询问她游戏体验。

她不咸不淡地说："还好吧，就死了一次。"

"你厉害哦，是、雪地里追逐那关吗？"

"不是，是前面它第一次蹿出来那会儿。"

"那个地方你死了，后面雪地里却过了？！"

仲解语匪夷所思。

"要知道那个地方我死了有几十次欸……"

姜蝶冲她神秘地眨了下眼睛，勾起嘴角。

"没办法，因为我有外挂。"

失眠

同居之后，姜蝶对蒋阖的失眠有了更确切的认知。为此，她开始变着花样地治疗他的失眠。她的备忘清单里列了长长的一大串——买那种带安神中草药的枕头，买褪黑素，监督他禁掉每天不离手的咖啡，还买了泡脚盆，因为她查到人脚底有很多神经穴位，泡过脚之后更容易入睡。

但这些手段都收效甚微，于是姜蝶又将主意打到了 Asmr 上。

它的全称是 Autonomous sensory meridian response，即自发性知觉经络反应。受到感官上的刺激，人的颅内及其他部位会产生酥麻的反应，就能有助于入睡。

网络上制作 Asmr 的视频非常多，有做美食的、理发的、化妆的，还有低声在你耳边说话的。姜蝶为了试试好不好用，自己随便点开了一个塞上耳机听。

这个视频是一个男人在整理桌子，书页翻动的声响，东西被分门别类地拖动的摩擦声，全都被提取出来放大，让人觉得安静又舒服。一边整理，他还在一边无奈又温柔地提醒："下次别把东西弄乱了啊，我整理起来很麻烦的。但是因为对象是你……算了，也没关系。"

姜蝶还没听足五分钟，就一头栽在办公室的桌上，直到午休结束才被人叫醒。

亲测有用之后，她迫不及待地给蒋阎安排上了。

两人并排躺在床上后，她献宝似的翻出耳机，让蒋阎戴上，调出了那则整理桌子的音频。

"你快听听试试，我中午就是听这个睡着的，真的有用。"

蒋阎听话地闭上眼睛，姜蝶侧躺着观察他的神色。

他的表情很平静，似乎确实有一种即将要睡着的感觉。

姜蝶暗自激动，却发现他的表情突然一变，眉头微皱，猛地睁开眼，侧过身盯着她。两个人面对面，他问道。

"你中午就是听这个睡的？"

"对啊……难道对你还是没用吗？"

"不仅没用，我现在更精神了。"

姜蝶非常困惑："啊？为什么？"

蒋阎将脸贴近她，忽然压低声音，学着视频里的那个男人在她耳边说话。

"但因为对象是你……算了，也没关系。"

姜蝶耳朵发痒，蜷起身体嘟囔，下意识地撒谎："没有哦，我没听见这句就睡着了!"

"你没听见怎么知道这句是这里面的?"

"……"

"下次不许听了。"蒋阎清了清喉咙,"我可以给你现场演绎。"

姜蝶哭笑不得:"反了吧,明明是我想哄你睡。"

"这种所谓的 Asmr 根本没用,而且我早有了。"

蒋阎摸索着拿过床头的手机,从自己的微信收藏夹里调出来一条语音。

接着,姜蝶就听到熟悉的声音传来。

"你也晚安,我的宝贝。"

她的三秒语音,被他好好珍藏着。

无论睡不睡得着,都是他睡前一定要听的法宝。

生日

某天两人面对面一起吃晚饭的时候,姜蝶忽然说:"你不要给我买生日礼物哦。"

蒋阎咀嚼的动作一顿。

姜蝶笑着说:"你最近在网上搜索买什么礼物的记录被我不小心看到了。"

"你不要生日礼物吗?"

"不是不要,是我不想过这个生日啦。我妈其实之前有和我说:'你生日哪一天过都可以,不用强求在那一天了。'"

她有一搭没一搭地戳着碗里的饭。

"但之前我觉得哪一天都没差,就说没关系,不用换。"

"所以你现在想好换哪一天了?"

姜蝶摇头:"嗯……还没有。"

接下来的几天,蒋阎发现她一直对着手机眉头紧锁,一脸钻研学术的苦闷表情。他感到好笑,不着痕迹地凑过来,想看看她到底在钻研什么,手机上赫然出现一个大标题:"和摩羯座最适配的是哪一个星座?"

自拍

最近一个很火的自拍软件风靡了姜蝶的公司,大家在茶水间讨论的时候,发现姜蝶还后知后觉地没有用。

"不是普通的自拍软件吗?"

她很纳闷,仲解语笑嘻嘻摇着头,给她看了眼自己手机里的一张照片。

姜蝶凑近看了眼手机里的女人:"这不是你吧?好像男扮女装哦。"

"这是我最近 date 的男人啦!"

"他真的喜欢穿女装啊?你这次够重口……"

"不是啦!"

仲解语直接点开自拍软件,将手机朝向姜蝶。

接着,姜蝶在屏幕上看见了一张英俊的脸。

"这个帅哥是谁?"

"你啊!哈哈哈哈!"

仲解语看着她迷惑的表情乐了。

"这个自拍 App 有个滤镜可以换性别!你换下来真不错,奶乎乎的'小鲜肉',让姐姐揉一把!"

姜蝶火速下载了该 App,等蒋阎下班回家后,她装作在那儿无聊自拍。他没察觉到不对,随口一问:"今天怎么突然玩起自拍了?"

"你要不要一起来和我合照一张?"

她眨巴着眼睛,满眼都写着"快过来"。

蒋阎无奈地走到她身边,一看向镜头,愣住了。

姜蝶也愣住了:"我天……你怎么这么漂亮啊!"

他随即反应过来,欣赏着手机屏幕上的他们。

"这样我们还是很配。"

姜蝶笑嘻嘻啵了他一口："我好有艳福，老婆是大美人！"

胡子

最近一段时间，蒋阁的工作前所未有地忙，都无法确切地告诉她回来的时间。她从同居又变成一个人生活，但区别就是，某天早上醒过来，身边会冷不丁多出来蒋阁。他大概是半夜在她熟睡时回家的，悄无声息地摸黑上了床。真的是太累的缘故，姜蝶醒来时，蒋阁还在睡。

她干脆也赖床，睁着眼睛仔细地凝视他，感觉他的两颊因为奔波又消瘦了一些，好不容易养起来的肉啊。姜蝶心疼地上手摸了摸，却首先碰到了下巴上刺刺的胡楂儿——一圈刚刚冒出来的，他来不及刮掉的新鲜胡楂儿。

蒋阁在这方面是非常注意的，但兴许是最近太忙，还没顾得上。莫名地，手感还挺好玩。他很快被细碎的触摸弄醒，但没睁眼，下巴往下探了探，在她手掌上流连。

"喜欢我的胡子？"

"不错，很 man。"

"那我留个络腮胡怎么样？"

姜蝶吓得缩回了手。

他闭着眼睛，笑得睫毛都在抖。

"蒋同学，'过犹不及'四个字，希望你'刻烟吸肺'。"

"我已经不抽烟了。"

"我不管，你要是真敢给我留，我就给自己剃光头。"

"络腮胡大汉和光头小尼姑，好像也挺配的？"

夜宵

一到冬天，姜蝶的胃口就会变得很好，吃夜宵的频率会大幅度上升。

某天晚上她发誓自己决不再吃，但半夜躺下来，蒋阎就听见她的肚子咕咕乱叫。

蒋阎建议："还是起来吃点吧。"

姜蝶委屈地说："那我好想吃煮泡面。"

"我去给你煮？"

"算了。"

蒋阎还以为她是怕胖，或者是怕折腾自己才说不要。

然而……

"家里库存的泡面只有骨汤的，好素哦，我想吃老坛酸菜。"

"我去给你买，行了吧？"

吵架

他们的同居生活并不总是甜甜蜜蜜，也有气氛降温到冰点的时候，起因居然是一部电影。

两个人对电影里的一件事看法迥异，各执一词，谁都说服不了谁，然后那天晚上，姜蝶就非常冲动地跑去睡了沙发；蒋阎原本是不生气的，但因为她这个举动，也来气了，任由她睡在沙发上，一个晚上没来找她。

她本来还在等他中途出来给自己盖个毯子之类的，怎么等也等不到，气得一晚上都睡不着，到早上已经委屈得不行。接近黎明的时候，她忍无可忍地从沙发上起来，直接甩上门走人了。结果在楼道等电梯时，身后的房门咔嚓一开，蒋阎手上拎着一包垃圾出来了。他什么都没说，站在她旁边一起等电梯。姜蝶翻了个白眼，转身从楼梯间下去了。但是没走两步她就暗自后悔了，十八楼啊，要走到何年何月？干脆走到下一楼再按电梯得了。

她心里盘算好，却没想到蒋阎也跟着走到楼梯间，在她身后亦步亦趋地下楼，可又什么都不说。

两人就这么沉默着一前一后地把十八楼走完了。

外头晨光大亮，姜蝶气喘吁吁地坐在楼下的长椅上，蒋阁好歹还没忘记自己是来扔垃圾的，虽然走下十八楼扔垃圾属实有病。

姜蝶在楼下坐了一会儿，到了快上班的点，得洗漱准备，不得不再次回去。

她一动身，站旁边的蒋阁也跟着动了。这一次无论如何也不能再走上十八楼，坐一部电梯就一部电梯吧。姜蝶伸手去按电梯，却发现屏幕显示紧急维修。她脸色顿时绿了，伸手看了眼手机——再等下去，就来不及洗漱准备，上班可能会迟到。她咬咬牙，认命地走向楼梯间，准备爬上去。

蒋阁从身后拉住她的手臂，在她还没反应过来时，一把将她抱起。

姜蝶条件反射地圈住他的脖子，终于忍不住开口："你放我下来！"

"我放下你会更生气。"

说得好准。

姜蝶撇了撇嘴："你现在知道关心我了？"

"因为你没有遵守和我的诺言，所以我真的很生气。"

"那你看电影的时候就不能顺着我一下？"

"我刚想哄你，你就去睡沙发了。"

姜蝶不说话了，他即便生着气，还是将她一路背上了十八楼。

望着蒋阁额上沁下来的汗，姜蝶闷闷地极小声说："好吧，对不起。"

两个傻瓜来回跑了三十六楼，终于和平收战。

做梦

姜蝶是一个特别多梦的人。

她某一次做了一个特别好的梦，兴冲冲地一早醒来就和身旁的蒋阁分享。

"你知道吗？我昨晚做了一个特别好的梦。"

蒋阁挑眉道："好巧，我也是。"

"那你先说吧！"

蒋阁伸手一边抠她的眼屎,一边微笑着回忆:"我梦到我们一起回花都了,好像是校长邀请我回校做演讲。底下的学生问我在这所大学里最美好的回忆是什么,我还没回答呢,你就跑上来,抢过我的话筒对着满场的学生老师说——他最好的回忆当然是我啊。"

姜蝶咋舌:"我可真牛,那梦里的你是不是很感动?"

"不光梦里的我,睡醒后的我现在还在回味。那你呢,你的美梦是什么?"

蒋阁眼睛亮亮的,似乎也在期待着一个和他有关的梦境。

姜蝶尴尬地用一句话阐述了她的梦境。

"我梦见我中彩票了呢。"

"……"

醉酒

蒋阁并不喜欢喝酒,但因为接手蒋隆集团之后,应酬缠身,很多事情都身不由己。"饭桌文化"就是喜欢劝酒,他因此也需要时不时陪着喝。这天他打电话给姜蝶,说自己又有个饭局,让她先睡。姜蝶担心他又要被灌酒,事先煮好了醒酒汤,一直硬撑着等他回家。时钟过了半夜一点,她在沙发上听到开门的动静,连忙拍拍脸,起身去门口迎人。蒋阁正在换鞋,身体微晃,果然喝多了。姜蝶连忙去扶他,他转过身,脸庞红通通的,含混道:"不是让你睡觉吗?又不听话。"

"你在外面喝酒我怎么睡得着啊?"姜蝶嘴硬,"万一喝糊涂了去找哪个小姑娘。"

"原来是担心我不规矩?"

"对啊,才不是担心你身体。"

她把蒋阁扶到沙发上,帮他解开衣服挂好,又在厨房把醒酒汤煮到温热后端出来。

"喝一点再睡,不然第二天起来你又该头疼。"

蒋阁没去拿醒酒汤,伸手拽着姜蝶将人抱到怀里。

他嗅着她的发丝,深吸了一口气。
"有哪个小姑娘会比你更好呢?"
他醉醺醺的,却好像十分清醒。
"我只要我怀里的这一个。"

评论

姜蝶最近购物欲尤其旺盛,起因是她嫌弃小肚子碍眼,做了套减小肚子的计划。她如果真想做成什么事,毅力还是可以的,小肚子肉眼可见地在夏天来临前消失了。于是她兴致勃勃地下单了一堆露脐显胸显屁股的衣服,对着穿衣镜一边试穿一边自拍。

蒋阎在书房处理邮件,她不想打扰他,自己玩得很开心,自拍完又仔细地把每张都精修了一下,迫不及待地发到了她的"小福蝶"微博号上。虽然这个号的流量早已大不如前,但还是有一些忠实的粉丝在关注着她。她把这些"大尺度"的照片一发出去,瞬间就收到了好几条评论点赞。

"老婆贴贴!"
"辣妹!"

姜蝶乐滋滋地回复着大家的评论,突然间,一个没有头像的账号也发表了一条评论,只有一个"微笑"的表情。

阴阳怪气的。

姜蝶没搭理这人,心里却有点硌硬,吃饭的时候忍不住对蒋阎吐槽:"他是看不惯我还是干啥啊?发那样一个表情,无语……"

蒋阎揉了揉鼻子说:"也许他是看不惯那些评论。"

装睡

某天,姜蝶在网上冲浪时突然刷到一个挑战,内容是装睡看看男朋友会有怎样的举动。姜蝶顿时被勾起好奇心,当晚假装看电视看到睡着。蒋阁从卫生间出来,见人躺在沙发上,电视还开着,就叫了她两声。姜蝶憋住笑,面上神色平静地一动不动。她眼前漆黑,感觉到蒋阁正在向自己靠近,心里忍不住在暗自期待。他应该会很温柔地把自己抱进卧室,然后轻声地说一句"晚安"之类的吧。嘴角差点忍不住翘起,却在下一秒整个僵住,他抽走她手中的遥控器,直接把电视关了,然后她听见关门的声音,他回房了……

我呢?我呢?!难道电费比我还重要!

姜蝶在心里咆哮,打算再忍最后一分钟观望下他的动静,也许……他是在给自己拿毯子?然而一分钟过去了……毫无动静。

姜蝶怒从心头起,从沙发上"嗖"的一下睁眼跳起来,却发现蒋阁还在客厅里,悠悠地坐在露台那儿,房门是故意关上扰乱她的。

"不装睡了?"

姜蝶心里的不快顿时去了大半,浮上另外一种不爽。

"你是怎么知道的?"

"因为你现在睡觉会打呼。"

她大受震撼:"真的吗?"

"假的。"

蒋阁笑着指了指电视机旁边的相机。

"笨蛋,你要录我的反应,那个位置应该再隐蔽点啊。"

床单

姜蝶的生理期一向来得很准时。

但最近一个月,估计是天天加班的缘故,她经常熬夜,到了该来的日子却没来。她提心吊胆着,生怕哪一天突然来了惹尴尬。结果这一天真的来临时她还是毫无防备被坑了,早上从床上醒来,就感到身下一片湿乎乎的……

蒋阁今天不用去公司,还睡在她身边,被她的动作吵醒,带着鼻音迷糊地问:"你今天还要加班?"

"不用……"

"那怎么了?"

姜蝶一脸惨淡:"床单……"

两个人双双下床,一看,好家伙,染红了一大片。

姜蝶第一时间逃去了卫生间,将内裤更换好。蒋阁在卫生间外敲门:"换好了。"

"来了。"

姜蝶拉开门,蒋阁抱着脏掉的床单站在外头,房间里的床单已经换上了崭新的。

"你动作好快。"

她还打算自己上手换的。

蒋阁一扬下巴,示意她去沙发上歇着。

"我还有内裤……"

她刚说要洗,蒋阁截断她的话:"我来。"

他简单撂下两个字,一把关了卫生间的门。姜蝶呆立在门外,忽然想起了很久很久以前的事情。他们在盐南岛的那栋别墅里相遇,那时,他们还非常年轻,而她也是经历了一次意外的大姨妈提前,把他的沙发弄脏了。可那一次,他将整个沙发扔掉了。

一别经年,谁能想到,他会亲手换洗床单,甚至不介意清洗她脏掉的内裤。

这一日的阳光很烈,风却温柔,吹进露台,悬挂着的白色床单迎风招展。

永恒

在两人同居快一周年时,姜蝶无意间刷到了一个问题,有个人问同居的时效是多久,热赞回答:三天。

只要三天,情侣间就会腻的。

底下附和的人很多,说什么"没错,没几天就不行了"。

当时,蒋阎就坐在她身边。

她看了他一眼,边打字边很笃定地问他说:"你觉得,同居的时效是多久呢?"

蒋阎不假思索地回答:"永恒。"

姜蝶把手机一扔,挽着他的胳膊蹭了蹭。

亮着的屏幕界面,同一时间,姜蝶的回答也成功发送。

小福蝶:我觉得,和相爱的人在一起,永远没有时限。

三　不完美小孩

　　蒋阎无论过多少年都不会忘记，离开福利院的那一天，虽是个特别好的天气，他的手心却是潮湿的。

　　不是天空在下雨，而是一串难以置信的眼泪从他的脸颊落下，脑海里不停回荡着上车前小一伤心欲绝地说的那句话："我本来已经下定决心……说那个苗是你的。"

　　她知不知道，把苗让出去，意味着什么呢？

　　意味着截然不同的人生，怎么可以轻而易举地就让给别人？

　　即便，她总是说，我们是朋友，我们可以把对方当作灯泡。

　　但明明连生养他的父亲都可以对他残忍下手，一个萍水相逢，不知哪天就会被送走的陌生人，说的那些漂亮话就像炸开的爆竹，在他心里确实炸开很大的动静，残留的却是满地灰烬。

　　他无法相信，尤其是分别的前夜，她明明知道自己的苗先发芽了，知道自己是那个胜者，还怜悯地看着他，那些安慰的话尤其苍白，他就更不相信了。果然都是假的，他唯一确信的一点是，小一是一个比他还要厉害的人。

　　她就像她曾经带自己去看的蝴蝶一样，不断在振翅，击破茧房，似乎从来都不会因为落选而灰心。

　　如果说他们俩都是被困在茧房里的幼虫，他毫不怀疑她是会蜕变的那一只，而他一定会死在茧房里。所以，当有外力剪破茧房时，转瞬即逝无法犹豫的几秒钟，他遵循着本能飞了出去。

　　他不想死在里头，同时，他也相信她可以很好地活下去。而如此付出的代价，就是他的翅膀发育不全，无比残缺，但他决不能将这一点表现出来。

因为在进入蒋家的第一天，他就被领到书房，一对一地听蒋明达讲述家训，核心的要点只有一条——"你要做个完美的孩子"。

什么是完美的孩子呢？成绩要出挑，性格要乖顺，家长的话是圣旨，无论说什么都得听。

"这世界上千千万的孩子，菩提种子挑中了你，那就是我们之间的缘分。"蒋明达面容和善，话锋却一转，"可缘分也会有尽时，能撑多久，就看你自己。"

他不是笨蛋，蒋明达说完后面一句，他就立刻明白这句话是什么意思了——这是一种威胁，如果你做得不好，我们随时可以扔下你，换另一个。

但他并不觉得这句话很苛刻，相反地，感到很安心。

在当时的他看来，这是一种他熟悉的模式。双方依靠冰冷的规则各取所需，而不是凭借如传说一般、海市蜃楼似的情感。虽然，他曾经就站在海市蜃楼前，但他低下头，不愿意去看，远远地跑开了。

想起小一，他总是会惶恐，在他开始作为蒋阆生活的十数年间。

在最开始，他还有勇气去打听小一的下落，并按照老师给的地址找到小一的新家。他去找她的时候无比开心和庆幸，因为他自私的选择，她阴差阳错地可以去到更好的地方了。但敲门的一瞬间，他怯懦地止住了叩门的手。那又怎样呢？这个结果并不能掩盖最开始的过错。她一定会恨他的。

既然如此，那就让记忆停在他还能承受的这一部分吧。

他缩回手，从那之后，刻意不再追问小一的消息。就像是一次注定会失分的大考，只要不去揭开试卷看分数，那么他的生活就还能保持"完美"。

他终于如愿以偿地当上了别人眼中的月亮，那可是他深埋在盗洞底层时苦苦支撑他活下来的希望。

虽然月亮的背面，是一切不完美的集结，是他依旧学着如何当一条狗挣得的假面。但随着蒋明达年事渐高，他对蒋阆的掌控逐渐大不如前。

蒋阎知道，这种日子不会持续很久的。

他只要再忍一忍，到那时，他将真正完美漂亮地活下去。

如果，他没有重逢小一，或者说，姜蝶。

那一天，是飘着初雪的冬夜。

他在学生会聚餐的间隙烟瘾突然犯了，起身借着上厕所的由头，来到店外抽烟。

拉开门的瞬间，一辆黑色轿车在风雪中停下，有人打开车门走下来，穿着薄薄的深蓝大衣。他只是下意识地看了一眼，她跟着看过来，两人猝然地对视上，蒋阎看清她的眉眼，一粒雪花落在心头——冰冰凉凉的，他浑身一哆嗦。

随着雪花一同落下的，是一股呼之欲出的熟稔。

为了确认姜蝶是不是曾经的小一，他找到了合适的时机，特意将自己的别墅借给盛子煜，又借口熬夜搞错了时间，留在了那栋别墅里。

整个上半夜，他就待在二楼房间，反复地听着楼下传来喧闹的动静，手上的微缩模型起了头，怎么也静不下心做，停留在断壁残垣上。一直到凌晨三点，他不再为难自己，放弃假模假样的专心，走到门边，手握上门把，好像瞬间回到了那座别墅门前，幼小的他怯懦地伸出手，却又一点点收回。但这一回，他已经长大了。如果真的是她，他是时候该为自己曾经的错误做出弥补了。

蒋阎在门后深吸了一口气，终于推开了这扇沉重的大门。

他走到栏杆边，在人群中搜索那张似曾相识的脸。她果然如他所料定的那样，很好地破茧成蝶了。

姜蝶是人群中第一个发现他的人，受惊似的往后一缩。

那陌生的打量，很明显没有认出他是谁。

毫不奇怪，谁都不会把如今的他和当年的他联系在一起。但在对视上的这一刻，他抓着栏杆的手指还是不由自主发紧，生怕她看出破绽，又似乎，是在期待她看出破绽。

他也不知道自己走出这一步的意义在哪里，可能是好奇这只蝴蝶

风眼蝴蝶．完结篇

到底飞到了多高，可能是为了让自己的良心在十数年的折磨中好受一些。毕竟他不靠药物的话，已经很久无法睡好觉了。

虽然的确是他走出了第一步，但他并没有想要走近她。

事隔多年，摊开一切再清算不是最优解，她本人应该也不愿意再回忆起那段时光吧。保持在安全距离，必要的时候照拂她一些，这是让彼此都会更愉快的选择。

只是，他忽略了其中最不可控的变量，那就是姜蝶自身。

她热烈地罔顾一切，朝自己靠近了，一如当年，那么莽撞，生机勃勃，坚信自己可以冲破一切。

她就像是一场突如其来、无法被左右的台风，没有人能对不可抗力说不。

心思慢慢改变是从什么时候开始的呢？蒋阁自己也说不清。也许是晚风中她在后座脱下卫衣的一瞬间，也许是夜凉的泳池里她将自己拖下水的那一刻，也许是扑着海风的帐篷里，她凝视他的眼睛，闪动的光比远处的烟火棒都明亮。

他平静完美的水面，被这些细碎的石子溅起满圈的涟漪。

她是十多年前，第一个让他觉得这个世界上，或许的确存在着感情的人。

那么十多年后，他栽倒在她身上，大概是一种必然。

音乐节隔日，姜蝶磨蹭着不离开别墅，借口说要观摩微缩模型的制作，结果趴在座位上睡着了。他无奈地取来毯子，披在她身上时，动作不自然地顿住。

下午三点的阳光，窗外涛声依旧，这只笨拙的、金灿灿的蝴蝶毫无防备地栖息在他面前。

他鬼使神差地俯下身，在她的头顶印下了一个吻。

意识到自己做了什么，蒋阁慌张地退后两步，手中的毯子也滑落在地。

他拾起毯子，匆匆地离开这个房间，过了很久才若无其事地回来。而她也终于苏醒，毫无察觉又面露懊恼，对上他分外冷淡的脸。

实际上，他只是不得不保持这种表情，才不会泄露失控的慌张。

他想不通自己为什么会这样。

明明已经长成任何事都能游刃有余掌控的人，小到一次考试，大到整个学生会，哪怕是被逼着下跪喝下蒋明达的指甲水，他都不会泄露任何不该有的情绪。

他不该在这种地方失控，这样就"不完美"了。

身体本能地开始后退，可理智和情绪被割裂成黑白棋在脑海里不停厮杀。直到除夕那晚，在和她语音连线中听到那一声摔倒在地的声响，那声音很轻，隔着网线非常模糊，落入他耳中，变成了棋子落盘的声音。

这盘厮杀顿时分出胜负。

他和蒋明达说学生会有事，毫不犹豫地买机票从西川回到花都，又拜托文飞白从卢靖雯那里问到姜蝶家的地址，一路紧赶慢赶过去。到了连车子都开不进去的地界，蒋阁如遭当头棒喝。

他才明白这些日子自己维持的安全距离有多么可笑。

他一直下意识地以为，姜蝶的家还是当年的别墅。他看过那些她在网上拍的视频，环境布置得很小资。至于姜蝶和盛子煜合作这件事，他也理所当然地认为是她说过的原因——想要出名就得剑走偏锋。

出名和赚钱，他没有下意识地画等号。想要出名有很多种因素，他以为她只是享受被注目的感觉。所以到后来他们决裂，姜蝶恨声质问他，为什么是那个节骨眼向她告白，是不是一种同情，他不知道该怎么否认。

要说一点没有，那是假的。

直面她的狼狈，的确是他不想再克制自己的催化剂。

因为他深刻地明白，自己以为的安全距离是多么居高临下的一种讽刺，被他背叛过的那个人，早已经在泥潭里摸爬滚打多年了。

他想着，那就一起坠河吧。

和姜蝶交往的每一天，如果要让蒋阁形容，那就是在走钢索。脚下的绳子是棉花糖编织而成的，越是柔软甜蜜，他越觉得自己会随时翻落，就像《走钢索的人》那首歌里唱的——

> 走钢索的人，不害怕牺牲。只求你一句爱我。
> 往前是解脱，后退是自由。我应不应该回头？
>
> 往前是冷漠，后退是寂寞。干脆我坠落。
> 回忆在左手，未来在右手。谁又会同情我？

是啊，谁又会同情一个犯错的人？

人终究要为自己的错误付出代价，即便只是几秒钟的错误，但蝴蝶的翅膀扇动的风暴，酝酿了十几年，终究还是从南美洲吹到了这头。

他受到的惩罚，是在坠落之前和她在云端共舞，知晓这世界原本可以有炽热，可以有毫无保留的拥抱。而这些东西，又眼睁睁地从他身体里被抽走。被抽空的身体就像一具行尸，或者连行尸都不如。至少行尸还对鲜血有欲望，可他却对任何食物作呕。这样的一副身体，确实如同石夏璇所说的，靠近就是在拖人下地狱。

他勒令自己必须恢复正常，按时用药，坚持锻炼，每周去一次诊室。没有人能来救他的时候，他必须像当年那样自救，这是他习惯并擅长做的事。

这期间，他还是忍不住去偷偷看过姜蝶两次。

第一次，是她在巴黎交换结束。他带了一盆蝴蝶兰想当面送给她，但是临到头，他又失去勇气，仓皇地将花盆摆放在她在露台能看到的位置便离开了。

第二次，是她在花都大学的毕业仪式。那天他打扮得很低调，戴着口罩、鸭舌帽，只想远远地看一眼就走。就这一眼，他看见了邵千河拥着她，两个人在学校的香樟树下自拍留念。

要怎样去形容那一眼的感觉？蒋阎想起了那三个登上月球的航天员，其中有一名叫柯林斯的，掌控着飞船，眼睁睁地看着另外二位登上月球。柯林斯没有机会登陆，独自去到了月球的背面。

在月球背面，他与整个地球，与全人类隔绝。

那一瞬间，蒋阖身在人声鼎沸的校园，却同样明白了这份滂沱的孤独。

但他没有死心。

自己骨子里就是充满自私这一点，他已经认清了，这显示着他和楼宏远无法分割的基因。无论是最开始对于姜蝶的背叛，还是中间犹豫不决的靠近，抑或是多年后意外在度假村看到她，不受控地又进入她的生活。

他是只受困的野兽，在多年的废墟里看到自以为是的救赎，就死抓着不想放开。

直到真正的废墟来临——

那一场困住他肉体的地震，却将囚禁他灵魂的废墟震垮，把他的精神解放了出来。

撑不下去的那一刻，他终于放过了自己。

他虽然谈不上是一个好人，但也不是个纯粹的坏人吧。有的时候，选择只是人的一念之差。

自保是一种普遍的人性，所以多年前他选择了背叛。因为那时候，他还不懂得爱是什么。

爱是一种能超越人性的东西。

但是现在，他明白也确信那是什么。所以他可以违背他的本能去做出牺牲，不为了赎罪，只为了一只蝴蝶能依然在下午三点的阳光下飞舞。

她应该飞得更高，飞到她想去的任何地方。

将那瓶水心甘情愿地递出去后，他靠在楼板上笑了。

原来，再卑劣的人，都保留着去爱人的能力。

那是泥泞的人性里，足够闪闪发亮的珍珠。

四　独家番外 A Rocket To The Moon[①]

姜蝶进入 Von 的第五年时，终于在春天成功转岗成为设计师，有了自己的独立小办公室，正对着西川 CBD（中央商务区）的一座高楼，能看见非常漂亮的夕阳。

而这差不多也是她和蒋阎重新在一起的第三年。

转岗结果下来的第一时间，她强忍着没把这份惊喜告诉蒋阎，彼时他正在纽约出差，她不想隔着电话和时差分享，想把这喜悦当面传递给他。于是，最早知道她转岗的人除了姜雪梅外，就是卢靖雯。

她已经怀了孕，在花都养胎，文飞白也调去了在花都的分公司，因此姜蝶和他们两人都已经很久没见面了。

得知最好的朋友即将成为妈妈，再加上自己转岗成功，双喜临门，姜蝶特意在周末抽空飞了一趟花都，拎着一大堆养胎用品杀到了卢靖雯家里庆祝。

卢靖雯自然是嫌她太客气，买一堆有的没的，姜蝶哼哼道："没办法，涨工资了嘛。"

"哇，是转岗了吗？"

姜蝶想要铺垫一番再炫耀的架势被卢靖雯一句话给遏制住，她无奈地点头："你怎么这么聪明，一猜就准？"

"天，太不容易了，抱抱！"

卢靖雯自然替她开心，毕竟自己的职业道路因为怀孕暂且耽搁了。

姜蝶小心翼翼地和她抱了一下，生怕惊动到她肚子里的小生命。

卢靖雯偷笑道："不用那么紧张的，现在才三个月，啥事没有呢。"

---

① 飞向月球的火箭。

姜蝶好奇地用手掌轻贴她的肚子，呢喃道："好神奇啊。"

"你要预约干妈的位置吗？"

"那当然了！"

卢靖雯话锋一转，揶揄说："与其当干妈，你自己怎么不考虑生一个？"

姜蝶的表情僵住，这个问题对她来说实在太遥远了。

"我现在连婚都没结呢，想这些太远了吧。"

卢靖雯好奇地问："说来也奇怪，你和蒋阎也挺稳定了，没考虑过结婚吗？"

姜蝶垂下眼："我不是没想过……但……"

卢靖雯看着她略显失落的表情，又一下猜中："但他没提对不对？"

姜蝶深呼吸一口气，点点头，吞吐道："你说，是不是由我提也可以啊？法律也没规定必须男的向女的求婚嘛。"

卢靖雯立刻否决："那不行！多掉价！"

"这和掉价有啥关系啊，我又不是商品。"

"这么说也是啦，但你不是也觉得女生求婚很奇怪才一直没说吗？"

姜蝶摇头："不是。我之前犹豫是觉得自己的社会地位和他差太远，提起来没什么底气。但现在不一样了，我是设计师了！"

姜蝶说着说着，脸上浮现出坚定的神色。

"决定了，我打算把转岗的好消息告诉蒋阎的那天，就向他求婚！"

下周五当晚，蒋阎从纽约飞回西川的航班落地之后，却没有等到姜蝶接机的身影。往常，哪怕有事，她也会刻意空出时间来接机。蒋阎直接给她拨了通电话，问她人在哪儿，是不是还在公司，他去接她吃饭。

姜蝶在接到蒋阎电话时一阵心虚。

她原本计划的是在家里安排一桌烛光晚餐，为此在这几天里苦学厨艺，势必要烧出一顿完美的晚餐。她厨艺不算好，从前自己住的时候只是勉强糊口，大多数时候是叫外卖，反正自己吃也不怎么挑。

和蒋阎同居后她有心想提升厨艺，却被蒋阎包揽了三餐。

他虽然工作忙，但只要两个人都在家时，必定不会让她下厨。而他不在出差的时候，她又懒懒散散不想动，觉得一个人做饭没意思。如此一来，她的厨艺完全没有精进，反而倒退了。

但是既然想要求婚，还是得拿出点诚意来，比起去外面的高档餐厅吃饭，还是自己亲手做比较有心，至少她是这么觉得的。

为此，蒋阎回来这天她特意请了假，从早忙活到晚，结果最后尝了下味道，整张脸皱成了苦瓜。

明明昨天试做的时候还挺顺利的啊！

她欲哭无泪，不明白自己到底是哪一步出了纰漏。

重新再做已经来不及，蒋阎的电话已经打过来了。

"你人在哪？还在加班吗？"

姜蝶无奈道："对……刚加班完，你饿不饿？我们去外面吃吧？"

她的视线盯着桌上的戒指，内心纠结着今晚到底要不要进行求婚。总觉得菜烧坏是一种不太好的预兆，让她有些许退缩。

蒋阎在电话那头笑道："好啊，在吃饭前能不能先陪我去一个地方？"

"去哪儿？"

"我把地址发给你。"

接着他挂断电话，发了个定位过来。

——VR[①]体验馆？

姜蝶看着这个地点，不解地蹙起眉头。

蒋阎并不是个爱玩游戏的人，当初 VR 很流行的时候，他也兴致不高，比起 VR 馆，一些美术模型展览更贴合他的喜好。因此，姜蝶不太懂他怎么会想去那个地方。

疑惑归疑惑，她还是赶紧收拾了下自己出门，和蒋阎几乎同时到达。

她一下车，就看见熟悉的车缓缓停在店前。车门一开，蒋阎穿着

---

① 虚拟现实，全称 Virtual Reality。

黑色西裤的长腿迈下，她的蝴蝶本性暴露无遗，像看见花蜜似的朝他笑着跑过去。蒋阎无甚表情的脸变得生动，嘴角微弯，伸开双臂将她稳稳接住。她埋在他的怀里，深吸了一口，故意夸张道："检查完毕，没有别的女人的味道。"

他配合地去扒她的领子，挑眉说："嗯，也没有胡来的印子。"

然后两个人傻乎乎地相视一笑，两只手垂下去，慢慢扣在一起。

姜蝶抬起头问他："你带我来这里干什么？难道要考察什么项目？"

"也算是吧。"他沉吟，"在纽约的时候有提到VR项目，秘书推荐我西川这家新开的VR馆，我就想带你一起来体验一下。"

果然，纯粹来玩就不是蒋阎的风格。

姜蝶皱了皱眉："好吧，我就当陪你加班了。"

两人走进店内，奇怪的是除了工作人员外，一个顾客都没有。

她有些诧异，偷偷拉着蒋阎小声说："怎么一个人都没有？我估计不会太好玩。"

蒋阎面不改色道："我们体验一下不就知道了。"

工作人员将两人领到一个单独的小房间内，装修是黑色的性冷淡风，正前方的墙壁上嵌着一块大屏幕，似乎是用来播放VR内容的，玩家戴眼镜玩时，工作人员可以根据屏幕观察玩家的游戏情况。

因为有时VR的沉浸式体验太强，玩家随意走动，可能会不小心摔跤之类的，需要额外注意。所以房间里非常空旷，几乎没有任何障碍。

工作人员引导说："如果两位没有玩过的话，可以先选择一个短小的不太刺激的片段来体验。"

说着点开一个电子菜单，像电影列表一样，展示着封面和名称。

蒋阎示意姜蝶来做这个选择。

她眼花缭乱地看了半天，最后选中一个摩天轮主题的。

工作人员拿来两个构造复杂的眼镜，示意他们戴上，样子就像半个头盔。

姜蝶戴上眼镜之后，视线完全被裹住，她伸手拉了拉旁边的蒋阎。

"你还在我旁边吗？"

"当然在。"

他们刚刚松开的左右手又轻轻缠了起来。

姜蝶有些期待又有些紧张地等待着眼前的屏幕亮起,只是奇怪的是,过去了好几秒,眼前还是黑的。

"欸,小哥,我这台眼镜好像是坏的……"

姜蝶召唤刚才的工作人员,对方却气定神闲地回道:"机器有一定延迟,请耐心等待。"

好吧。

她睁着眼,傻看着眼前的黑。逐渐地,她看见了一点类似星光的东西,好像终于开始了。但是……她选的不是摩天轮吗?为什么一点摩天轮的影子都没看见?

"欸,小哥,你们是不是放错片段了啊?"

她再次出声,内心开始有点点不满。

小哥依旧气定神闲地说:"稍等哦,我确认一下。"

一旁的蒋阆出声安慰她:"没关系,多看一个不是也赚了?"

姜蝶想想觉得也是,倒有些好奇这个放错的片段是什么。眼前依旧是一片深邃的黑暗,但刚才亮起来的星光逐渐变多,而且慢慢出现了更大的亮光,姜蝶定睛看去,发现那是一个正在自转的星体。

她一愣,忽然意识到自己看见的是什么——宇宙。

"这是什么讲太空漫游的短片吗?"

她下意识地问出声,蒋阆却没有回答她。

不知不觉间,她发现自己被牵着的手已经被他放开了。

"蒋阆?"

她意识到不对劲,立刻想伸手摘下头盔,却被人按住了。

蒋阆的声音低低地传来:"你再往下看。"

与此同时,店内播放的背景乐到了尾声,开始切换下一首。

然而,下一首的前奏刚出来一秒,姜蝶就认出了这首歌。

毕竟是她曾经单曲循环过 2447 次的歌曲。

在这个歌声中,眼前的 VR 景象也跟着更深入,她看见了地球。

而在地球的背面,一个莹白色的球体正在慢慢转入视野,那是月球。一个如此逼真的月球,她仿佛能感觉到自己的心脏跳到失控。

蒋阎的声音在她耳边响起。

"*A Rocket To The Moon*,这是我为你造的'火箭',可以让我们一起看到月球。"蒋阎不太好意思地说,"带你看这个 VR 短片的计划在我心里盘算挺久了,其实还没有完善,但是今天我不得不提前拿出来了。"

姜蝶傻乎乎地问:"为什么?"

"为了不让某人求婚赶在我前面。"

她立刻摘下眼镜,又羞又怒道:"好啊,卢靖雯居然给你通风报信了!"

蒋阎笑意盈盈地望着她,有一种尘埃落定的满足。

"我从来没设想过有一天,会有一个女孩子计划向我求婚。"他语气一顿,"但那个人是你,好像也不足为奇,你就是这样鲜明、果断、勇敢。"

姜蝶被他夸得脸一红,上手捂住他的嘴,然后自暴自弃地从口袋里拿出戒指。

"既然你都知道了……"

"不急。"

他摁住她的手,说:"这个短片还有一点小尾巴,先看完它吧。"

眼镜被他重新戴到她头上,姜蝶一瞬间又冲出地球,来到了无垠宇宙。

她这才发现,其实自己身在一个火箭的内部舱位中。

随着这艘火箭被越推越近,月球表面也越来越触手可及。

耳边,歌曲放到了那年在曼谷逃亡时在她耳边放的高潮部分——

> Let's get on a rocketship and ride to the moon
> (让我们乘着火箭飞向月亮吧)
> There will be my heart waiting for you my baby
> (我的心在此处等待你,我的宝贝)

于是，姜蝶看见了，这座月球上，插着一面带着蝴蝶标志的旗帜。火箭的舱门打开，她轻轻走上前，似乎都可以伸手将旗帜拔起，但是根本拔不起来。

为了掩盖心里五味杂陈的情绪，姜蝶故意挑刺说："你这个 VR 做得体验感好差！"

一旁的蒋阁盯着大屏幕，眉眼含笑道："因为这个设定就是拔不起来的。"

这是很多年前她插在他心头的旗帜，已经生根发芽了。

他将刚才姜蝶掏出来的戒指戴在自己手指上，又将另一枚戒指戴在她的无名指："可以嫁给我吗？"

他轻描淡写，又无比郑重地说出这几个字。

姜蝶哭笑不得："你用我的戒指向我求婚，谁都比不上你会借花献佛。"

"你还没回答我。"

他的语气此时固执得像个小孩子。

姜蝶摘下眼镜，面对面注视着他。如同很多年前，他们真的还是孩子，也这样面对面站着，她说，我们可以做彼此的灯泡。

这一回，她依旧毫不迟疑地说："好啊。"

就让我们继续做彼此可以永远安全降落的风眼。

图书在版编目（CIP）数据

凤眼蝴蝶.完结篇/严雪芥著.--成都：四川文艺出版社,2023.9
ISBN 978-7-5411-6759-1

Ⅰ.①凤… Ⅱ.①严… Ⅲ.①言情小说—中国—当代 Ⅳ.①I247.5

中国国家版本馆CIP数据核字(2023)第165026号

FENG YAN HUDIE. WAN JIE PIAN

凤眼蝴蝶.完结篇
严雪芥 著

出 品 人　谭清洁
责任编辑　王思鈜
责任校对　段　敏

出版发行	四川文艺出版社（成都市锦江区三色路238号）
网　　址	www.scwys.com
电　　话	028-86361781（编辑部）
印　　刷	北京世纪恒宇印刷有限公司
成品尺寸	146mm×210mm　　开　本　32开
印　　张	9.875　　字　数　280千
版　　次	2023年9月第一版　印　次　2023年9月第一次印刷
书　　号	ISBN 978-7-5411-6759-1
定　　价	49.80元

版权所有，侵权必究。如有质量问题，请与本公司图书销售中心联系调换。电话：010-82069336。